Amy Engel

Heart of Ivy

Geliebter Feind

Aus dem Englischen
von Michaela Link

cbt

Der Verlag weist ausdrücklich darauf hin, dass im Text enthaltene externe Links vom Verlag nur bis zum Zeitpunkt der Buchveröffentlichung eingesehen werden konnten. Auf spätere Veränderungen hat der Verlag keinerlei Einfluss. Eine Haftung des Verlags ist daher ausgeschlossen.

Dieses Buch ist auch als E-Book erhältlich.

FSC
www.fsc.org
MIX
Papier aus verantwortungsvollen Quellen
FSC® C014496

Verlagsgruppe Random House FSC® N001967

1. Auflage 2016
Deutsche Erstausgabe Juli 2016

Die Originalausgabe erschien 2014 unter dem Titel »Book of Ivy« bei Entangled Publishing, LLC, Fort Collins, CO 80525

Aus dem Englischen von Michaela Link
Lektorat: Bernd Stratthaus
Umschlaggestaltung: Carolin Liepins
Umschlagillustration: © Shutterstock (HTeam, RODINA OLENA)
mg · Herstellung: MH/Ang
Satz: Uhl + Massopust, Aalen
Druck: GGP Media GmbH, Pößneck
ISBN 978-3-570-31069-4
Printed in Germany

www.cbt-buecher.de

Für meinen Vater,
der immer an mich geglaubt hat

1

Heute heiratet niemand mehr in Weiß. An weißen Stoff ist kaum heranzukommen – von den Kosten und Mühen, genug für einige Dutzend Kleider oder mehr zu beschaffen, ganz zu schweigen. Nicht einmal für einen Tag wie heute, an dem der Sohn des Anführers unter den Bräutigamen sein wird. Selbst er ist nicht so besonders, dass man ihm gestatten würde, ein Mädchen in Weiß zu heiraten.

»Halt still«, befiehlt meine Schwester hinter mir. Ihre Finger auf meiner Haut fühlen sich eiskalt an; sie versucht mit Gewalt, den Reißverschluss an der Rückseite des hellblauen Kleides hochzuziehen. Es wurde eigentlich für ihren Hochzeitstag genäht, und da ich größer bin als sie, passt es nicht richtig. »So.« Sie zerrt ein letztes Mal an dem Reißverschluss. »Dreh dich um.«

Ich drehe mich langsam um und streiche über den weichen Stoff. Ich bin es nicht gewohnt, Kleider zu tragen. Es gefällt mir nicht, wie nackt ich mich darin fühle, und ich sehne mich jetzt schon nach Hosen und einem Atemzug, der nicht von einem zu engen Korsett eingeschnürt wird.

Als läse sie meine Gedanken, schaut Callie an mir herunter. »Du hast mehr Busen als ich«, bemerkt sie mit einem Grinsen. »Aber ich bezweifle, dass er sich darüber beschweren wird.«

»Halt den Mund«, gebe ich zurück, aber ich verleihe meinen Worten keinen Nachdruck. Ich hätte nicht gedacht, dass ich so nervös sein würde. Dieser Tag ist schließlich keine Überraschung. Ich habe mein Leben lang gewusst, dass er kommt, habe jede Minute der letzten zwei Jahre damit zugebracht, mich auf ihn vorzubereiten. Aber jetzt, da er gekommen ist, kann ich weder das Zittern meiner Hände noch die Übelkeit in meinem Magen unterdrücken. Ich weiß nicht, ob ich es hinkriege, aber ich weiß auch, dass ich keine Wahl habe.

Callie hebt die Hand und streicht mir eine Haarsträhne hinters Ohr, die sich aus meiner Frisur gelöst hat. »Du schaffst das schon«, sagt sie mit fester, ruhiger Stimme. »Nicht wahr? Du weißt, was du zu tun hast.«

»Ja«, entgegne ich und ziehe den Kopf zurück. Ihre Worte führen dazu, dass ich mich stärker fühle; man braucht mich nicht zu verhätscheln.

Sie sieht mich einen Moment lang an, ihr Mund ist eine dünne Linie. Ist sie zornig, dass ich den Platz einnehme, der von Rechts wegen ihrer hätte sein sollen? Oder ist sie dankbar, ihn an mich abtreten zu dürfen und nicht länger die Last der Tochter tragen zu müssen, auf deren Schultern so viel Hoffnung ruht?

»Mädchen«, ruft mein Vater von unten, »es ist so weit.«

»Geh schon mal vor«, sage ich zu Callie. »Ich komme gleich nach.« Ich brauche eine letzte stille Minute, noch einmal die Gelegenheit, mich in diesem Raum umzusehen, der nie wieder mein Zuhause sein wird. Callie lässt die Tür einen Spaltbreit offen stehen, und ich kann von unten die ungeduldige Stimme meines Vaters hören und dann Callie, die etwas murmelt, um ihn zu beruhigen.

Auf meinem Bett liegt ein abgenutzter Koffer, dessen Räder schon vor langer Zeit abgebrochen sind, sodass ich ihn werde tragen müssen. Ich hieve ihn von der Matratze und drehe mich langsam um mich selbst. Ich weiß, dass ich nie wieder in diesem schmalen Bett schlafen, mir nie wieder vor dem Spiegel über meiner Frisierkommode das Haar kämmen und nie wieder beim Einschlafen dem Trommeln des Regens auf meiner Fensterscheibe lauschen werde. Ich schließe die Augen gegen die plötzlich aufsteigenden Tränen und hole tief Luft. Als ich die Augen wieder öffne, sind sie trocken. Ich verlasse mein Zimmer und schaue nicht zurück.

Die Hochzeiten finden immer am zweiten Samstag im Mai statt. In manchen Jahren regnet es, und mit dem Regen kommt dann ein schwacher, beißender Brandgeruch, selbst nach so vielen Jahren. Aber heute ist das Wetter klar, der Himmel ein gleißendes Blau mit duftigen Wolken, die in einer leichten Brise dahinziehen. Ein wunderschöner Tag, um zu heiraten, aber ich kann mich nur auf das starke Klopfen meines Herzens konzentrieren und auf den Schweiß, der sich zwischen meinen Schulterblättern sammelt, während wir zum Rathaus gehen.

Mein Vater und Callie gehen rechts und links neben mir

her, beinahe so, als wollten sie mich daran hindern wegzurennen. Ich spare mir die Mühe, ihnen zu sagen, dass ich das nicht vorhabe. Ich streife die Hand meines Vaters, und seine Finger schließen sich um meine. Seit ich ein kleines Mädchen war, hat er meine Hand nicht mehr gehalten, und die Geste überrumpelt mich derart, dass ich über meine eigenen Füße stolpere. Der Druck seiner Hand verhindert im letzten Moment, dass ich das Gleichgewicht verliere. Ich bin dankbar für seine Berührung, obwohl er kein Mann ist, der andere oft oder leichtfertig anfasst. Er ist kein Tröster. Wenn das Schicksal schon feststeht, hat man nichts von Verzärtelung. Die Aufgabe meines Vaters war es, mich stark zu machen, und ich gehe davon aus, dass er seine Sache gut gemacht hat. Aber vielleicht ist das ja nur Wunschdenken.

»Wir sind stolz auf dich«, erklärt er. Er drückt einmal kurz meine Hand, so fest, dass es fast wehtut, dann lässt er sie los. »Du schaffst das.«

»Ich weiß«, antworte ich, den Blick nach vorn gerichtet. Die Kalksteinfassade des Rathauses ist jetzt nicht einmal mehr einen Häuserblock entfernt. Mehrere andere Mädchen gehen mit ihren Eltern die Stufen hinauf. Sie sind bestimmt nervös, erfüllt von der bangen Frage, ob sie den heutigen Tag als Ehefrau beenden oder wieder nach Hause gehen und unter ihre eigene Bettdecke schlüpfen werden. Ich habe vor etwas anderem Angst. Ich weiß, wo ich heute Nacht schlafe, und es wird nicht in meinem eigenen Bett sein.

Als wir den Gehweg vor dem Rathaus erreichen, drehen die Leute sich um. Sie grinsen meinen Vater an, wollen ihm die Hand schütteln und klopfen ihm auf den Rücken. Ein paar Frauen lächeln mir beruhigend zu und sagen mir, wie hübsch ich aussehe.

»Lächle«, flüstert Callie mir ins Ohr. »Hör auf, alle so finster anzusehen.«

»Wenn das so leicht ist, warum versuchst du es dann nicht selbst?«, zische ich zurück, aber ich gehorche und setze ein Lächeln auf.

»Das hätte ich ja, schon vergessen?«, erwidert sie. »Aber man hat mir keine Gelegenheit dazu gegeben. Jetzt musst du das für mich machen.«

Also ist sie doch eifersüchtig auf mich und ungehalten darüber, dass man ihr ihr Geburtsrecht gestohlen hat. Ich erwarte, dass ihre Augen kalt sind, aber als ich den Kopf drehe, sieht sie mich mit einer Sanftheit an, die ich bisher selten bei ihr wahrgenommen habe. Sie ist die weibliche Ausgabe unseres Vaters, mit seinen schokoladenfarbenen Augen und dem dunklen haselnussbraunen Haar. Ich habe mir immer sehnlichst gewünscht, wie sie auszusehen, statt die Außenseiterin zu sein mit meinem nicht ganz blonden, nicht ganz braunen Haar und den grauen Augen, beides Geschenke meiner lange verstorbenen Mutter. Aber so wenig wir einander ähneln, hatte ich, wenn ich Callie anschaute, doch immer das Gefühl, eine strengere und diszipliniertere Version von mir selbst anzublicken. Wenn ich sie ansehe, werde ich daran erinnert, was für ein Mensch ich werden soll.

Wir folgen der langen Reihe von Bräuten ins Rathaus. Überall um mich herum stehen Mädchen in hellen Kleidern. Einige umklammern kleine Blumensträuße, andere, wie ich, sind mit leeren Händen gekommen. Man führt uns in die Hauptrotunde, an deren einem Ende eine Bühne aufgebaut worden ist. Im hinteren Teil hängt ein dunkler Vorhang, und ich weiß, dass sich in diesem Moment die Jungen dahinter in einer Reihe aufstellen, bevor der Vorhang sich öffnet und sie erfahren, wen zu heiraten ihnen bestimmt ist.

Die potenziellen Bräute sitzen in den vorderen Stuhlreihen, die Familien sowohl der Bräute als auch der Bräutigame hinter ihnen. Präsident Lattimer und seine Frau jedoch haben auf der Bühne Platz genommen, wie sie das jedes Jahr tun. Selbst heute, da ihr Sohn hinter dem Vorhang steht, ändert sich ihr Status nicht. Mein Vater drückt mir ein letztes Mal die Hand, bevor er geht. Callie haucht mir einen schnellen, trockenen Kuss auf die Wange. »Viel Glück«, sagt sie. Wenn meine Mutter noch lebte, würde sie mich vielleicht umarmen und mir statt einer Plattitüde ein paar letzte Ratschläge mit auf den Weg geben, mit denen ich tatsächlich etwas anfangen könnte.

Ich lasse mich auf einen leeren Stuhl in der ersten Reihe sinken. Dabei vermeide ich den Blickkontakt mit Präsident Lattimer und den Mädchen links und rechts neben mir. Ich schaue starr geradeaus und konzentriere mich auf einen kleinen Riss im dunklen Bühnenvorhang, bis das Mädchen, das neben mir sitzt, mir etwas in die Hand drückt. »Hier«, sagt sie. »Nimm dir eins und gib den Rest weiter.«

Ich tue wie geheißen und reiche dem Mädchen zu meiner Linken den Stapel mit Programmen. Es ist das gleiche Programm, das jedes Jahr verteilt wird. Nur die Farbe des Papiers und die Namen darauf ändern sich. Es scheint kaum der Mühe wert. Ich bin mir sicher, dass wir alle das

Programm inzwischen auswendig kennen. Dieses Jahr hat es eine ausgewaschene Rosafärbung, und am oberen Rand steht in schnörkeliger, leicht verwischter Schrift das Wort HOCHZEITSZEREMONIE. Die ersten beiden Seiten sind eine Geschichte unserer »Nation«. Ich persönlich finde es lächerlich, eine Stadt mit weniger als zehntausend Einwohnern als Nation zu bezeichnen, aber niemand hat mich je nach meiner Meinung gefragt.

Die Geschichte erzählt vom Krieg, der der Welt ein Ende gesetzt hat, von den Überschwemmungen und Dürrekatastrophen, die folgten, den Krankheiten, die uns beinahe ausgelöscht hätten. Aber natürlich haben wir uns aus der Asche erhoben – zerlumpte, kriegsmüde Überlebende, die es geschafft haben, in einer gewaltigen, unfruchtbaren Landschaft zusammenzufinden und einen Ort für einen Neuanfang zu formen. Bla, bla, bla. Doch unsere Wiedergeburt ereignete sich nicht ohne Konflikte und noch mehr Tote, weil zwei Seiten darum gekämpft haben zu bestimmen, wie es mit unserer winzigen Nation weitergehen sollte. Die Gewinnerseite, die Seite, die von Präsident Lattimers Vater angeführt wurde, hat sich durchgesetzt. Aber der Unterlegene, mein Großvater Samuel Westfall, und seine Anhänger wurden im Schoß der Nation willkommen geheißen. Man versprach ihnen Vergebung und gewährte ihnen Absolution für ihre Sünden.

Ich könnte kotzen, wenn ich das lese.

Und aus diesem Grund gibt es den Hochzeitstag. Die Verliererseite bietet den Söhnen der Sieger ihre sechzehnjährigen Töchter an. Es gibt einen zweiten Hochzeitstag im November, an dem die Söhne der Verlierer die Töchter der

Sieger heiraten. Aber dieser Hochzeitstag ist ernster, denn die wertvollsten Töchter der Nation werden gezwungen, unter einem trostlosen Winterhimmel minderwertige Jungen zu heiraten.

Die Theorie hinter der Praxis der arrangierten Ehen ist eine doppelte. Das Ganze dient einem praktischen Zweck: Die Menschen werden nicht mehr so alt wie vor dem Krieg. Und die Zeugung gesunder Nachkommen ist ein viel heikleres Unterfangen als in der Vergangenheit. Es ist wichtig, dass wir uns fortpflanzen, und zwar je früher, desto besser. Der zweite Grund für die arrangierten Ehen ist noch pragmatischer. Präsident Lattimer war klug genug zu wissen, dass Frieden nur von Dauer sein kann, wenn die unglückliche Seite immer noch etwas zu verlieren hat. Indem er unsere Töchter mit Männern von seiner Seite verheiratet, hat er dafür gesorgt, dass wir es uns gut überlegen, ob wir uns gegen sie erheben. Es ist eine Sache, deinen Feind zu erschlagen; eine ganz andere ist es, wenn dieser Feind das Gesicht deiner Tochter trägt, wenn der Mann, den du niedermetzelst, dein eigener Enkelsohn ist. Bisher hat diese Strategie funktioniert; wir leben seit zwei Generationen in Frieden.

Es ist heiß in der Rotunde, selbst bei geöffneten Türen und trotz der kühlen Kalksteinmauern. Eine kleine Schweißperle rinnt an meinem Hals herunter. Ich wische sie weg und schiebe mir dabei das Haar wieder hoch. Callie hat ihr Bestes getan, um es zu bändigen, aber mein Haar ist dick und widerspenstig, und ich fürchte, es hat nicht so kooperiert, wie sie es gern wollte. Das Mädchen zu meiner Rechten schenkt mir ein Lächeln. »Es sieht gut aus«, bemerkt sie. »Hübsch.«

»Danke«, sage ich. Sie hat auf ihrem roten Haar eine Krone aus traurigen gelben Rosen, deren Blütenblätter in der Hitze bereits verwelken.

»Das hier ist mein zweites Jahr«, flüstert das Mädchen. »Meine letzte Chance.«

Wenn man in seinem sechzehnten Lebensjahr keinen Partner zugewiesen bekommt, kommt man für das nächste Jahr noch einmal an die Reihe. Das geschieht auch in den Jahren, in denen es nicht genug Mädchen gibt, um alle verfügbaren Jungen zu versorgen, oder umgekehrt. Auf diese Weise sollen alle die Chance bekommen, einen Partner zu finden. Wenn man nach zwei Versuchen immer noch keinen Erfolg hatte, steht es einem frei, eine Person seiner Wahl zu heiraten, jemanden, der selbst nicht erwählt worden ist. Oder aber man kann sich als Frau um eine Stelle als Krankenschwester oder Lehrerin bewerben. Männer – verheiratete genauso wie unverheiratete – arbeiten. Sobald eine Frau verheiratet ist, erwartet man von ihr, dass sie zu Hause bleibt und Kinder bekommt, deshalb werden die traditionellen »Frauenarbeiten« mit Unverheirateten besetzt.

»Viel Glück«, sage ich zu dem Mädchen, obwohl ich persönlich nicht finde, dass es so ein schreckliches Schicksal wäre, keinen Partner zu finden. Aber ich weiß, dass das nicht mein Schicksal sein wird. Mein Name befindet sich in einem Umschlag, seit Callies herausgenommen wurde. Für mich gibt es keine Spannung. Die anderen Mädchen, die heute hier sind, haben den Vorteil, dass durch Persönlichkeitstests und endlose Gespräche zumindest die Möglichkeit besteht, dass sie zu ihren zukünftigen Ehemännern passen. Bei mir zählt nur der Nachname.

»Danke«, erwidert das Mädchen. »Ich weiß, wer du bist. Mein Dad hat mir vorhin deinen Dad gezeigt.«

Ich antworte nicht, sondern richte den Blick wieder auf die Bühne, wo der Vorhang sich jetzt bewegt. Tief atme ich durch die Nase ein und lasse den Atem langsam durch den Mund wieder ausströmen.

Ein Mann nähert sich dem Podium am Bühnenrand. Er wirkt nervös und seine Augen wandern zwischen dem Publikum und Präsident Lattimer hin und her. »Meine Damen und Herren«, ruft er. Seine Stimme bricht bei der letzten Silbe, und hier und da hört man Gelächter im Raum. Er räuspert sich und versucht es noch einmal. »Meine Damen und Herren, wir sind heute hier, um die Eheschließung der heiratsfähigen jungen Männer aus Eastglen mit den entzückenden Damen aus Westside zu feiern. Ihre Vereinigung repräsentiert das Beste, was unsere kleine Nation zu bieten hat, und symbolisiert den Frieden, für den wir gekämpft und den wir gemeinsam aufgebaut haben.« Es ist nicht immer derselbe Mann, aber es ist immer dieselbe Ansprache, so traurig und lächerlich, dass ich nicht weiß, ob ich lachen oder weinen soll.

Das rothaarige Mädchen neben mir faltet krampfhaft die Hände, sodass ihre Knöchel weiß hervortreten, während ihre Zehen einen nervösen Rhythmus auf den Boden klopfen. Der Mann auf dem Podium gibt jemandem hinter der Bühne, den ich nicht sehen kann, ein Zeichen, und langsam gleitet der Vorhang an seiner Metallschiene zur Seite – mit einem lang gezogenen hohen Quietschen, das mir durch Mark und Bein fährt. Die ersten Jungen, die sichtbar werden, zappeln unruhig, stecken die Hände in die Hosentaschen und ziehen sie wieder heraus, wippen auf den Fersen. Ein kleiner dunkelhaariger Junge, der eher wie zwölf als wie sechzehn aussieht, bekommt einen Lachanfall und drückt das Kinn auf die Brust, während seine Schultern zucken. Zumindest kann ich mich freuen, dass das nicht mein Bräutigam ist.

Sie haben den Jungen, der für mich bestimmt ist, in der Mitte der Reihe platziert, und er ist so viel größer als die anderen, dass sie von ihm wegzufließen scheinen wie Wasser von einem Felsen. Verglichen mit den anderen sieht er nicht einmal wie ein Junge aus, was angesichts seines Alters verständlich ist. Er ist achtzehn und damit zwei Jahre älter als alle anderen, aber es ist mehr als nur sein Alter. Ich glaube kaum, dass er jemals etwas Jungenhaftes an sich hatte. Er strahlt einen Ernst aus, den keiner der anderen besitzt. Er zappelt nicht rum. Ich kann mir nicht vorstellen, wie er kichert. Sein Blick – kühl, leidenschaftslos und leicht amüsiert – ist auf einen Punkt in der Ferne geheftet. Er schaut nicht einmal in meine Richtung.

Er hätte vor zwei Jahren auf dieser Bühne stehen sollen, denn er war von Anfang an für Callie bestimmt gewesen. Aber am Tag vor der Zeremonie hat man uns verständigt, dass er nicht teilnehmen werde. Er werde erst mit achtzehn heiraten, und anstelle meiner Schwester sei *ich* diejenige, die an diesem Tag neben ihm stehen werde. Ich schätze, solche Launen werden geduldet, wenn man der Sohn des Präsidenten ist. Als Trostpreis bekam Callie die Option, ihren Namen als potenzielle Braut bei der Heiratszeremonie entfernen zu lassen. Eine Option, die sie gewählt hat, und von der ich wünschte, ich hätte sie ebenfalls.

»Oh mein Gott«, haucht die Rothaarige und sieht mich an. »Du hast ja so ein Glück!«

Ich weiß, sie meint es gut, und ich versuche zu lächeln, aber meine Lippen wollen nicht mitmachen. Der Mann auf dem Podium übergibt an Mrs Erin Lattimer, die Frau des Präsidenten. Sie hat kastanienbraunes Haar und eine üppige Figur, die die Blicke der Männer auf sich zieht, wo immer sie hingeht. Aber ihre Stimme ist scharf, kalt sogar. Sie erinnert mich an den ersten Biss in einen sauren grünen Apfel.

»Wie Sie alle wissen«, beginnt sie, »verlese ich jeweils den Namen eines Jungen, der daraufhin vortritt. Dann öffne ich den Umschlag und verlese den Namen des Mädchens, das seine Ehefrau wird.« Sie schaut auf uns herunter. »Kommen Sie bitte auf die Bühne, wenn Ihr Name aufgerufen wird. Sollte Ihr Name am Ende nicht aufgerufen worden sein, hat das Komitee entschieden, dass Sie keine passende Partnerin für einen der Jungen in diesem Jahr sind.« Sie bedenkt uns mit einem raschen Lächeln. »Das ist selbstverständlich keine Schande«, fährt sie fort. Aber natürlich ist es beschämend, nicht ausgewählt zu werden; das weiß jeder. Keiner spricht es laut aus, doch es ist immer die Schuld des Mädchens, wenn sich niemand für sie findet. Es ist immer etwas an ihr, das man für mangelhaft befunden hat, niemals anders herum.

Als Erster wird Luke Allen aufgerufen. Er ist blond und hat Sommersprossen auf der Nase, die wie brauner Zucker aussehen. Seine Augen weiten sich kurz, als Mrs Lattimer den Umschlag aufreißt, auf dem sein Name geschrieben steht, und die cremefarbene Karte herausnimmt. »Emily Thorne«, ruft sie. Hinter mir hört man Rascheln und aufgeregtes Flüstern, und ich drehe den Kopf. Ein zierliches Mädchen mit karamellfarbenem Haar schiebt sich an den anderen Mädchen in ihrer Reihe vorbei. Auf der Treppe zur Bühne stolpert sie, und Luke eilt herbei, um ihre Hand zu nehmen. Einige der Mädchen hinter mir seufzen, als wäre dies die romantischste Geste, die sie je gesehen haben, und ich muss mich zwingen, nicht mit den Augen zu rollen. Luke und Emily stehen verlegen da und schauen einander von der Seite an, bis sie an den Bühnenrand gescheucht werden, damit das nächste Paar angekündigt werden kann.

Mir kommt es vor, als würde es Stunden dauern, den dicken Stapel mit Umschlägen durchzugehen. Und selbst dann sitzen immer noch jede Menge Mädchen in den Stuhlreihen, einschließlich der Rothaarigen neben mir. Tränen laufen ihr über die Wangen, als Mrs Lattimer den letzten Umschlag hochhält. Ich würde dem Mädchen gern sagen, dass sie froh sein soll, glücklich darüber, heute Abend nach Hause gehen und sich überlegen zu dürfen, was sie mit ihrem Leben anfangen will, statt zu heiraten. Aber ich weiß, dass meine Worte nur ein schwacher Trost wären. Denn alles, woran sich die Leute je erinnern, ist dies: Sie ist unverheiratet nach Hause gekommen; letzten Endes ist sie unerwählt geblieben.

Mrs Lattimer schaut zu ihrem Mann hinüber. Der Präsident steht auf und nähert sich dem Podium. Er ist ein hochgewachsener Mann, und es ist leicht zu erkennen, von wem sein Sohn seine Körpergröße geerbt hat. Lattimers dunkles Haar ist an den Schläfen mit frühem Grau gesprenkelt, sein Kinn mit dem Grübchen in der Mitte stark ausgeprägt. Er lässt den Blick seiner hellblauen Augen über die Menge wandern, bis er bei mir innehält. Ein Schauer läuft mir über den Rücken, aber ich halte seinem Blick stand.

»Heute ist ein ganz besonderer Tag«, hebt er an. »Noch mehr als gewöhnlich. Vor Jahren, nach dem Krieg, herrschte Uneinigkeit darüber, wie wir den Wiederaufbau gestalten sollten. Am Ende haben beide Seiten es geschafft, eine Übereinkunft zu treffen.«

Ich finde es interessant, dass er aus einer Schlacht eine Uneinigkeit macht, aus einer erzwungenen Unterwerfung eine Übereinkunft. Er hat sich schon immer meisterhaft darauf verstanden, Wörter so zu verdrehen, dass sie zu seinen Geschichten passen.

»Wie Sie alle wissen, hat Alexander Lattimer, mein Vater, die Gruppe angeführt, die zu guter Letzt die Kontrolle übernommen hat. Und es war Samuel Westfall, der sich ihm in den Weg stellte, der sich aber mit der Zeit den Zukunftsvisionen meines Vaters anschloss.«

Das ist eine Lüge. Mein Großvater hat sich nie Lattimers Plänen für Westfall angeschlossen. Er wollte eine Demokratie, wollte, dass die Menschen eine Stimme und ein Mitspracherecht bekommen, was ihr eigenes Leben betrifft. Er hat Jahre damit zugebracht, unsere stetig wachsende Schar von Menschen am Leben und in Bewegung zu halten, bis sie diesen Ort fanden, an dem sie sich niederlassen konnten. Dann hat Alexander Lattimer ihm all das entrissen, Alexander Lattimer, der eine Dynastie für sich und seine Nachfahren gründen wollte.

Ich wage es nicht, den Kopf zu drehen und in der Menge nach meinem Vater oder Callie Ausschau zu halten. Nach all den Jahren sind sie sehr geschickt darin geworden, ihre Gefühle zu verbergen, aber ich würde den Zorn in ihren Augen erkennen und darf nicht zulassen, dass er sich auch in meinen spiegelt.

»Und heute feiern wir zum ersten Mal eine Hochzeit eines Lattimer mit einer Westfall«, fährt der Präsident mit einem Lächeln fort. Das Lächeln wirkt aufrichtig und vielleicht ist es das ja sogar. Aber ich weiß auch, was diese Heirat für ihn bedeutet. Es ist ein weiterer Schritt hin zur Zementierung seiner Macht, und das ist es, was ihn wirklich glücklich macht. Nach meinem Vater wird es keine weiteren Westfalls mehr geben. Es reicht Präsident Lattimer nicht, dass die Familie Westfall ausstirbt – er muss auch noch meine Kinder zu Lattimers machen.

»Bis jetzt war keine unserer Familien sehr gut darin, Töchter hervorzubringen«, fährt Präsident Lattimer fort. Das Publikum bricht in dröhnendes Gelächter aus, aber ich kann mich nicht dazu bringen, mit einzustimmen, obwohl ich weiß, dass ich das tun sollte. Als sich das Gekicher legt, hält Präsident Lattimer den Umschlag hoch, damit ihn alle sehen können. »Der Sohn des Präsidenten und die Tochter des Gründers«, ruft er.

Mein Vater war natürlich nicht der Gründer. Es war sein Vater, der diese Stadt gegründet hat und dann von Alexander Lattimer und seinen Anhängern verdrängt wurde. Aber man hat früh festgelegt, dass der Nachkomme des eigentlichen Gründers den Titel des Gründers führen würde, genauso wie Alexander Lattimers Nachfahre Präsident genannt wird. Es ist ein bedeutungsloser Titel. Der Gründer hat kein Mitspracherecht bei der Führung der Nation. Er ist nur eine Galionsfigur, vorgeführt, um zu beweisen, wie friedlich wir sind. Wie gut unser Regierungssystem funktioniert. Der Titel des Gründers ist wie ein wunderschön verpacktes Geschenk ohne Inhalt. Man hofft, uns mit seinem glänzenden Äußeren abzulenken, damit wir nicht merken, dass die Schachtel leer ist.

»Bishop Lattimer«, ruft der Präsident mit klarer, durchdringender Stimme. Das Geräusch des aufreißenden Umschlags, das in meinen Ohren so laut wie ein Schrei klingt. Ich kann Hunderte von Blicken auf mir spüren und halte den Kopf hoch. Präsident Lattimer zieht das Papier mit einer schwungvollen Geste aus dem Umschlag und lächelt in meine Richtung. Er formt mit den Lippen meinen Namen, *Ivy Westfall*, aber ich kann ihn wegen des Klingelns in meinen Ohren und des Hämmerns meines Herzens nicht hören.

Ich atme ein letztes Mal tief ein und versuche, mir Mut sowie Luft in die Lungen zu ziehen. Versuche, den Zorn niederzukämpfen, der wie Gift durch meine Adern braust. Dann stehe ich auf, und meine Beine tragen mich sicherer, als ich es erwartet hätte. Auf dem Weg zur Treppe klappern meine Absätze über den gefliesten Boden. Hinter mir applaudiert und johlt die Menge, auch einige respektlose Pfiffe sind inmitten des Chaos zu hören. Als ich die Treppe hinaufgehe, beugt Präsident Lattimer sich vor und fasst mich am Ellbogen.

»Ivy«, sagt er. »Wir freuen uns, dass du ab jetzt zu unserer Familie gehörst.« Seine Augen blicken warm. Ich fühle mich von ihnen verraten. Sie sollten eisig und gleichgültig sein, um zu dem Rest von ihm zu passen.

»Danke«, antworte ich mit einer festen Stimme, die nicht wie meine eigene klingt. »Darüber freue ich mich auch.«

Sobald ich auf der Bühne stehe, rücken die anderen Paare noch näher an den Rand, damit ich in die Mitte der Reihe treten kann, wo Bishop Lattimer auf mich wartet. Ich halte seinem unverwandten Blick stand. Er ist noch größer, als ich dachte, aber ich bin ebenfalls groß, und ausnahmsweise einmal ist das ein Segen. Ich würde nicht wollen, dass dieser Junge mich überragt. Ich fühle mich auch so schon machtlos genug.

Er hat dunkles Haar wie sein Vater, obwohl ich aus der Nähe zwischen den kaffeebraunen Strähnen auch hellere sehen kann, als hätte er viel Zeit im Freien in der Sonne verbracht. Das passt zu den Gerüchten, die ich im Laufe der Jahre über ihn gehört habe: dass er sich lieber draußen als im Haus aufhalte, sein Vater ihn zwingen müsse, an den Ratssitzungen teilzunehmen, und man ihn überhaupt häufiger in einem Wildwasserkanu auf dem Fluss finde als im Rathaus.

Seine Augen sind von einem kühlen, klaren Grün, und sie mustern mich mit einer Intensität, bei der sich mir der Magen zusammenkrampft. Sein Blick ist weder feindselig noch herzlich, vielmehr taxiert er mich, als wäre ich eine Rechenaufgabe, an deren Lösung er arbeitet. Er kommt nicht auf mich zu, aber als ich nah genug bei ihm bin, um die Hand auszustrecken, wie man es mir beigebracht hat, ergreift er sie. Seine Finger sind warm und stark, als sie sich um meine schließen. Er drückt mir kurz die Hand, und mir stockt der Atem. Hat er versucht, freundlich zu sein?

Mich zu beruhigen? Ich weiß es nicht, denn als ich ihn anschaue, ruht sein Blick auf dem Pfarrer, der auf seinen Einsatz wartet.

»Lassen Sie uns beginnen«, sagt Präsident Lattimer. Alle auf der Bühne beziehen ihre Position und stellen sich ihren zukünftigen Eheleuten gegenüber auf, Bishop und ich in der Mitte, dort, wo das ganze Publikum uns sehen kann. Bishop nimmt jetzt auch meine andere Hand, sodass unsere Hände eine Brücke zwischen uns schaffen.

Am liebsten würde ich herausschreien, dass das hier falsch ist. Dass ich den Jungen mir gegenüber nicht kenne. In meinem ganzen Leben kein einziges Wort mit ihm gewechselt habe. Er weiß nicht, dass meine Lieblingsfarbe Lila ist oder ich immer noch meine Mutter vermisse, an die ich mich gar nicht erinnern kann, oder dass ich in diesem Augenblick Angst habe. Ich werfe einen panischen Blick auf das Publikum, sehe aber nur lächelnde Gesichter. Dass die Menschen im Saal bei dieser Scharade mitspielen, macht alles irgendwie noch schlimmer. Dass niemand aufschreit oder versucht zu verhindern, dass sein Kind einen wildfremden Menschen heiratet.

Unsere Fügsamkeit ist die stärkste Waffe, die Präsident Lattimer zu seiner Verfügung hat.

Und am Ende bin ich genauso schlimm wie die anderen. Ich öffne den Mund, als alle anderen es tun, und wiederhole die Worte, die ich in dem lauten Stimmengewirr um mich herum nicht einmal hören kann. Ich sage mir, dass das alles keine Rolle spielt. Ich muss einfach diesen Teil der Zeremonie hinter mich bringen, also mache ich mit. Schließlich streife ich einen schlichten Goldring, der meinem Vater gehört hat, auf Bishops Finger, und auch er hat einen Ring für mich. Er fühlt sich fremd an meiner Hand an, einengend, obwohl er die richtige Größe hat.

Als der Pfarrer uns zu Mann und Frau erklärt, versucht Bishop nicht, mich zu küssen, nicht einmal auf die Wange, und dafür bin ich dankbar. Ich glaube nicht, dass ich einen Kuss hätte ertragen können. Es wäre genauso, als würde irgendjemand auf der Straße mich packen und seinen Mund auf meinen pressen. Ein Übergriff, kein Zeichen der Zuneigung. Aber überall um uns herum umarmen sich Paare und brechen in Jubel aus, und die meisten haben kein Problem damit, sich zu küssen, als würden sie sich schon viel länger kennen als eine Stunde. Werden diese Mädchen in einigen Monaten immer noch so glücklich sein, wenn ihre Bäuche schwer von Babys sind und sie begreifen, dass sie jetzt für immer neben einem Jungen schlafen müssen, den sie kaum kennen?

Für sie geht es bei dieser Zeremonie darum, den Frieden zu bewahren, einer Tradition zu folgen, die dafür gesorgt hat, unsere Gesellschaft seit mehr als zwei Generationen zu stabilisieren. Aber im Gegensatz zu ihnen weiß ich, wie zerbrechlich dieser Friede ist, dass er an wenigen dünnen Fäden hängt, an denen selbst jetzt gesäbelt wird. Ich bin anders als all die anderen Mädchen, denn durch die Hochzeit mit Bishop Lattimer hat sich mein Schicksal noch nicht erfüllt. Meine Mission ist es nicht, ihn glücklich zu machen, ihm Kinder zu gebären und seine Ehefrau zu sein.

Meine Mission ist es, ihn zu töten.

2

Nach der Zeremonie begeben sich alle in den Keller des Rathauses, wo an den Wänden lange Tische aufgestellt worden sind. Becher mit knallrosa Punsch sind neben einem einzigen großen Hochzeitskuchen aufgereiht. Der Kuchen reicht nur für die Bräute und Bräutigame, und auch sie werden nur ein oder zwei Bissen abbekommen, aber der bloße Gedanke daran, wie die süße Glasur an meinen Zähnen klebt, bereitet mir Übelkeit.

Bishops Eltern begrüßen uns, kaum dass wir eintreten. Sein Vater umarmt mich und küsst mich auf die Wange. Ich versuche, nicht zusammenzuzucken, aber mein Lächeln ist steinern. Bishops Mutter ist nicht so aufdringlich. Sie legt mir kurz eine Hand auf den Oberarm und zieht sie dann schnell wieder weg. Es ist eher die Idee einer Berührung. »Sei gut zu ihm«, sagt sie, und ich brauche mich nicht anzustrengen, um die Warnung in ihrer Stimme zu hören.

»Mom«, sagt Bishop. Er wirft ihr einen scharfen Blick zu, und ich tue so, als würde ich es nicht bemerken. Bishop legt mir die Hand auf den Rücken und führt mich weg.

»Wo ist deine Familie?«, fragt er und neigt den Kopf zu mir, damit ich ihn in dem Getöse von Glückwünschen um uns herum verstehen kann. Es sind die ersten Worte, die er abgesehen von unserem Gelübde zu mir gesprochen hat, und das Gelübde zählt nicht wirklich, obwohl es unter anderen Umständen am meisten zählen würde.

Ich deute in die andere Ecke des Raumes, wo mein Vater steif dasteht und Callie neben ihm an der Wand lehnt.

»Lass uns Hallo sagen«, schlägt Bishop vor, und ich schaue ihn überrascht an. Unsere Familien tun nur so, als kämen sie gut miteinander aus. Wir lächeln falsch und schütteln einander die Hände, und die ganze Zeit über schäumen wir innerlich vor Wut. Aber er klingt unbefangen, und sein Blick wirkt aufrichtig. Er ist ein guter Schauspieler. Ich werde in seiner Nähe vorsichtig sein müssen, noch vorsichtiger, als ich es erwartet habe.

Callie stößt sich von der Wand ab, als wir uns nähern, und nimmt mit einem strahlenden Lächeln auf dem Gesicht den Platz neben meinem Vater ein. Mein Vater lächelt ebenfalls, aber sein Lächeln ist reservierter und weit davon entfernt, bis in die dunklen Tiefen seiner Augen zu reichen.

»Dad«, sage ich, »ich nehme an, ihr kennt euch.« Ich kann mich nicht dazu überwinden, Bishop förmlich vorzustellen, ihn meinen Ehemann zu nennen. »Das ist mein Vater, Justin Westfall.«

Sie schütteln einander die Hand. »Schön, Sie wiederzusehen, Sir«, sagt Bishop. »Unsere letzte Begegnung liegt schon eine Weile zurück.« Er hält dem Blick meines Vaters stand ohne zu blinzeln. Mein Vater schüchtert Bishop nicht so ein wie die meisten Menschen.

»Die Freude ist ganz meinerseits, Bishop«, antwortet mein Vater und klopft ihm mit der freien Hand auf die Schulter. »Und das hier ist Callie, meine ältere Tochter.«

»Ich bin mir sicher, dass er weiß, wer ich bin, Dad«, bemerkt Callie mit einem Lachen. Sie schaut unter ihren dunklen Wimpern zu Bishop hoch. »Ich bin diejenige, die du vor zwei Jahren beinahe geheiratet hättest.«

Ich habe keine Ahnung, was sie da macht, ob sie mit ihm flirtet oder nur versucht, ihn an die Tatsache zu erinnern, dass er ursprünglich ihr versprochen war. Ganz sicher weiß ich nur, dass sie diejenige sein wollte, die ihn tötet, und jetzt ist ihr diese Chance geraubt worden. Noch etwas, das sie ihm nie verzeihen wird. Ich schaue zu Boden und hoffe, dass Bishop die Spannung um uns herum nicht spürt, die so stark ist, dass ich sie praktisch auf der Zunge schmecken kann.

Doch er sagt nur: »Ich erinnere mich.« Sein Lächeln offenbart gleichmäßige weiße Zähne. Es ist das Lächeln eines zukünftigen Präsidenten. »Aber es freut mich, dass wir einander nun offiziell vorgestellt werden.«

Wir machen die Runde durch den Raum und nehmen Glückwünsche von Freunden und Fremden entgegen. Ich beobachte die anderen Bräute, von denen die meisten glänzende Augen haben und ein strahlendes Lächeln zur Schau tragen. Sie entfernen sich nie weit von ihren neuen Ehemännern, stolz, mit ihnen anzugeben, und stolz, dass mit ihnen angegeben wird. Machen sie sich Sorgen darüber, was später kommt? Heute Nacht und in all den folgenden Nächten, den endlosen Stunden, die sie mit diesen unbekannten Jungen verbringen müssen? Die Kinder der ursprünglichen Gruppe meines Großvaters besuchen Schulen auf der anderen Seite der Stadt, in Westside. Eine Vermischung ist nicht ausdrücklich verboten, aber sie wird auch nicht gefördert. Erwachsene begleiten die jungen Leute unter sechzehn auf Schritt und Tritt, nur um dafür zu sorgen, dass sie sich nicht verlieben oder Romanzen beginnen, die ihnen die arrangierten Ehen nur erschweren würden. Ich habe keinen Zweifel daran, dass die Mehrheit dieser Mädchen ihre Ehemänner vor dem heutigen Tag noch nie gesehen hat. Wie können sie so strahlend lächeln? Wie können sie so überzeugt von ihrem eigenen Glück sein?

»Bist du bereit zu gehen?«, fragt Bishop mich. »Ich glaube nicht, dass ich noch einen einzigen Händedruck ertrage.«

Ich bin so bereit, wie ich es je sein werde. Am liebsten würde ich Bishop gleich hier und jetzt töten. Mir das Messer vom Kuchentisch schnappen, alle nötigen Schritte dazwischen überspringen und mich direkt auf das Endergebnis stürzen. »Ja«, antworte ich. »Ich muss mich nur noch von meiner Familie verabschieden.«

Bishop nickt, und ich stoße einen Seufzer der Erleichterung aus, als er mir nicht folgt. Ich will ungestört Auf Wiedersehen sagen.

»Also«, sage ich, sobald ich wieder vor meinem Vater und Callie stehe. »Das wär's dann.«

»Du schaffst das«, sagt Callie. Sie drückt mir die Hände, bis meine Knochen knacken. »Er sieht gut aus. Er scheint nett zu sein.« Ihre höhnische Stimme straft ihre Worte Lügen. »Zieh es einfach durch. Übersteh die heutige Nacht, und morgen ist es schon leichter. Das verspreche ich dir.«

Aber wie kann sie mir das versprechen? Sie ist nicht diejenige, die mit einem fremden Jungen in ein fremdes Haus gehen muss, damit er …

Mein Vater fängt meinen Blick auf. »Denk an unseren Plan«, murmelte er, seine Stimme kaum mehr als ein Flüstern. »Und vergiss nicht, dass ich dich liebe.«

Ich kann an den Fingern einer Hand abzählen, wie oft er das zu mir gesagt hat. Ich zweifle nicht an seiner Liebe, trotzdem fragt eine bittere, zornige Stimme in mir, die zum Schweigen zu bringen ich mir alle Mühe gebe, wovon diese Liebe abhängt – von meinem Gehorsam, meiner Loyalität, meinem Erfolg? Liebt er mich auch noch, wenn ich versage?

Ich nicke und presse die Lippen aufeinander, denn ich bin mir nicht sicher, was herauskommen würde, wenn ich den Mund öffnete.

Bishop und ich sind unter den ersten Paaren, die das Fest verlassen, und mehrere ältere Jungen in der Menge pfeifen, als wir die Kellertreppe hinaufgehen.

»Ihr brecht schon auf?«

»Kannst es wohl nicht erwarten, was, Bishop?«

»Da hat es aber jemand eilig nachzuschauen, was unter diesem Kleid steckt.«

Meine Wangen brennen bei ihren Worten. Ich würde am liebsten die Treppe wieder hinuntergehen und sie alle ohrfeigen. Und wenn ich schon dabei bin, würde ich auch Bishop ohrfeigen, nur weil er ein Teil von alledem ist. Ich stolpere auf einer Treppenstufe, und Bishop legt mir stützend eine Hand auf den Arm. »Ignorier sie einfach«, murmelt er knapp. »Das sind Idioten.«

Sie mögen Idioten sein, aber ich kann mir nicht vorstellen, dass sie sich irren. Er ist ein achtzehn Jahre alter Junge, und das hier ist seine Hochzeitsnacht. Ich glaube kaum, dass er mich nach Hause bringt, um mit mir Dame zu spielen. Mein Herz springt in meiner Brust, als wolle es sich herausgraben, direkt durch meine Rippen. Zum tausendsten Mal wünschte ich, es wäre Callie, die hier steht, und nicht ich.

Nachdem ich auf meinen Koffer in der Reihe von Gepäckstücken vor den Rathaustüren gezeigt habe, greift Bishop danach. »Ist er das?«, fragt er. »Nur einer?«

»Ja«, antworte ich. »Auf meiner Seite der Stadt besitzen wir nicht so viel«, kann ich mir nicht verkneifen hinzuzufügen, obwohl Callie mir unzählige Male eingeschärft hat, ihn nicht gegen mich aufzubringen. Ich muss gegen meinen angeborenen Hang ankämpfen, andere zu provozieren. Aber er wirkt nicht ärgerlich oder auch nur überrascht über meine Worte, er folgt mir lediglich die Treppe hinunter, den Koffer in der Hand, als spielte sein Gewicht nicht die geringste Rolle für ihn. »Du weißt, dass es der Wunsch deines Großvaters war, dass die beiden Seiten getrennt bleiben, oder?«, fragt er sanft.

Callie hat mir gesagt, dass es keinen Sinn habe, so zu tun, als liebten unsere Familien einander, weil er das sofort durchschaue. Aber das wahre Ausmaß unseres Hasses muss ich verbergen. Es ist, als wandelte ich ohne Netz auf einem Drahtseil, jeder Schritt ein gewaltiges Risiko. »Zunächst, ja«, antworte ich schließlich. »Aber das war nur ein

Plan für die Übergangszeit, eine Methode, um die Wogen zwischen den beiden Seiten zu glätten. Er wollte nie, dass das so lange aufrechterhalten wird.«

Jedes Jahr tritt mein Vater an Präsident Lattimer heran und sagt, dass es an der Zeit sei, den Brauch der arrangierten Ehen aufzugeben und die beiden Seiten der Stadt zu vermischen. Er formuliert seine Ideen zurückhaltend, bittet nicht um eine demokratische Regierung, was ihm niemals gewährt werden würde. Und jedes Jahr lächelt Präsident Lattimer, nickt und tut gar nichts.

»Wo liegt der Unterschied?«, fragt Bishop. »Es ist eine Stadt, und ihr lebt schließlich nicht in einem Gefängnis.«

Er hat leicht reden, dieser Junge, der in seinem Leben nur das Beste von allem gewöhnt ist, der von Geburt an der Auserwählte gewesen ist. Selbst diese Heirat hat er gelenkt; er hat meine Schwester so mühelos gegen mich eingetauscht, wie er seine Kleider wechselt.

»Es fühlt sich aber nicht immer so an wie eine Stadt«, erwidere ich, weil mir das die einzig sichere Erwiderung zu sein scheint. Er hat insofern recht, als es keine krassen Unterschiede zwischen seinem Teil der Stadt und dem Teil gibt, in dem ich aufgewachsen bin. Die äußeren Unterschiede sind fein – es gibt ein wenig mehr Schatten, die Häuser sind eine Spur größer und ein kleines Stück weiter von den Gehsteigen zurückgesetzt, die Straßen ein oder zwei Meter breiter. Diese Art von Unterschieden ist nicht offensichtlich genug, um offenen Groll zu erzeugen, aber ihre bloße Existenz ist eine Methode, um uns an unseren rechtmäßigen Platz zu erinnern.

Sobald wir auf dem Gehsteig sind, wenden wir uns nach

rechts und wagen uns damit tiefer auf seine Seite der Stadt vor, was meinen Einwand unterstreicht, selbst wenn Bishop es nicht kapiert. Ich habe mich schon früher manchmal jenseits des Rathauses aufgehalten, der inoffiziellen Grenze zwischen Westside und Eastglen. Aber noch nicht oft. Und ich bin noch nie in dem großen Haus von Bishops Eltern gewesen, doch ich weiß, dass mein Vater schon dort war.

Vor dem Krieg war Westfall eine Kleinstadt im südlichen Missouri auf dem Ozark-Plateau, wie dieser Teil des Staates damals genannt wurde. Unsere Stadt war der Verwaltungssitz, und der Marktplatz existiert immer noch, eingerahmt vom Rathaus am Südende und dem Gerichtsgebäude im Norden. Das ist einer der Gründe, warum mein Großvater diesen Ort gewählt hat, um sich anzusiedeln. Als der Krieg anfing, wohnte er in Chicago, wo er die erste Welle von nuklearen und elektromagnetischen Bomben überlebte. Dann ist er landeinwärts gezogen. Unterwegs hat er andere Überlebende getroffen und 2025, drei Jahre nach dem Krieg, Westfall gegründet. Die Stadt hatte damals nur geringfügig weniger Einwohner als heute, etwa achttausend Menschen. Dieser Teil des Landes litt schwer unter Seuchen und Hungersnöten, aber hier sind nur wenige Bomben gefallen. Aus diesem Grund ist hier genug von der Infrastruktur übrig geblieben, um darauf aufzubauen.

Die Sonne wirft durch das Laub der Straßenbäume Lichtflecke auf unsere Gesichter, während wir uns unserem Ziel nähern. Wir weichen den Rissen im Gehsteig aus, dort, wo sich die Wurzeln riesiger Eichen durchs Pflaster drücken. Es wäre schön, irgendeine Art von Transportmittel zu haben, vor allem heute mit meinen hohen Absätzen, aber es gibt keine

Autos mehr. Die elektromagnetischen Bomben haben sie alle fahruntüchtig gemacht, und wir hätten ohnehin keinen Zugang zu Benzin. Heute, fünfzig Jahre später, sind die Straßen rissig, und Unkraut wächst aus dem unebenen Asphalt, sodass sie für Autos sowieso nicht mehr zu gebrauchen wären. Heute gehen alle zu Fuß, fahren Fahrrad oder reiten manchmal allenfalls, obwohl wir nicht genug Pferde haben, um daraus ein allgemeines Transportmittel zu machen.

Der Riemen eines meiner Schuhe scheuert auf der Haut. Ich zucke beim Gehen immer wieder zusammen und versuche, das Gewicht von der wunden Stelle weg zu verlagern. Bishop sieht mich an und nimmt den Koffer von seiner linken Hand in die rechte. »Warum ziehst du sie nicht einfach aus?«, fragt er. »Es scheint ziemlich schmerzhaft zu sein, darin zu gehen.«

»Das ist es auch.« Ich beherzige seinen Rat, schlüpfe aus meinen Schuhen und hänge sie mir über den Zeigefinger. Der Gehweg ist rau und warm unter meinen nackten Füßen. Bevor ich mich bremsen kann, stoße ich einen leisen erleichterten Seufzer aus.

»Besser?«, fragt er, und sein Mundwinkel zuckt in die Höhe.

»Viel besser«, bestätige ich.

Als wir an die Main Street, Ecke Elm Street kommen, wende ich mich nach links. Das Haus des Präsidenten ragt in der Ferne auf, seine Backsteinfassade ist teilweise verdeckt von einem großen schmiedeeisernen Zaun.

»Wo willst du denn hin?«, fragt Bishop hinter mir. Ich schaue über meine Schulter. Er ist bereits auf halbem Weg zu einem winzigen Bungalow.

Ich bleibe verwirrt stehen. »Zum Haus deiner Eltern.«

Er schüttelt den Kopf. »Wir wohnen nicht bei ihnen.« Er zeigt mit dem Daumen auf den Bungalow. »Der da gehört uns.«

»Aber ich dachte...« Ich unterbreche mich. Callie und mein Vater haben gesagt, dass wir in einem Flügel des Präsidentenhauses leben würden. Eine andere Möglichkeit haben sie nie in Erwägung gezogen. Letzte Woche hat ein Kontaktmann von Callie auf dieser Seite der Stadt ihr mitgeteilt, dass man neue Möbel hineingetragen, Vorhänge gewechselt und Wände tapeziert habe.

Heftige Panik befällt mich. Wenn mein Vater sich schon bei diesem Teil des Plans geirrt hat, was weiß er dann sonst alles nicht? Wobei wird er mich sonst noch in die Irre laufen lassen? Ich verspüre den Impuls, zu fliehen, zurück ins Rathaus, zurück nach Hause, Hauptsache irgendwo anders hin. Ich kriege das hier nur hin, wenn nicht von mir verlangt wird zu improvisieren. Ich bin nicht Bishop. Ich bin nicht Callie. Ich bin keine so begabte Schauspielerin.

Bishop sieht mich mit zusammengezogenen Augenbrauen an, während ich wie angewurzelt dastehe. »Kommst du?«

Ich nicke. »Ja«, antworte ich viel zu leise. »Ja«, wiederhole ich, diesmal lauter.

Er hält mir die Haustür auf und geht hinter mir hinein. Die Tür schließt sich mit einem sehr lauten Klicken in der leeren Stille des Hauses. Bishop steht direkt hinter mir, und ich mache einen Schritt nach vorn, damit er vorbeigehen kann. Der Eingang mündet in ein kleines Wohnzimmer, und Bishop stellt meinen Koffer neben ein beigefarbenes

Sofa. Gleich dahinter befindet sich die Küche mit einem runden Tisch unter einer Reihe von Fenstern. Rechts vom Wohnzimmer ist eine weitere Tür, hinter der ich das Schlafzimmer vermute. Schnell wende ich den Blick ab.

Ich habe keine Ahnung, wohin mit mir. In ihren Unterweisungen hat Callie sich hauptsächlich auf die großen Momente konzentriert, nicht die alltäglichen. Ich lasse meine hochhackigen Schuhe klappernd auf den Boden fallen. »Also«, sage ich und verschränke die Arme vor der Brust. »Was jetzt?«

Das kommt lauter heraus, als ich es beabsichtigt habe, und ich kann mir vorstellen, dass Callie bei meinen Worten zusammenzucken würde.

Bishop sieht mich mit hochgezogenen Augenbrauen an. »Hast du Hunger?«, fragt er. »Du hast gar nichts von dem Kuchen gegessen.« Er knöpft die Manschette seines Hemdes auf und krempelt den Ärmel hoch, sodass ein gebräunter Unterarm zum Vorschein kommt. Er hat die Art von Muskeln, die man nur bekommt, wenn man sie benutzt – schlank und stark. Er macht sich daran, auch den anderen Ärmel hochzukrempeln, und wartet auf meine Antwort.

Ich kann mir nicht vorstellen, jetzt etwas zu essen. Kauen und Schlucken würde meine Kräfte übersteigen. Aber die Zubereitung einer Mahlzeit bedeutet eine Atempause, gibt mir zumindest ein paar Minuten, in denen ich mir keine Sorgen zu machen brauche, was als Nächstes kommt.

»Vielleicht«, sage ich schließlich. »Was gibt es denn?«

Bishop zuckt die Achseln. »Ich habe keine Ahnung. Aber meine Mutter hat bestimmt dafür gesorgt, dass der Eiskasten aufgefüllt wurde.« Ich folge ihm in die Küche. Hier ist es heller und wärmer, und als er zu den Fenstern geht und eins davon aufdrückt, bewegt ein leichter Wind die Spitzenvorhänge. Der Eiskasten macht mehr her als die primitive Holzkiste, die wir zu Hause haben. Dieser hier sieht wie ein richtiges Möbelstück aus, mit Schneckenverzierungen im Holz. Kühlschränke sind noch so etwas, das den Krieg nicht überlebt hat. Selbst wenn wir genug Strom hätten, um sie ständig zu betreiben, ist uns schon vor langer Zeit das Kühlmittel ausgegangen. Also benutzen wir handgemachte Eiskästen aus Holz, und alle paar Tage werden Eisblöcke geliefert, die im Winter eingebracht und über das Jahr in einem Eishaus gelagert werden.

Ich öffne den Eiskasten nur, um meinen Händen etwas zu tun zu geben. Im Kasten befinden sich ein Stück Käse, irgendwelches in Papier eingewickeltes Fleisch und jeweils ein Glaskrug mit Milch und mit Wasser im oberen Fach. Darunter liegen ein Dutzend Eier und ganz unten Salat und Möhren in einer Schale. Dazu eine Schüssel mit frischen Beeren. Wir haben bei mir zu Hause nie Hunger gelitten, aber es gab auch nicht so viel zu essen wie hier. Immer gerade genug und nicht mehr.

»Hier ist noch mehr Obst«, bemerkt Bishop von der Theke her. »Und Brot.« Er dreht am Schalter der Herdplatte. »Der Strom ist aus, also gibt es heute nichts, was man kochen muss.« Elektrizität war eins der ersten Dinge, an deren Wiederherstellung mein Großvater und die anderen Überlebenden gearbeitet haben. Aber sie steht immer noch nur zeitweise zur Verfügung, und es gibt häufig Stromausfälle, die manchmal nur kurz sind und manchmal tagelang andauern. Nur Regierungsgebäuden, dem Rathaus und dem Gericht ist stets Strom garantiert. Wir alle sind dazu angehalten, unsere elektrischen Geräte sparsam einzusetzen – kein Licht, es sei denn, es ist nötig, und Ventilatoren, die nur laufen, wenn es so heiß ist, dass wir keine Wahl haben.

»Sandwiches?«, schlage ich vor.

»In Ordnung.«

Ich nehme das Fleisch – Truthahn, wie sich herausstellt – und den Käse aus dem Eiskasten und lege beides neben Bishop auf die Theke. Er reicht mir ein Messer, und ich schneide Brot, während er das Gleiche mit einer Tomate macht. Seine Finger sind lang, und er handhabt das Messer mühelos und geschickt.

Wir arbeiten schweigend und stellen zwei Sandwiches zusammen, von denen ich weiß, dass eines unangetastet bleiben wird. »Kochst du gern?«, fragt Bishop. Er nimmt zwei gelbe Glasteller aus dem Schrank. »Es gibt keine richtige Antwort«, fügt er hinzu, als ich nicht reagiere. Er klingt amüsiert. »Das ist kein Test.«

Aber er irrt sich. Alles ist ein Test. Jede Sekunde, jede Interaktion hat das Potenzial, mir alles um die Ohren fliegen zu lassen. Mir fällt ein, was mein Vater mir gesagt hat: Ich solle ich selbst sein, soweit ich irgend kann. Die Wahrheit, wo sie gesagt werden kann, ist immer effektiver als eine Lüge.

»Es macht mir nichts aus«, erwidere ich. Er sieht mich vor seinem inneren Auge wahrscheinlich den ganzen Tag in einer Schürze am Herd stehen. »Warum?«

Bishop sieht mich an und er mustert mich auf die gleiche eindringliche Weise, wie er das bereits zuvor getan hat.

»Ich habe nur Konversation gemacht, Ivy. Um dich kennenzulernen.«

Es ist das erste Mal, dass er meinen Namen sagt. Um ehrlich zu sein, ich war mir nicht ganz sicher, ob er ihn überhaupt kennt.

Wir essen schweigend. Na ja, er isst. Ich knibbele an meinem Brot herum und rolle kleine Teigbällchen zwischen den Fingern. Ich sehe fast die ganze Zeit auf meinen Teller, aber wann immer ich hochschaue, ruht sein Blick auf mir, was mir ein unangenehmes Gefühl in der Magengegend beschert. Ich warte darauf, dass er etwas sagt, dass er etwas von mir verlangt, aber er scheint mit dem Schweigen zufrieden zu sein.

Ich habe keine Ahnung, wie lange wir dort sitzen, aber Schatten gleiten bereits die Wände hinauf, als er endlich aufsteht und unsere Teller ins Spülbecken stellt. Durch das offene Fenster höre ich jemanden ein Kind zur Nacht hereinrufen, das Zuschlagen eines Mülleimerdeckels, leise Gitarrenmusik. Die Normalität des Ganzen erinnert mich nur daran, wie allein ich bin.

»Willst du deine Sachen auspacken?«, fragt Bishop.

»In Ordnung«, sage ich, stehe auf und streiche mein Kleid glatt. Ich wünschte, ich könnte es mir an den Körper kleben. Meine Beine fühlen sich kalt und nackt an, selbst in der milden Abendluft. Ich habe noch Callies Stimme im Ohr: *Zieh es einfach durch.*

Bishop trägt meinen Koffer den kurzen Flur entlang zum Schlafzimmer. Ich folge ihm mit ein paar Schritten Abstand und lasse die Finger über die Wand gleiten, als würde ich da irgendetwas finden, an das ich mich klammern und das mich retten kann. Auf der linken Seite ist ein Badezimmer und auf der rechten ein einzelnes Schlafzimmer. Im abnehmenden Tageslicht sind ein großes Bett mit zwei zusammenpassenden Nachttischen und eine Kommode an der Wand gegenüber zu erkennen.

»Im Schrank hängen Bügel«, erklärt er. »Und die eine Hälfte der Kommode ist leer.«

Ich nicke, bleibe zaudernd in der Tür stehen und balle die Fäuste. Er steht am Fußende des Bettes, die Hände in den Taschen, und beobachtet mich aufmerksam. Ich weiß, was Callie tun würde. Sie würde flirten und lachen. Sie würde den ersten Schritt machen. Sie würde in einer Situation, die sich absolut ihrer Kontrolle entzieht, die Zügel ergreifen und sie so nach ihrem Willen formen, glücklich, sich für das Wohl der Sache zu opfern. Aber ich bin nicht wie sie. Trotz allem, was man mir beigebracht hat, weiß ich eines: Wenn er versucht, mich zu berühren und mir mein Kleid auszuziehen, werde ich mich gegen ihn wehren. Obwohl es nichts bringt, werde ich kämpfen. Ich habe keine Ahnung, ob das bedeutet, dass ich schwach bin oder stark.

Aber er berührt mich nicht, kommt keinen Schritt näher. Stattdessen öffnet er eine Schublade der Kommode, nimmt Shorts und ein T-Shirt heraus und knüllt beides zusammen. »Ich schlafe auf dem Sofa«, sagt er.

Ich bin so angespannt, so sehr auf einen Kampf eingestellt, dass seine Worte zuerst gar nicht zu mir durchdringen. »Warte … was … du willst nicht …« Ich weiß selbst nicht genau, was ich frage.

Er bedenkt mich mit einem schiefen Lächeln und zieht die Augenbrauen hoch. »Willst du denn?«

»Nein«, entgegne ich und bereue sofort, so schnell geantwortet zu haben. Ich sollte eher Angst davor haben, ihn zu beleidigen, aber im Moment gewinnt die schiere Erleichterung die Oberhand über das, was ich über Jahre gelernt und verinnerlicht habe.

Er nickt. »Das dachte ich mir.« Wir starren einander an. Ich habe noch nie gehört, dass der Bräutigam in der Hochzeitsnacht auf dem Sofa schläft. Vielleicht passiert das ständig, und ich weiß es nur nicht. Aber ich bezweifle es und denke an die anderen Paare bei dem Empfang heute, mit ihren gierigen Lippen und den geröteten Wangen. Doch falls er enttäuscht oder wütend ist, lässt er es sich nicht anmerken.

Ich trete beiseite, damit er an mir vorbeigehen kann. Er hält kurz inne und neigt den Kopf zu mir. »Gute Nacht, Ivy«, sagt er.

»Gute Nacht.«

Er schließt die Tür hinter sich. Ich gehe zum Bett, setze mich auf die Kante und presse die Finger zwischen die Knie, damit sie aufhören zu zittern. Gäbe es einen Stuhl, den ich unter die Türklinke klemmen könnte, um sicherzugehen, dass Bishop nicht zurückkommt, würde ich mich besser fühlen. Aber eigentlich glaube ich nicht, dass er das tut. Ich kann mir nicht vorstellen, dass er mir wehtut, und ich weiß nicht, was ich davon halten soll. Wenn er es getan hätte, wäre es vielleicht einfacher.

3

Ich habe nie lange gedöst. Wenn ich aufwache, geschieht das mit einem Knall; in der einen Sekunde sind meine Augen geschlossen, in der nächsten sind sie offen, und ich bin hellwach. Hier in diesem fremden Schlafzimmer, in diesem neuen und zu großen Bett ist es nicht anders. Ich blinzle zur weißen Decke hoch und bleibe ganz still liegen, lausche auf irgendwelche Laute von ihm. Ich meine, aus der Küche das Klappern von Geschirr zu hören, aber ich bin mir nicht sicher.

Kaum zu glauben, dass ich noch gestern Morgen in meinem eigenen Bett aufgewacht bin, in dem Haus, in dem ich mein ganzes Leben zugebracht habe, und jetzt ein neues Zuhause habe, ein neues Bett. Einen neuen Ehemann. Er ist anders, als ich erwartet habe. Ich wusste, wie er aussieht, zumindest von Weitem. Das war also keine echte Überraschung. Aber nach all den bösen Worten, die ich über seinen Vater und seine Familie gehört habe, nach der unterschwelligen Verachtung, die seine Familie für meine Familie und für alles, wofür wir stehen, hegt, habe ich gedacht, Bishop würde hinter geschlossenen Türen brutaler sein. Seine Zurückhaltung hat mich überrascht. Ich hätte nicht gedacht, dass er Geduld haben würde. Vielleicht hat er sich mich auch anders vorgestellt.

Ich muss eine Möglichkeit finden, Callie wissen zu lassen, dass wir nicht im Haus des Präsidenten wohnen. Doch wie ich sie kenne, hat Callie diese Information bereits und arbeitet schon an einem neuen Plan. Ich sollte bald zum Markt gehen, um nachzusehen, ob dort eine Nachricht auf mich wartet. Ich könnte Callie natürlich jederzeit besuchen, aber es wurde beschlossen, den Kontakt zwischen mir und meiner Familie möglichst gering zu halten.

»Ivy?«, ruft Bishop vor der Tür und unterstreicht seine Frage mit einem leisen Klopfen gegen das Holz.

»Ja?« Ich setze mich auf.

Er öffnet langsam die Tür, und nur sein Kopf und sein Oberkörper erscheinen in dem Spalt. »Ich gehe jetzt. Ich wollte dir nur Bescheid sagen.« Sein Blick huscht über mein Haar, das mir offen über den Rücken fällt, dann sieht er mir wieder ins Gesicht.

»In Ordnung«, antworte ich. Ich gebe mir alle Mühe, normal zu klingen, mich darauf zu besinnen, wie eine Ehefrau mit ihrem Ehemann redet, aber meine Stimme ist zu hoch, zu angespannt, als spielte ich eine Rolle. Was ich ja auch tue. In mehr als einer Hinsicht.

Nachdem er gegangen ist, fällt mir ein, dass ich wahrscheinlich hätte fragen sollen, wo er hinwill, dass ich mehr Interesse an seinem Tag hätte zeigen sollen. Aber im Moment bin ich zu erschöpft. Das alles war so viel einfacher, als es noch nur eine Idee in meinem Kopf war.

Ich liege im Bett und beobachte, wie die Sonne durch die Ritzen des Vorhangs kriecht, wie sie ihre warmen Finger über den Boden streckt. Als meine Beine unter der Decke zu schwitzen beginnen, zwinge ich mich aufzustehen, recke die Arme über den Kopf und versuche, die Anspannung aus meinem Hals und meinen Schultern zu kneten, wo sie sich breitgemacht hat wie ein Schal aus Blei.

Das Badezimmer ist klein wie der Rest des Hauses und makellos sauber. So schnell ich kann, dusche ich, ausnahmsweise ist das einmal keine Konsequenz des Mangels an heißem Wasser. Ich will nicht länger als nötig nackt sein; ich habe keine Ahnung, wann Bishop zurückkommt.

Nachdem ich ein T-Shirt und Shorts angezogen habe, und mit nassem Haar, das mir in den Rücken tropft, mache ich mich daran, den Rest meiner Sachen auszupacken. Es ist seltsam, meine wenigen Kleider im Schrank neben denen von Bishop hängen zu sehen; der Anblick lässt unsere Ehe realer erscheinen als alles andere, was bisher passiert ist.

Ich schlendere durch das Haus, öffne Schubladen, lasse meine Hände berühren und meine Blicke schweifen. Ich muss mich hier irgendwie behaglicher einrichten. Er wird niemals mit mir reden und Vertrauen zu mir fassen, wenn ich mich weiter so benehme, als könnte ich es gar nicht erwarten, wieder zu verschwinden. Zwischen williger Unterwerfung und völliger Verschlossenheit ihm gegenüber gibt es einen ziemlich großen Spielraum. Es muss mir einfach gelingen, mich in diesem Spielraum einzurichten.

An der Wohnzimmerwand hängt ein großes Exemplar der Karte unserer Stadt, die auch im Rathaus hängt. Ich knie mich auf das Sofa, um einen genaueren Blick auf das

Luftbild werfen zu können. Die Karte zeigt unsere größeren Sehenswürdigkeiten, sowohl die von Menschen gemachten als auch die natürlichen: das Rathaus, das Gerichtsgebäude, den Fluss, die Gewächshäuser, in denen wir den größten Teil unserer Nahrung anbauen, die Solarmodule, die helfen, unseren Strom zu erzeugen, die Wasseraufbereitungsanlage, die Baumwollfelder für die Herstellung unserer Kleidung. Den Zaun.

Meinem Vater zufolge wurde der Zaun ursprünglich errichtet, um Raubtiere fernzuhalten, sowohl menschliche als auch tierische. Er war nie dazu bestimmt, uns dahinter einzusperren. Und auch jetzt steht es uns frei zu gehen. Aber kaum jemand tut das. Denn niemand weiß, was hinter dem Gelände liegt, das wir einsehen können. Welche Schrecken möglicherweise hinter dem Horizont lauern. Die meisten Leute sind hier zufrieden, wo es zumindest Essen auf dem Tisch und vier Wände gibt, zwischen denen man schlafen kann. Die Erinnerung an den Krieg und die Geschichten, die unsere Großeltern uns von Hunger und Verstrahlung erzählt haben, von Nachbarn, die einander in blinder Wut erschlugen, hält die Menschen davon ab, die Umgebung außerhalb der Stadt zu erkunden.

Die Einzigen, die sich jenseits des Zauns begeben, sind diejenigen, die dazu gezwungen werden, weil man sie zur Strafe für tatsächliche oder vermeintliche Verbrechen verstoßen hat. Gelegentlich schafft es jemand, wieder hereinzukommen, indem er einen Tunnel unter dem Zaun hindurchgräbt oder ein Loch in das Metall reißt. Aber bei uns bekommt man keine zweite Chance. Wer als Verstoßener zurückkehrt, wird ohne Ausnahme mit dem Tod bestraft. Mein Vater hat gesagt, dass in den Anfangsjahren Banditen einige Male den Zaun auf der Suche nach Nahrung oder Waffen eingerissen hätten, aber man hat es immer geschafft, sie zu überwältigen und wieder zu vertreiben. Seit ich auf der Welt bin, ist so etwas nicht mehr vorgekommen.

Ich weiß, dass ich nicht den ganzen Tag in diesem Haus sitzen und die Wände anstarren kann, ohne den Verstand zu verlieren. Genauso gut kann ich es auf dem Markt versuchen, auch wenn es noch zu früh ist, als dass Callie mir schon eine Nachricht hinterlassen haben könnte. Wenigstens kann ich so ein bisschen frische Luft schnappen und höre auf mit der Grübelei.

Ich bin noch nie in dieser Hälfte der Stadt auf dem Markt gewesen, aber ich weiß, wo er sich befindet. Ich nehme einen Umweg in Kauf, damit ich am Haus des Präsidenten vorbeigehen kann. Es ist wieder ein warmer, sonniger Tag, und auf den Gehsteigen herrscht nicht viel Betrieb. Wer unterwegs ist, geht zu Fuß oder fährt mit dem Rad. Einige Passanten werfen mir verstohlene Blicke zu, die mich verunsichern, bis mir wieder einfällt, wer ich jetzt bin. Ich senke den Kopf, beschleunige meine Schritte und lasse mein Haar wie einen Vorhang über mein Gesicht fallen.

Das Haus des Präsidenten liegt dunkel und still da, und hinter den durchsichtigen Vorhängen kann ich keine Bewegung ausmachen. Ein Mann arbeitet auf dem Rasen und schiebt eine Schubkarre mit Mulch vor sich her. Ich bleibe stehen und lege die Hände um die Eisengitterstäbe, die mich vom Grundstück trennen. Ist Bishop in diesem Moment im Haus und lernt von seinem Vater, so wie ich von meinem gelernt habe? Als der Gärtner meinen Blick bemerkt, lasse ich den Zaun los und gehe weiter.

Ich rieche den Markt, bevor ich ihn sehe. Ein leichter Wind trägt den Duft von Äpfeln, überreifem Gemüse und frischer Erde zu mir herüber und beschert mir einen Kloß im Hals, so sehr sehne ich mich nach dem Markt in der Nähe des Hauses meiner Familie. Noch mehr als zu Hause habe ich mich dort immer sehr wohl gefühlt, weil alle mich mit Namen kannten. Mein Vater war, wenn auch ein Anführer in unserem Stadtteil, immer ein Einzelgänger, der mich und Callie in unserer kleinen Dreiergemeinschaft festgehalten hat, so gut er konnte. Er hat uns aus Überzeugung selbst unterrichtet und uns nie zu Freundschaften ermutigt, außer der zwischen uns Schwestern. Aber auf dem Markt habe ich mich immer als Teil einer größeren Gemeinschaft gefühlt, der mein Wohl am Herzen lag.

Doch dieser Markt hier ist mir fremd, obwohl er für einen Außenstehenden wahrscheinlich nicht viel anders wirkt als der, zu dem ich früher immer gegangen bin. Die Stände sind größer, die Markisen leuchtender, und ich sehe kein einziges bekanntes Gesicht. Niemand ist unhöflich zu mir, aber bei jedem Schritt ist mir bewusst, dass ich nicht hierhergehöre. Ich stehe am äußeren Rand der Menschenmengen, die sich um die Stände herum bilden, beobachte, nehme aber nicht teil. Eine Frau in einem bedruckten Kleid reicht mir ein Gebäckstück, als ich an ihrem Tisch vorbeikomme.

»Oh nein«, sage ich und schüttle den Kopf. »Ich kaufe nichts.«

Sie lächelt. »Das kostet nichts. Lassen Sie es sich schmecken.« Sie streckt immer noch die Hand aus, und es wäre unhöflich, einfach weiterzugehen, also nehme ich das Gebäck an.

»Danke«, sage ich und erwidere ihr Lächeln.

»Gern geschehen, Mrs Lattimer«, antwortet sie, und mir vergeht das Lächeln. Wird man jetzt ständig versuchen, mir Geschenke zu machen? Bishop Lattimers Ehefrau zu sein, bedeutet das, dass mir die Leute aufgrund meines Namens Sachen geben wollen, die ich gar nicht verdiene? Sieht so Bishops Leben aus? Und wie lange dauert es, bis man anfängt zu denken, dass man diese Dinge tatsächlich verdient, dass einem das alles zusteht?

Ich gebe das Gebäck dem nächstbesten Kind, an dem ich vorbeikomme, einem kleinen Mädchen, das mich mit entzückten Augen ansieht. Dann schlängle ich mich durch die Menge, bis ich zu dem kleinen Stand am anderen Ende komme, wo ein älterer Mann Gläser mit Gelee und Senf verkauft. Selbst die sind hier prächtiger, die Etiketten haben einen Wellenrand und farbiges Band um die Deckel.

»Hallo«, sage ich. Ich tue so, als musterte ich das Senfglas in meiner Hand.

»Hallo«, antwortet er und lässt den Blick über die Menge hinter mir gleiten. »Kann ich irgendwas für Sie tun?« Einen Arm hält er nutzlos vor die Brust, die Hand verdorrt und gekrümmt wie eine Klaue. Solche Geburtsdefekte sind in Westfall weit verbreitet, die anhaltende Folge des Atomkrieges.

»Nein.« Ich stelle den Senf weg. »Ich schaue nur.« Während ich zur Seite rücke, um Platz für die Familie zu meiner Rechten zu machen, sieht der Mann mich an und schüttelt schnell den Kopf. Keine Nachricht von Callie. Ich habe nicht erwartet, dass eine da sein würde, bin aber trotzdem enttäuscht. Ich fühle mich müde und mutlos. Doch ich kann mir Mutlosigkeit nicht leisten. Sie wird sich mit mir in Verbindung setzen, wenn es so weit ist. Bis dahin muss ich herausfinden, wie ich Bishops Ehefrau so spielen kann, dass er es mir auch abkauft.

Um sechs Uhr ist er immer noch nicht zu Hause. Ich habe vor einer halben Stunde Rühreier gemacht und jetzt werden sie auf dem Herd trocken. Es ist lächerlich, wütend auf ihn zu sein, da ich ihm keine Fragen gestellt habe, als er heute Morgen aufgebrochen ist. Ich war einfach froh darüber, dass er weg war und mich nicht weiter mit diesen Augen anstarren konnte, die mich ständig zu taxieren scheinen.

Ich decke den Tisch und konzentriere mich darauf, die Gabeln und Servietten zurechtzulegen, damit ich an nichts anderes zu denken brauche. Als sich die Haustür öffnet, gehe ich zum Herd und stelle die Platte wieder an.

»Hallo«, rufe ich, »ich bin hier.« Angesichts des dummen Singsangs, der aus meinem Mund kommt, zucke ich zusammen.

Er antwortet nicht, aber ich höre seine Schritte im Wohnzimmer. »Hallo«, sagt er von der Schwelle her. Es ist mir gestern nicht aufgefallen, als meine Nerven geflattert haben, aber seine Stimme ist tief und etwas schläfrig, als kämen seine Worte aus einer Höhle in ihm und hätten es nicht allzu eilig, seinen Mund zu verlassen.

»Ich habe Abendessen gemacht«, erkläre ich und sehe ihn an. Er lehnt mit vor der Brust verschränkten Armen im Türrahmen. In seinem dunkelgrauen T-Shirt und den abgetragenen Jeans macht er den Eindruck, als fühlte er sich in Freizeitkleidung wohler, genauso wie ich wahrscheinlich. Sein dichtes, dunkles Haar ist etwas zerzaust, als wäre er mit den Fingern hindurchgefahren oder draußen im Wind gewesen. Ich wende mich wieder den Eiern zu, die ich vom Boden der Pfanne zu lösen versuche.

»Ich hoffe, du hast Hunger«, bemerke ich. »Denn ich habe Hunger. Einen Bärenhunger. Ich habe heute fast nichts gegessen.« Ich plappere, bin viel zu bemüht, und deshalb klappe ich jetzt schnell den Mund wieder zu.

Er antwortet nicht. Ich riskiere einen weiteren Blick, und er schenkt mir ein kleines Lächeln, einen neugierigen Ausdruck in den Augen. »Was machst du da?«, fragt er schließlich.

»Kochen«, antworte ich und merke, wie ich langsam ärgerlich werde. Ich gebe mir wenigstens Mühe. Warum kann er nicht einfach mitmachen? Bisher ist er keiner meiner Vorstellungen von ihm gerecht geworden. Er ersetzt Befehle durch Schweigen, Gewalttätigkeit durch Geduld, Überlegenheit durch etwas, das sich wie Empathie anfühlt. Plötzlich bin ich wütend auf meine Schwester. Ich brauche sie hier, damit sie mir sagt, was ich angesichts eines Jungen tun soll, der sich überhaupt nicht so verhält, wie sie es mich zu erwarten gelehrt hat.

»Hm …«, ist alles, was er sagt. Die Stille dehnt sich aus, bis ich sie nicht länger ertragen kann. Ich muss sie mit irgendetwas füllen, selbst wenn es fehlgeleiteter Ärger ist.

Ich lasse den Pfannenheber mit ein wenig zu viel Nachdruck auf die Theke knallen, und kleine Eibröckchen spritzen auf meinen Arm. Und ausgerechnet das – das heiße Ei auf meiner Haut – treibt mir die Tränen in die Augen. Ich wende mich ab und fische nach dem Lappen am Ende der Theke.

Hinter mir höre ich, wie die Herdplatte ausgeschaltet und die Bratpfanne auf dem Herd nach hinten geschoben wird. Als Bishop mir eine Hand auf die Schulter legt, versuche ich wirklich, nicht zurückzuzucken, aber er hat es wohl trotzdem bemerkt, denn er lässt mich sofort los.

»Komm«, sagt er. »Setzen wir uns.«

Ich drehe mich um, halte das Gesicht jedoch abgewandt und konzentriere mich darauf, meinen Arm abzuwischen. »Was ist mit dem Abendessen?«

»Ich finde, das kann warten.«

Ich folge ihm ins Wohnzimmer und warte, bis er sich in einen Sessel setzt, bevor ich ihm gegenüber auf dem Sofa Platz nehme. Ich ziehe die Beine unter mich und knibbele an einem losen Faden am Kissen herum. Draußen ist es noch hell, aber die Sonne hat ihren langsamen Abstieg bereits begonnen. Weil dieser Raum nach Osten ausgerichtet ist, schleichen sich die ersten Schatten herein und tauchen uns beide in Dämmerlicht. Er macht die Lampe nicht an, und ich bin froh darüber. Vielleicht ist es so leichter, wenn ich mich hinter etwas verstecken kann.

»Ich weiß, dass es schwer für dich ist«, sagt er. Er beugt sich vor, stützt die Ellbogen auf die Knie und betrachtet seine verschränkten Hände. »Es ist auch für mich nicht leicht.«

Ich habe keine Ahnung, was ich sagen soll, also sage ich gar nichts.

Er stößt einen frustrierten Seufzer aus. »Du … du brauchst dich nicht auf irgendeine bestimmte Art mir gegenüber zu verhalten, Ivy. Ich erwarte nichts. Ich will, dass du du selbst bist.« Er lehnt sich zurück und reibt sich mit einer Hand über das Gesicht. Er klingt müde. »Ich will einfach wissen, wer du bist.«

»Okay«, antworte ich, während mein Gehirn nach versteckten Bedeutungen hinter seinen Worten sucht und sich bemüht herauszufinden, was er wirklich will. Denn es scheint unmöglich, dass er dieser Beziehung völlig absichtslos gegenübersteht. »Was willst du denn von mir wissen?«

Bishop beugt sich erneut vor und sieht mich an. »Alles«, entgegnet er leise, und mein Magen krampft sich zusammen. »Einfach alles.«

Ich weiß, dass ich ihm irgendetwas erzählen muss, aber ich muss auch vorsichtig sein. Abgesehen von den Sorgen wegen all der Geheimnisse, die ich hüten muss, ist da noch das nagende Gefühl, dass ich nicht einmal selbst weiß, wer ich außerhalb meiner Familie bin. Für den größten Teil meines Lebens war ich die Reservetochter, die, die an der Seite meines Vaters bleiben und hinter den Kulissen arbeiten würde, während Callie direkt auf der Bühne stehen sollte. Und dann geriet ich vor zwei Jahren unerwartet ins Rampenlicht. Mein ganzes Leben habe ich mich bemüht, das Mädchen zu werden, das sie brauchen, und ich habe alle Seiten an mir, die nicht dazu passen, bisher so tief in mir verborgen, dass ich sie jetzt nicht mehr wiederfinde. Es fühlt sich wie ein weiterer Übergriff an, dass ich in mich hineingreifen und mich diesem Fremden offenbaren muss.

Ich zwinge meine Finger aufzuhören, am Kissenfaden herumzuzwirbeln. »Ähm … keine Ahnung.« Ich hole tief Luft. »Ich mag Erdbeeren. Ich wäre gern ein paar Zentimeter kleiner. Ich habe Angst vor Schlangen. Ich lese gern. Meine Mutter ist gestorben, als ich noch ein Baby war.« Ich spreche die Worte schnell, als würde die bloße Geschwindigkeit, mit der ich sie ausspucke, sie weniger persönlich machen, obwohl es kaum tiefe, dunkle Geheimnisse sind. Ob er wohl weiß, was sein Vater meiner Familie angetan hat? Dass er mir meine Mutter genommen hat, sie hat töten lassen, einfach um uns daran zu erinnern, dass er die Macht dazu hat? Allein der Gedanke daran treibt mir das Blut in die Wangen, und mein Herz schlägt wie verrückt. Ich sollte jetzt aufhören, aber stattdessen hebe ich den Kopf und sehe ihn an. »Mir gefallen die Dinge nicht, die dein Vater tut.« Callie ist vielleicht die entschlossenere von uns beiden, aber ich habe ein Draufgängertum in mir, das sich nicht unterdrücken lässt. »Ist es das, was du wissen wolltest?«

Der Ausdruck auf Bishops Gesicht verändert sich nicht. Sein Blick bleibt ruhig und gelassen. »Es ist zumindest ein Anfang«, antwortet er schließlich.

Ich weiß, dass er darauf wartet, dass ich ihm nun meinerseits Fragen stelle, Interesse an ihm und seinem Leben zeige. Aber es ist mir egal. Ich weiß bereits alles über ihn, was sich zu wissen lohnt. Ich weiß, wer sein Vater ist und wofür seine Familie steht. Alles darüber hinaus spielt für mich keine Rolle. Aber ich habe die Stimme meines Vaters im Kopf: *Schritt eins ist, Vertrauen aufzubauen. Rede mit ihm, bring ihn dazu, sich dir gegenüber zu öffnen.*

»Was ist mit dir?«, erkundige ich mich und gebe mir alle Mühe, interessiert zu klingen. »Jetzt bist du an der Reihe.«

»Okay«, sagt er. »Ich mag Pekannüsse. Ich hätte gern wie mein Vater ein Grübchen im Kinn.« Seine Augen leuchten, und mir ist klar, dass er mich aufzieht. Ich weiß nicht recht, ob ich verärgert oder erleichtert sein soll. »Ich habe Angst vor engen Räumen«, fährt er fort. »Ich bin gern draußen. Meine Mutter treibt mich in den Wahnsinn.« Er hält inne und sieht mich direkt an. »Mir gefällt die Art, wie deine Augen aufblitzen, wenn du wütend bist. Ist es das, was du wissen wolltest?«

Etwas flattert in meiner Brust. »Es ist zumindest ein Anfang«, antworte ich.

4

Am nächsten Morgen erwache ich in einem leeren Haus. Bishop ist bereits weg, und auf einem Zettel, den er auf dem Küchentisch liegen gelassen hat, steht, dass er um fünf zurück sein will. Als ich ihn lese, bin ich etwas enttäuscht. Nicht dass ich Bishop vermissen werde oder ihn gerne hierhätte, aber ich weiß nicht, was ich den ganzen Tag lang mit mir anfangen soll. Ich konnte noch nie besonders gut stillsitzen – außer mit einem Buch in der Hand. Zu lange Zeit ohne etwas zu tun und meine Gedanken fangen an zu rasen. Und das führt nur zu Ärger, wie Callie sagt. Sie hat es zwar immer mit einem Lächeln auf den Lippen gesagt, aber nicht ein einziges Mal habe ich es für einen Scherz gehalten.

Allein im Haus mit einem langen Tag vor mir, wird mir klar, wie ungeheuer einsam ich bin. Abgesehen von meiner Schwester habe ich keinen einzigen richtigen Freund auf der Welt. Mein Vater hat uns zu Hause unterrichtet, weil er Präsident Lattimers Einfluss auf den Lehrplan nicht traut. Außerdem hatte er Angst, uns könnte versehentlich herausrutschen, was wir vorhaben, wenn wir anderen Kindern zu nahe kämen. Obwohl es auf unserer Seite der Stadt Leute gibt, die über Präsident Lattimer und seine Politik murren, hielt mein Vater es für sicherer, unsere Pläne geheim zu halten – eine Armee aus drei Personen. Er hat nie offen von Revolution gesprochen und uns ermahnt, das auch nicht zu tun.

Während der letzten beiden Jahre hat er mich bewusst von allen ferngehalten, während er und Callie hart daran gearbeitet haben, Beziehungen auf unserer Seite der Stadt aufzubauen und Bündnisse zu schmieden, indem sie Menschen halfen, wenn ihnen die Lebensmittel ausgingen, oder er sich bei Präsident Lattimer für Menschen mit kleinen Kümmernissen einsetzte. Mein Vater und Callie haben auch einiges für die Leute auf dieser Seite getan, wie für den Mann auf dem Markt, dessen Tochter sie helfen konnten, als sie im letzten Winter erkrankte. Der Mann ist jetzt gern bereit, als Bote zu fungieren. Mein Vater sagt immer, dass, wenn er erst das Ruder übernimmt, sich die Menschen an diese guten Taten erinnern und wir jede Menge Unterstützung bekommen werden. Aber bis dahin rät er von richtigen Freundschaften außerhalb der Familie ab, weil es zu viele Möglichkeiten gibt, wie diese Beziehungen uns zum Verhängnis werden könnten. Doch heute würde ich fast alles dafür geben, jemanden zum Reden zu haben, einen Freund, der meinen durcheinanderfliegenden Gedanken Einhalt gebieten könnte, und sei es auch nur für wenige Minuten.

Nach einem Frühstück aus Haferflocken und Himbeeren und einer kurzen Dusche trete ich hinaus auf die mit Fliegengitter abgeschirmte Veranda vor der Küche. Es ist ein großer Raum, dessen Boden aus einst weiß getünchten Brettern besteht, die aber inzwischen ein verblichenes Grau angenommen haben. Zwei Korbsofas mit gelben Kissen stehen einander gegenüber an einem niedrigen schmiedeeisernen Tisch. Mein Namensvetter – Efeu – rankt sich am Fliegengitter empor und verleiht der Veranda eine behagliche, kokonähnliche Atmosphäre. Ich kann hinausschauen, aber der Efeu vermittelt die Illusion, dass niemand hereinsehen kann.

Die Hintertür des Nachbarhauses wird geöffnet, und ein Mädchen kommt mit einem Korb und Gartenhandschuhen heraus. Ihr Haar ist lang, glatt und von einem glänzenden, hellen Blond. Die Art Haar, die ich mir insgeheim immer gewünscht habe anstelle meiner wilden, nicht zu bändigenden Locken. Außerdem geht meine Haarfarbe eher in Richtung Honig als in Richtung gesponnenes Gold. Ich kenne das Mädchen aus meiner Hälfte der Stadt, obwohl ich mir sicher bin, dass wir uns nie offiziell vorgestellt worden sind. Es ist möglich, dass sie bei der Heiratszeremonie dabei war, aber ich war zu beschäftigt, um etwas davon mitzukriegen. Sie ist auf halbem Weg die Gartentreppe hinunter, als die Fliegengittertür wieder geöffnet wird, ein Junge erscheint und das Mädchen am Unterarm packt.

»Was ist mit meinem Frühstück?«, fragt er sie.

»Ich habe dir Müsli auf dem Tisch gelassen«, entgegnet sie. Ihre Stimme ist hoch und kindlich. »Und Obstsalat gemacht.«

Von meinem Platz aus, verborgen von den Pflanzen, sehe ich, wie er seinen Griff fester um ihren Arm schließt. Sie zuckt zusammen und versucht, sich ihm zu entziehen, aber er reißt sie wieder zu sich heran. »Das ist kein Frühstück«, stellt er fest. Seine Stimme bleibt ruhig, was das Ganze umso erschreckender macht. »Ich will Eier. Oder Pfannkuchen. Etwas Warmes.«

»In Ordnung«, sagt das Mädchen. »Lass mich nur noch …«

»Sofort«, fällt er ihr ins Wort.

Ich drücke die Fliegengittertür zur Veranda auf und springe die Stufen zu ihnen hinunter.

»Hallo«, rufe ich. Sie fahren beide zu mir herum.

Die Augen des Jungen werden kurz schmal, dann hellt sich sein Blick auf. Er lässt das Mädchen los und kommt die Stufen zu dem niedrigen Zaun herunter, der unsere Gärten voneinander trennt. »Selber Hallo«, sagt er lächelnd.

Ich erwidere das Lächeln, obwohl es mich einige Mühe kostet, und hinter seiner Schulter treffen sich die Blicke des Mädchens mit meinen. »Ich bin Ivy … Lattimer«, erkläre ich. Der Name fühlt sich immer noch fremd auf meiner Zunge an, als stellte ich ein Mädchen vor, dem ich nie begegnet bin. »Wir sind gerade eingezogen.«

»Ja, klar«, entgegnet der Junge, »ich weiß, wer du bist. Ich bin mit Bishop zur Schule gegangen, allerdings war er ein paar Jahre über mir.« Er streckt die Hand aus. »Ich bin Dylan Cox.« Dann deutet er mit dem Daumen über seine Schulter. »Und das ist meine Frau Meredith. Wir sind auch neu in der Gegend.«

»Hallo«, sagt Meredith. Ihre Blicke fliegen zwischen ihrem Mann und mir hin und her.

»Schön, euch kennenzulernen«, bemerke ich. »Also, ich wollte mich nur vorstellen.«

Dylan lächelt mich wieder an. Es ist ein ansteckendes Lächeln, dem man nur schwer widerstehen kann. Während ich es mir so ansehe, kommen mir Zweifel an dem, was ich gesehen habe, und an meiner Einschätzung, was für eine Sorte Junge er ist.

»Wir sehen uns«, sagt er mir. Ich stehe am Zaun und schaue zu, wie er und Meredith wieder hineingehen und durch die dunkle Tür verschwinden.

Als es Nachmittag wird, muss ich einfach aus dem Haus, auch wenn ich kein spezielles Ziel habe. Ich langweile mich und bin rastlos und ich kann nicht aufhören, die Szene mit Dylan und Meredith im Geiste immer wieder durchzuspielen. *Das* ist genau die Art von Beziehung, über die mein Vater immer gesprochen hat, wenn er gegen die arrangierten Ehen wetterte. Er sagt, wenn junge Mädchen gezwungen werden, Jungen zu heiraten, denen sie noch nie begegnet sind und die als Angehörige einer besseren Klasse angesehen werden – auch wenn das niemand laut ausspricht –, entsteht ein Machtgefälle, das häufig zu Missbrauch und Gewalt führt. Und jetzt habe ich mit eigenen Augen einen Beweis dafür gesehen. Ich will Meredith helfen, doch ich weiß nicht recht wie. Wenn der Plan meines Vaters endlich aufgeht, könnte es für sie schon zu spät sein.

Ohne irgendeinen bewussten Gedanken schlendere ich zu der Grünanlage, die die bewohnten Teile der Stadt von unbewohntem Wald trennt. Es sind mehr als zwanzig Morgen Wiesen und sanfte Hügel, einzelne Bäume und ein großer Teich. Es gibt einen Weg für Fahrräder und einen breiteren für Fußgänger, aber heute, an einem Montagnachmittag, sind nur wenige Menschen in der Ferne zu sehen.

Ich lasse den Pfad links liegen und gehe durch das hohe Gras auf den Teich und die Enten zu, die ich als Kind immer gefüttert habe. Über das Wasser spannt sich eine niedrige Holzbrücke, die ich bis zur Hälfte überquere, bevor ich mich setze und die Beine über dem Wasser baumeln lasse, die Arme auf den unteren Lauf des Holzgeländers gestützt. Dann bette ich das Kinn auf die Hände und sehe den Enten zu, die unter meinen Füßen durchs Wasser planschen; ich wünschte, ich hätte daran gedacht, ein wenig Brot mitzunehmen.

Als ich Schritte auf der Brücke höre, schaue ich nicht auf, aber dann schiebt sich ein Paar Beine neben meine, und eine Stimme, die mir so vertraut ist wie meine eigene, durchschneidet die Stille. »Erzähl mir alles«, sagt Callie und stupst mich mit der Schulter an.

Ich sollte wahrscheinlich überrascht sein, sie hier zu sehen, aber ich bin es nicht. Mein Leben lang ist sie mir stets einen Schritt voraus gewesen – eigentlich den meisten Menschen. Sie sagt immer, dass sie ihre Augen überall habe, und man sollte Callie besser beim Wort nehmen. Außerdem bin ich zu erleichtert darüber, sie zu sehen, um mich darum zu kümmern, woher sie gewusst hat, wo sie mich finden kann.

»Callie«, begrüße ich sie lächelnd. »Ich bin gestern zum Markt gegangen, aber da gab es keine Nachricht. Ich bin froh, dass du hier bist.«

»Ich auch«, entgegnet sie und schaut mir forschend ins Gesicht. »Geht es dir gut?«

»Ja. Aber wir wohnen gar nicht in Präsident Lattimers Haus. Hast du das gewusst?«

Sie nickt. »Das habe ich gestern herausgefunden. Soweit ich gehört habe, war es Bishops Idee. Er wollte nicht bei seinen Eltern wohnen.« Sie zuckt die Achseln. »Ergibt irgendwie Sinn. Und macht die Dinge eindeutig komplizierter.« Sie nagelt mich mit ihrem Blick fest. »Du musst einen Weg finden, um uns das zu beschaffen, was wir brauchen. Du wirst in diesem Haus bestimmt ein und aus gehen. Es könnte ein wenig länger dauern, das ist alles.«

»Okay«, antworte ich. Der Gedanke, in Präsident Lattimers Haus herumzuspionieren, war schlimm genug, als ich noch dachte, dass ich dort wohnen würde und so wenigstens eine überzeugende Ausrede gehabt hätte, wenn ich erwischt worden wäre. Die Aufgabe unter den jetzigen Umständen anzugehen, macht es noch schlimmer.

Eine der Enten unter uns taucht nach etwas Essbarem und spritzt mir kühles Wasser auf den Fuß. Der Wassertropfen kitzelt, als er über meinen Fußrücken läuft.

»Also«, fährt Callie mit leiser Stimme fort. »War es schlimm? Hat er dir wehgetan?«

Ich sehe sie an. Sie starrt mit zusammengepressten Lippen runter ins Wasser. »Nein«, antworte ich. »Wir haben nicht … du weißt schon.«

Sie fährt mit dem Kopf zu mir herum. »Warum nicht?«

»Eigentlich habe ich keine Ahnung. Ich glaube, er hat gesehen, dass ich Angst hatte, dass ich es nicht wollte.« Ich lasse die Beine hin und her baumeln. »Vielleicht wollte er es ja auch nicht.«

Callie schnaubt. »Der Typ kann sich beherrschen, das

muss ich ihm lassen. Ich hätte nicht gedacht, dass er imstande sein würde zu widerstehen … all dem zu widerstehen«, setzt sie hinzu und macht eine Handbewegung in meine Richtung.

»Ach was«, sage ich, aber ich kann mir ein leises Lachen nicht verkneifen. Es tut gut zu lachen, selbst über etwas, das nicht wirklich komisch ist.

»Und er ist schlau«, nimmt Callie ihren Faden wieder auf. »Nichts zu erzwingen, lässt ihn als viel netteren Burschen erscheinen, als er tatsächlich ist. Wie läuft der Rest? Kriegst du ihn dazu, dir zu vertrauen?«

»Wir hatten erst *zwei* Tage.«

»Das weiß ich, Ivy. Aber wir haben nicht den Luxus von unendlich viel Zeit. Drei Monate, mehr hast du nicht. Die Uhr läuft bereits.«

Drei Monate. Ich weiß nicht, ob das zu lange oder nicht lange genug ist. Aber es ist die Zeitspanne, die ich zur Verfügung habe, um den Plan meines Vaters Schritt für Schritt auszuführen, dessen letzter Bestandteil sein wird, Bishop zu töten. Präsident Lattimers Tod wird dann folgen, und Callie hat mir erzählt, dass dieser Plan bereits in Gang gesetzt wurde, dass er sich nicht mehr verzögern oder aufhalten lässt. Aber Bishop muss zuerst sterben. Ich kenne nicht alle Details. Mein Vater hält es für sicherer, wenn ich nur Bruchstücke kenne, für den Fall, dass ich erwischt werde. Aber eins weiß ich: Wenn ich es vermassle, sind unsere Pläne gescheitert.

»Also, tust du, was wir dir aufgetragen haben? Bringst du ihn dazu, dir zu vertrauen?«, fragt Callie noch einmal.

»Ich glaube schon«, sage ich schließlich. »Ich meine,

wir reden miteinander.« Ich denke an das Gespräch, das wir gestern Abend geführt haben. »Aber ich habe etwas Negatives über seinen Vater gesagt. Das hätte ich wahrscheinlich nicht tun sollen.«

»Oh mein Gott, Ivy«, ruft Callie. »Du sollst *nett* sein. Wie oft sind wir das durchgegangen?«

»Ich glaube nicht, dass er sauer war. Es schien ihn nicht besonders aufzuregen.«

Callie verdreht die Augen. »Oh ja, ich bin mir sicher, dass es ihm nicht das Geringste ausmacht, dass seine frischgebackene Ehefrau den Mann kritisiert, in den er sich verwandeln will, wenn er einmal erwachsen ist!«

»So war das nicht«, protestiere ich, und meine Stimme wird unwillkürlich lauter. »Ich meine, vielleicht spielt er mir etwas vor. Aber es scheint, als wollte er mich einfach kennenlernen.«

»Natürlich spielt er dir etwas vor«, widerspricht Callie, als sei ich die dümmste Person der Welt. »Ihn interessiert nur, seinen Dad an der Macht zu halten und von dir einen Haufen Söhne zu bekommen, die die Linie fortsetzen. Er interessiert sich nicht für *dich*.«

Ich rücke von ihr ab und richte den Blick starr auf das gegenüberliegende Ufer des Teichs. Ich weiß, dass ihre Worte wahr sind, aber sie fühlen sich nicht wahr an, zumindest nicht ganz, nicht wenn ich mich daran erinnere, wie Bishop mich nach meiner Person gefragt hat, als wären ihm die Antworten wirklich wichtig.

»Weißt du noch, worüber wir gesprochen haben? Dass sie versuchen werden, dich zu verwirren? Schwarz in Weiß zu verwandeln und Oben in Unten? Dass sie versuchen werden, dich glauben zu machen, ihm liege mehr an dir als uns?«

Ich nicke. Ich weiß, dass sie recht hat. Ich weiß, was die Wahrheit ist. Ich weiß, dass meine Familie mich nicht in die Irre führen würde und dass alles, was sie von mir verlangt, zu unser aller Wohl ist. Ich muss stark genug sein, um mich an ihre Lektionen zu erinnern. Mehr als irgendetwas sonst will ich, dass sie stolz auf mich sind.

»Lass dich von ihm nicht täuschen«, spricht Callie weiter, und ihre Stimme ist jetzt weicher. »Vergiss nicht, wozu sie fähig sind.« Sie hält inne. »Du weißt doch noch, was sie Mom angetan haben.«

Ich schließe die Augen. »Ja«, antworte ich, und der altbekannte Zorn rast durch meine Adern. Ich habe keine Erinnerung an meine Mutter, kenne nur ein paar Geschichten, die ich von Callie gehört habe – dass sie uns abends in den Schlaf gesungen hat und ihr Haar immer nach Lavendel roch. Geschichten, die ich so oft im Geiste durchlebt habe, dass sie schon ganz abgenutzt und fadenscheinig sind. Aber wenn ich auch nicht viel von meiner Mutter weiß, eins weiß ich ganz genau: Mein Leben wäre anders gewesen, wenn sie nicht gestorben wäre. Mein Vater würde bereitwilliger lächeln, wäre nicht so sehr Lehrer, sondern eher Vater. Callie wäre weniger bitter und glücklicher. Wir alle wären ganz, statt dass uns immer ein wesentliches Stück fehlte. Als Präsident Lattimer meine Mutter tötete, hat er mehr als nur ihr Leben genommen. Er hat auch das Leben genommen, das wir alle hätten haben sollen.

»Behalt das Ziel im Auge, Ivy«, mahnt Callie. »Lass weder dein Temperament noch dein Mundwerk mit dir durchgehen. Du musst manipulieren, nicht auf Konfrontation gehen. Auf diese Weise wirst du ihn kriegen.« Sie rutscht näher an mich heran und legt mir die Hand auf den Rücken.

»Erinnerst du dich noch an den Hund?«, fragt sie. Ich mache mir nicht die Mühe, zu nicken, denn ich weiß, dass sie mir die Geschichte auf jeden Fall erzählen wird. »Wenn wir zum Markt wollten, mussten wir immer an diesem blöden, räudigen Köter vorbei, den Mrs Paulson an ihrem Zaun festgebunden hatte. Und jeden Tag hat er uns angesprungen, gebellt und ist völlig durchgedreht. Ich habe dir hundertmal gesagt, du sollst ihn nicht beachten und einfach weitergehen. Ich habe dir gesagt, dass ich mir etwas einfallen lassen würde, um mit diesem Hund fertigzuwerden. Aber es hat dich so wütend gemacht, dass wir Angst haben mussten, wenn wir die Straße entlanggingen.« Callie nimmt die Hand von meinem Rücken und legt sie mir auf den Arm. »Dann hattest du eines Tages genug, du bist rübermarschiert und hast mit deiner Tasche nach ihm geschlagen.« Ihre Stimme klingt amüsiert, aber ihre Augen sind ernst. »Und das hast du als Gegenleistung bekommen.« Sie dreht meinen Unterarm herum und offenbart die glänzende, beinahe silbrige Narbe, zeichnet mit dem Finger die Bisswunde nach, das zerrissene und wieder zusammengewachsene Fleisch. »Und das nur, weil du nicht abwarten konntest.« Sie lässt meinen Arm los. »Wer hat an dem Tag gewonnen, Ivy? Du oder der Hund?«

Ich sehe sie böse an und hasse sie ein ganz klein wenig. »Der Hund«, murmle ich schließlich.

»Aber wer hat am Ende gewonnen?«, setzt sie nach. Der

Ausdruck in ihren Augen, eine Art boshafter Triumph, lässt mir einen Schauer über den Rücken laufen.

»Du hast gewonnen«, flüstere ich und erinnere mich an den Morgen, nicht lange nachdem ich gebissen worden war, als wir zum Markt gingen und der Hund tot dalag, die Kette um seinen Hals geschlungen und mit schwarzer Zunge, die ihm aus seinem halb geöffneten Maul hing.

»Reiz ihn nicht, Ivy.« Sie steht auf. »Ruinier nicht alles, nur weil dir der Kragen platzt.« Sie klopft sich die Shorts mit beiden Händen ab. »Es geht uns nicht darum, ein paar Schlachten zu gewinnen. Es geht uns darum, den Krieg zu gewinnen.«

5

Bishop kommt um fünf nach Hause, genau wie er es angesagt hat. Ich habe mir die Mühe gespart, Abendessen zu machen, weil ich mir nicht sicher war, ob er Wort halten würde. Als er hereinkommt, lümmle ich mich gerade auf einem der Korbsofas auf der Veranda, und meine nackten Füße baumeln über die Armlehne.

»Hallo«, begrüßt er mich. »Wie war dein Tag?« Er hält in einem Arm einen kleinen Beutel mit Lebensmitteln. Obenauf liegt eine Schachtel mit Erdbeeren.

»Langweilig«, antworte ich. Es entsteht eine Pause, die sich zu sehr in die Länge zieht. »Wie war deiner?«

Er zuckt die Achseln und dreht sich um, um die Tüte auf den Küchentisch hinter sich zu stellen, bevor er sich zu mir auf die Veranda gesellt. »Gut. Ereignislos.« Er nimmt auf dem Sofa mir gegenüber Platz. »Du bist zu klug, um den ganzen Tag hier rumzusitzen und die Wände anzustarren«, bemerkt er.

»Woher weißt du, dass ich klug bin?«

Er sieht mich einfach nur an. In Augenblicken wie diesen

wird offensichtlich, dass es ihm in die Wiege gelegt wurde, ein Anführer zu sein. Sein Gesicht schüchtert einen ein, einfach weil es ist, wie es ist, so attraktiv, dass es schon fast beängstigend ist. Er hat ein markantes Kinn mit der bloßen Andeutung eines Grübchens, hohe Wangenknochen und diese klaren grünen Augen unter geraden dunklen Brauen. Aber er macht nicht den Eindruck, als bildete er sich auf seine Schönheit etwas ein. Es kann unmöglich sein, dass er sich seines guten Aussehens nicht bewusst ist; ich bin mir sicher, dass genug Leute ihm im Laufe der Jahre etwas in dieser Richtung gesagt haben. Oder stehen geblieben sind und ihn angestarrt haben. Es ist eher so, dass es ihm egal zu sein scheint, wie er aussieht; das Bild, das er im Spiegel sieht, ist die geringste seiner Sorgen.

»Okay, also … ja«, antworte ich und rutsche unbehaglich hin und her. »Ich stimme dir zu. Ich brauche eine Beschäftigung.« Die meisten Ehefrauen sind nicht berufstätig. Es ist nicht direkt verboten, aber es wird mit Sicherheit auch nicht gefördert. Wenn sie Glück haben, bekommen sie sofort ein Baby, sodass sie etwas zu tun haben. Einige arbeiten als Lehrerinnen oder lassen sich zu Krankenschwestern ausbilden, eröffnen, wenn sie keine Kinder bekommen können, auf dem Markt kleine Stände. Aber uns fortzupflanzen und unsere Familien gesund und glücklich zu erhalten, ist das, was eigentlich von uns erwartet wird. Mein Vater hat mir immer Geschichten davon erzählt, wie es vor dem Krieg war, Geschichten, die er von seinem eigenen Vater gehört hat. Von Richterinnen und Ärztinnen, sogar Frauen, die für das Präsidentschaftsamt kandidiert haben. Natürlich hat das nicht jede Frau getan. Einige sind trotzdem zu Hause geblieben und haben ihre Kinder großgezogen. Aber es war ihre eigene Entscheidung, keine Entscheidung, die andere für sie getroffen haben. Frauen hatten damals Wahlmöglichkeiten – wen sie heiraten wollten, was sie werden wollten. Es stand ihnen frei zu wählen, welche Richtung sie einschlagen wollten. Mir kommt das wie ein ferner Traum vor.

»Du könntest im Krankenhaus arbeiten«, schlägt Bishop vor. »Oder in einer Schule. Lehrkräfte werden immer gebraucht, das weiß ich.« Ich sehe ihn überrascht an. Der Gedanke, ich könnte arbeiten, könnte versuchen, mir eine Identität jenseits der als Ehefrau von Bishop Lattimer aufzubauen, scheint ihn überhaupt nicht zu beunruhigen. Ist er so geschickt in der Kunst der Manipulation, wie Callie es sich von mir wünscht?

Schritt Nummer zwei, versuche ins Gerichtsgebäude zu gelangen. Aber gehe feinfühlig vor, warte auf den richtigen Moment, erzwinge nichts. Allerdings solltest du auch nicht zu lange warten. Ohne es auch nur zu wissen, bietet Bishop mir die Gelegenheit, die ich brauche. »Wie wäre es mit einer Arbeit im Gericht?«, frage ich. »Ich würde gern für die Richter arbeiten.« Ich zucke die Achseln und gebe mich lässig. »Ich könnte mir vorstellen, das wäre interessant.«

»Okay«, stimmt Bishop zu. »Lass mich mit meinem Dad reden und rausfinden, was es da so gibt. Ich bin mir sicher, er kann seine Beziehungen spielen lassen.«

Die Idee, Präsident Lattimer irgendetwas schuldig zu sein, ist mir zwar verhasst, aber ich brauche Zutritt zum Gerichtsgebäude. Ich antworte Bishop mit einem kurzen Lächeln mit geschlossenen Lippen. »Danke.«

Eine Minute sitzen wir schweigend da, und das einzige Geräusch ist das leise Rascheln von Blättern in der großen Eiche im Garten. Ich frage mich, ob wir je in der Lage sein werden, ein normales Gespräch zu führen, oder ob zumindest dieses Schweigen zwischen uns sich eines Tages weniger gespannt anfühlen wird.

»Komm.« Bishop steht auf. »Lass uns von hier verschwinden.«

Ich komme auf die Füße. »Wo gehen wir hin?«

»Du wirst schon sehen.«

Ich zögere, als ich erkenne, wo er hin will, und verlangsame meine Schritte, bis ich mich kaum mehr bewege. Bishop hält inne, eine Hand am Tor vor dem Haus seiner Eltern. Seine Augen fangen das Licht des späten Nachmittags ein, und ich bemerke zum ersten Mal, dass er um jede Iris einen dunkleren grünen Ring hat, am Rand eher smaragd- als lindgrün.

»Was wollen wir hier?«, will ich wissen. Ich schiebe die Hände in meine Gesäßtaschen. Ich versuche, ruhig zu erscheinen, so als würde mir das Herz nicht aus der Brust springen, aber ich glaube nicht, dass mir das gelingt. »Es wird ihnen vielleicht nicht gefallen, wenn wir unangekündigt vorbeikommen.«

»Sie sind gar nicht zu Hause«, sagt Bishop. »Aber sie hätten nichts dagegen.« Er drückt gegen das Tor, und es schwingt auf lautlosen Angeln auf. Ich habe keine andere Wahl als ihm zu folgen.

Bishop gibt einen Code in das Tastenfeld neben der

Haustür ein und wir treten ein. Im Foyer ist es kühl und still, unsere Schritte werden gedämpft durch den dicken Teppich, der fast über die ganze Länge und Breite des Raumes geht. In der Mitte steht ein verzierter runder Tisch mit einem riesigen Blumenarrangement darauf. Ein süßlicher Geruch geht von ihm aus, als stünden die Blumen kurz davor zu verfaulen. Staubflöckchen hängen in der stillen Luft, beleuchtet von der spätnachmittäglichen Sonne, die durch ein Fenster über der Haustür hereinfällt.

»Was machen wir hier?«, frage ich, meine Stimme ist nur ein Wispern.

Bishop grinst mir kurz zu. »Wir können ruhig laut sprechen«, sagt er mit normaler Stimme. »Glaub mir, ich habe mich nicht durch meine Kindheit geflüstert.«

Ich schaue zu der geschwungenen Treppe, die hoch ins obere Stockwerk führt. Am Fuß der Treppe befindet sich zu beiden Seiten ein Flur, der in den hinteren Teil des Hauses führt. Alles erscheint gedämpft und perfekt; ich kann mir kein Kind vorstellen, das mit Matsch an den Händen oder trampelnden Schritten durch diese Flure läuft. Das Haus wirkt einsam auf mich, und das liegt nicht daran, dass wir hier allein sind. In seinem Herzen liegt eine Leere – und hier als Einzelkind aufzuwachsen, war bestimmt nicht leicht.

»Hier entlang.« Bishop zeigt auf die Seite rechts von der Treppe und führt mich durch den Flur. Auf dem Weg schaue ich nach links und erhasche durch eine offene Tür einen Blick auf ein Arbeitszimmer – großer Holzschreibtisch, zwei Stühle, eingerahmt an der Wand das Siegel des Präsidenten. Am Ende des Flures stößt Bishop eine Tür aus dickem Walnussholz auf und drückt mit der flachen Hand auf den Lichtschalter.

Es ist eine Bibliothek. Bücher füllen drei Wände vom Boden bis zur Decke, und eine kleine Leiter lehnt an der gegenüberliegenden Wand, damit man auch die höchsten Regale erreichen kann. Auf zwei Beistelltischchen stehen Lampen, daneben zwei breite Polstersessel. Ich will nicht beeindruckt sein, will keine Ehrfurcht empfinden, aber ich kann nichts dagegen tun. Wir haben in der Stadt eine öffentliche Bibliothek, doch bei so vielen Menschen und zu wenigen Büchern dauert es manchmal Monate, bis etwas Lesenswertes verfügbar ist. Wenn es mir gelingt, ein Buch auszuleihen, lese ich es häufig ein Dutzend Mal, bevor ich es zurückgebe, weil ich mich weiter in dem Zauber der Geschichte eines anderen verlieren will.

»Warum sind diese Bücher nicht in der öffentlichen Bibliothek?«, frage ich, hin- und hergerissen zwischen Ärger darüber, dass der Präsident diese Bücher für sich selbst hortet, und egoistischer Dankbarkeit, dass mir vielleicht erlaubt werden wird, sie zu lesen. Bishop streicht mit einer Hand über die Buchrücken, die ihm am nächsten sind. »Er hat schon eine Menge an die Bibliothek abgegeben. Aber er hat eben gern seine eigene Sammlung.« Er dreht sich zu mir um. »Du kannst alles nehmen, was du willst, so lange du willst. Und ich muss dafür auch nicht dabei sein. Ich schreibe dir den Code für die Haustür auf. Meinem Vater wird es nichts ausmachen, wenn du hier bist.«

Ich kann mir nicht vorstellen, allein hierherzukommen, durch diesen Flur zu gehen und Zeit in diesem Raum zu verbringen in dem Wissen, dass Präsident Lattimer irgendwo im selben Haus ist. Aber den Code zu kennen, ist nützlich. Und es überrascht mich nicht, dass Bishop ihn mir preisgeben will. Heutzutage sorgt man sich nicht mehr allzu sehr um die Sicherheit des Präsidenten. Die Mehrheit von Westfall ist nur zu glücklich, Essen auf dem Tisch, Medizin im Krankenhaus und Frieden vor der Haustür zu haben. Niemand hat es eilig, am Status quo zu rütteln, und den Präsidenten zu verletzen, würde das mit Sicherheit bewirken. Trotzdem bekomme ich Gänsehaut auf den Armen bei dem Gedanken, mit Präsident Lattimer ganz allein in diesem Haus zu sein.

»Du brauchst keine Angst vor ihm zu haben«, bemerkt Bishop und kommt einen Schritt näher. »Er ist kein Monster.«

Es liegt mir auf der Zunge zu sagen: *Das vielleicht nicht, aber er hat monströse Dinge getan,* bis mir Callies Worte wieder einfallen, die mich warnen, ihn nicht zu reizen. Also schlucke ich die Worte mit brennender Kehle herunter. Ich wende mich ab und tue so, als wäre ich ganz vertieft in die Bücher vor mir.

»Du hast gesagt, dass du gern liest«, stellt Bishop direkt hinter mir fest. Ich habe überhaupt nicht gehört, dass er sich bewegt hat. »Ich dachte, dieser Raum würde dich vielleicht glücklich machen.«

Ich atme tief durch und wende mich ihm zu, die Hände habe ich am unteren Regalbrett hinter mir. Er steht ganz nah vor mir, wir sind einander nah genug, um uns zu berühren, aber er behält seine Hände bei sich. Sein Blick wandert über mein Gesicht.

»Danke«, bringe ich heraus. Meine Finger klammern sich fester an das Regalbrett. Ich versuche, an Callies Worte zu denken: *Manipulieren, nicht auf Konfrontation gehen*, aber es fällt mir schwer, diese Worte in die Praxis umzusetzen. Ich bin schon immer lieber den direkten Weg gegangen, selbst wenn es klüger war, einen Umweg in Kauf zu nehmen.

»Warum bist du so nett zu mir?«, frage ich ihn. Obwohl *nett* nicht wirklich das Wort ist, das ich suche. Er ist nicht *nett*, so wie Jungen in Geschichten es sind, mit poetischen Worten und schmachtenden Blicken, ehrfürchtig und sanft. Bishop hat nichts Sanftes an sich. Aber die Bücher hier, die Erdbeeren in der Tüte, das Angebot einer Arbeit, die Tatsache, dass er mich nicht angerührt hat – all das zeugt von einer Freundlichkeit, die für mich keinen Sinn ergibt.

Er ruckt das Kinn ein wenig zurück und furcht die Stirn. »Warum sollte ich nicht nett sein?«

Ich denke an Dylan und Meredith, an unsere neuen Nachbarn, und an seine Hand auf ihrem Arm, die zu fest zudrückt, die unterschwellige Drohung in seiner Stimme. Schon jetzt kann ich mir nicht vorstellen, dass Bishop mich je so behandeln würde, aber das bedeutet nicht, dass er nicht dazu fähig ist. Es bedeutet, dass er es nicht tun wird. Ich zucke die Achseln, senke den Blick und versuche, irgendwie seine Frage zu beantworten, ohne verärgert zu klingen. »Es ist nur so, dass … sehr oft … diese arrangierten Ehen nicht so gut funktionieren.« Ich schaue wieder zu ihm hoch.

Er reagiert nicht, sieht mich an, als wartete er darauf, dass ich meinen Gedankengang zu Ende führe. Dann beugt er sich zu mir, und ich drücke mich gegen das Bücherregal, aber Bishop stützt sich nur mit einem Arm über meinem Kopf ab und lehnt sich neben mich, schenkt mir seine volle Aufmerksamkeit. Schon jetzt hat er mich aus dem Gleichgewicht gebracht. Ich kann mich nicht daran erinnern, wann mir das letzte Mal jemand wirklich zuhörte. Normalerweise bin ich diejenige, die zuhört.

»Wenn Jungen glauben, sie bekommen etwas geschenkt, selbst wenn es sich dabei um eine andere Person handelt, liegt es nahe, das Mädchen als Besitz zu betrachten«, fahre ich fort, »als etwas, das ihnen gehört. Wenn einem etwas gehört, glaubt man, man kann damit umgehen, wie es einem gefällt.«

»Aber kann man das nicht über jede Ehe sagen?«, fragt Bishop. »Hängt es nicht von den beteiligten Personen ab und weniger davon, wie die Ehe zustande gekommen ist?« Er schnauzt mich nicht an, scheint sich über meine Ansichten nicht aufzuregen. Seine Stirn ist immer noch gefurcht, als hätte er aufrichtiges Interesse an dem Gespräch und gäbe sich alle Mühe, meinen Standpunkt zu verstehen.

»Na ja, wahrscheinlich schon«, entgegne ich. »Aber hier, bei uns …« Ich halte inne. Es ist irgendwie komisch, auf unseren Status als verheiratetes Paar anzuspielen. Es scheint nicht real zu sein. Ich fühle mich nicht wie seine Ehefrau. »Oder bei den anderen Paaren … Alle wissen, dass wir Ehefrauen aufgrund unserer Herkunft weniger wert sind. Wir heiraten über unserem Stand.« Ich kann die Bitterkeit nicht aus meiner Stimme heraushalten. »Und wenn man über seinem Stand heiratet, schaut der Partner immer auf einen herab.«

Bishop sieht mich so lange und mit solcher Intensität an,

dass ich knallrot werde. Am liebsten würde ich mir mit der Hand das Gesicht abkühlen, aber meine Finger wollen sich nicht von dem Regal hinter mir lösen.

»Natürlich kann ich nicht für alle sprechen«, sagt er schließlich. »Aber ich sehe das nicht so.« Er hält inne. »Ich sehe *dich* nicht so.« Ich versuche, Callie in meinen Körper zu atmen, zum Instrument ihrer Worte zu werden. Jetzt wäre es Zeit, zu lächeln und ihn unter gesenkten Lidern hindurch anzusehen. Jetzt wäre die Zeit, ihn wissen zu lassen, wie dankbar ich bin, dass er so über mich denkt, zu sagen, wie glücklich ich mich schätze. Aber stattdessen öffne ich den Mund und sage: »Du bist also einverstanden damit? Mit den arrangierten Ehen?«

»Das habe ich nicht gesagt.« Er lehnt sich ans Regal und nimmt die gleiche Haltung ein wie ich. Ich spüre seine Körperwärme über die kleine Lücke zwischen uns hinweg an meiner Seite. »Aber im Laufe der Geschichte hat es schon viel schlechtere Methoden gegeben, den Frieden zu bewahren.«

Ich lache bitter auf. »Gesprochen wie ein Mann.«

Er sieht mich wieder an, doch ich halte den Blick geradeaus gerichtet und starre auf einen beliebigen Punkt auf der anderen Seite des Raums. »Du bist nicht die Einzige, der es so geht, Ivy«, entgegnet er. »Auch mich hat niemand gefragt, ob ich heiraten will.«

»Das weiß ich«, sage ich abwehrend. Aber er hat recht, ich denke nicht so oft an die Jungen wie an die Mädchen. Nicht einmal an die Jungen von meiner Seite der Stadt, die mit Mädchen von hier verheiratet werden. Denn selbst in diesem Fall trifft es die Mädchen am schlimmsten. Ihre neuen Ehemänner sind bereits wütend darüber, Mädchen zu heiraten, die in den Augen aller anderen besser sind als sie selbst, und an wem könnten sie diese Gefühle der Unzulänglichkeit besser auslassen als an ihren frischgebackenen Ehefrauen?

Und ich habe insbesondere nicht an Bishop gedacht. Wahrscheinlich habe ich angenommen, dass die Arroganz seines Vaters nahtlos auf ihn übergegangen ist, dass ihn unsere Ehe so oder so nie besonders interessiert hat, es sei denn als etwas, auf das er ein Recht hat, ohne es sich erst verdienen zu müssen.

»Stört es dich nicht?«, frage ich. »Dass andere die Entscheidungen für uns treffen?«

Bishop zuckt die Achseln, und ich würde am liebsten schreien. Ich verstehe nicht, wie er das alles so gelassen hinnehmen kann, als beträfe ihn das nicht. »Es hat keinen Sinn, sich über etwas zu ärgern, das man nicht ändern kann.«

»Ich glaube nicht, dass es irgendetwas gibt, das sich nicht ändern lässt, wenn die Menschen es nur leidenschaftlich genug wollen«, sage ich, während mein Verstand flüstert: *vorsichtig … vorsichtig*.

»Das mag abstrakt gesehen wahr sein«, entgegnet Bishop. »Aber genau jetzt und hier ist die Quintessenz des Ganzen, dass wir verheiratet sind. Ob wir es nun wollen oder nicht. Wir müssen herausfinden, wie wir dafür sorgen können, dass es funktioniert. Eine andere Wahl haben wir nicht.«

Ich weiß, wie die andere Wahl aussieht, und sie mündet in seinen Tod und macht meinen Vater zum Anführer.

»In Ordnung«, gebe ich zurück. »Ich werde es versuchen.« Nicht einmal in meinen Ohren klingt das überzeugend.

»Schön«, sagt Bishop und löst sich vom Bücherregal. »Und jetzt suchen wir etwas zum Lesen für dich.«

Ich drehe mich zu den Bücherreihen hinter mir um und lasse die Finger über ihre Rücken wandern. Ich suche noch nicht einmal nach etwas Bestimmtem, sondern genieße einfach den Geruch und den Anblick der Bücher.

»Wie wäre es mit dem hier?«, fragt Bishop. Er hält ein dünnes, in schwarzes Leder gebundenes Buch hoch, doch die Schrift auf dem Einband ist zu klein, um sie von meinem Standort aus zu lesen. »*Romeo und Julia*.« Er wedelt mit dem Buch in meine Richtung. »Rivalisierende Familien. Zwei Teenager, deren Liebe unter einem schlechten Stern steht.« Sein Gesicht ist todernst, aber seine Augen lachen.

»Sehr witzig.«

»Nenn mich verrückt«, sagt er. »Aber es klingt ziemlich faszinierend.«

Ich drehe mich wieder zum Bücherregal um, bevor er mein Grinsen sehen kann.

Bishop hat Wort gehalten und mit seinem Vater über eine Arbeit für mich am Gericht gesprochen. Ich kann mir vorstellen, dass Präsident Lattimer zuerst Einwände gegen die Idee erhoben hat, aber anscheinend war Bishop ziemlich überzeugend, denn ich fange morgen dort an. Ich stehe gerade im Schlafzimmer und überlege, was ich für meinen ersten Arbeitstag anziehen soll, als Bishop mich ruft.

»Was ist?«, frage ich und komme ins Wohnzimmer. Er

steht dort mit einem Haufen schmutziger Kleidungsstücke zu seinen Füßen. Ich deute auf die Wäsche. »Was willst du denn damit?«

»Ich glaube, die Wäsche wird sich nicht von allein waschen«, antwortet Bishop. »Je länger wir warten, umso mehr wird es, richtig?«

»Ja«, sage ich, »so ist das für gewöhnlich. Aber ich habe heute keine Zeit dafür. Vielleicht am Wochenende?«

»Ich mache das«, erwidert Bishop zu meiner Überraschung. Die Wäsche ist normalerweise Aufgabe der Ehefrau. »Aber würde es dir etwas ausmachen, mir zu zeigen, wie es geht?« Er reibt sich den Nacken. »Ich habe es noch nie gemacht.«

»Echt?«, frage ich und sehe ihn verblüfft an. »Noch nie?« In meiner Hälfte der Stadt wissen die meisten Jungen zumindest theoretisch, wie man Wäsche wäscht, selbst wenn sie diese Pflicht selten übernehmen.

»Nein. Im Haus meines Dads gibt es Dienstmädchen. Ich habe das einfach nie gelernt.«

Natürlich nicht. Er musste wahrscheinlich viele Dinge noch nie tun, die wir anderen jeden Tag machen. Der verwöhnte Sohn des Präsidenten. Ich würde mich gern über ihn ärgern, aber immerhin gibt er sich Mühe. Und ich erinnere mich daran, was Callie mir im Park gesagt hat: Ich soll nett sein, soll mein Mundwerk zügeln. Ich habe ihren Rat bereits zu oft ignoriert, diesmal gelingt es mir, meine Gedanken für mich zu behalten.

Ich beäuge den Kleiderhaufen. »Schnapp dir die Wäsche und komm dann zu mir nach draußen.«

Im Garten steht eine Metallwanne, ähnlich der, die wir

früher zu Hause benutzt haben. Ich ziehe den Schlauch von der Hauswand und mache mich daran, die Wanne mit Wasser zu füllen. Bishop hat die Kleider auf den Betonboden der Terrasse geworfen und hält einen Beutel mit Seifenflocken in der Hand. »Also gut«, sage ich, »streu ein paar von den Flocken hier rein. Du solltest es tun, solange das Wasser noch einläuft, sonst schwimmen sie einfach oben und es gibt keine Lauge.« Bishop nickt und kippt die Hälfte des Beutels ins Wasser. »Nicht so viel!«, ermahne ich ihn. »Ich sagte ein paar! Ein paar!«

»Tut mir leid«, entschuldigt sich Bishop. »Was soll ich jetzt machen? Etwas von der Seife wieder rausholen?«

»Versuchen kannst du es ja.«

Er schöpft mit beiden Händen halb aufgelöste Seifenflocken aus dem Wasser und wirft sie auf den Rasen. »Ich glaube nicht, dass das funktioniert«, murmelt er. »Ich bin sichtlich nicht für ein Leben voller Schmutzwäsche geschaffen.«

»Oh, zerbrich dir darüber nicht den Kopf. Es ist wahrscheinlich das einzige Mal, dass du das machen musst.«

Bishop runzelt die Stirn. »Warum sagst du das?«

»Weil ich die Ehefrau bin«, antworte ich langsam, »und du bist der Ehemann. So läuft es hier doch.«

»Das ist mir egal«, wendet Bishop ein. »Ich meine, du hast jetzt eine Arbeit, richtig? Also ist es nur gerecht, wenn wir uns die Hausarbeit teilen.«

Ich gehe in die Hocke, während ich seine Worte im Kopf hin und her wende und nach dem Haken an ihnen suche. »In Ordnung«, sage ich schließlich.

Bishop nickt mir knapp zu. »In Ordnung.« Er richtet

seine Aufmerksamkeit wieder auf die Wanne. »Jetzt muss ich nur noch den Rest der Seife hier rausbekommen.«

Ein Kichern platzt mir vollkommen unerwartet heraus, und Bishop schaut zu mir herüber. »Was ist?«, fragt er.

»Du siehst so komisch aus«, antworte ich ihm. Seine Ärmel sind hochgekrempelt, er ist von den Fingerspitzen bis zum Ellbogen klatschnass und voller Seifenflocken und er hält immer noch eine Handvoll schmieriger Seife. Ich muss schon wieder kichern und presse den Handrücken auf den Mund. »Entschuldige«, stoße ich mit erstickter Stimme hervor.

Er schleudert die Seife weg und wischt sich die Hände an seinen Shorts ab. »Ja, lach du nur«, sagt er lächelnd. »Was jetzt?«

»Jetzt legst du ein paar Kleidungsstücke hinein. Zwei oder drei!«, füge ich hinzu, als er sich den ganzen Haufen greifen will. »Nicht alles auf einmal!«

»Das dauert dann ja eine Ewigkeit, wenn wir eine volle Ladung haben«, murrt er und wirft zwei Hemden und eine Hose in das schäumende Wasser.

»Dann nimmst du das Waschbrett.« Ich zeige auf das Waschbrett aus Holz und Metall neben der Wanne. »Und darauf schrubbst du dann die Sachen. Das geht so.« Ich nehme mir ein Hemd und rubble damit auf dem Waschbrett hoch und runter, bewege es hin und her, bis ich es gründlich geschrubbt habe und dann aus dem Wasser ziehe. »Anschließend spülst du es aus und hängst es zum Trocknen auf, und du bist fertig.«

»Kapiert«, sagt Bishop.

Ich spüle das Hemd aus, das ich bereits gewaschen

habe, und hänge es an die Leine, während Bishop sich den Rest der Sachen vornimmt. Als ich mich wieder umdrehe, schrubbt er bereits eine Hose, als wollte er ein Loch in den Stoff reiben.

»Ähm … du versuchst, sie sauber zu kriegen«, sage ich ihm, »nicht sie zur Unterwerfung zu zwingen.«

Bishop schaut zu mir hoch. Sein dunkles Haar fällt ihm in die Stirn, und seine Nase kräuselt sich, als er lacht. Es lässt ihn jünger aussehen, sorglos. Zum ersten Mal kann ich ihn mir deutlich als kleinen Jungen vorstellen. Wir sehen einander lange an, dann wendet er sich wieder der Wäsche zu, diesmal etwas sanfter.

Ich hole tief Luft und ignoriere die Hitze, die mir in die Wangen schießt. »Das ist schon besser«, erkläre ich und gehe zurück zum Haus. »Ich entspanne mich ein bisschen auf der Veranda, während du das hier fertig machst. Du brauchst offensichtlich Übung.«

Er wirft eine Handvoll Seife in meine Richtung, und ich weiche ihr mit einem spitzen Schrei aus. Sobald ich sicher außer Reichweite bin, wird mir eines bewusst: Es ist das erste Mal, dass ich mehr als fünf Minuten mit ihm verbracht habe, ohne an den Plan zu denken oder mich zu fragen, was ich als Nächstes machen soll. Genau das ist es, was mein Vater und Callie wollen, ich soll mich natürlich verhalten und alles ganz normal wirken lassen. Ich sollte eigentlich glücklich sein. Aber ich muss an Bishops Lachen denken, an seine gekräuselte Nase, die Wärme auf meinen Wangen, und ich kann mich des Gefühls nicht erwehren, dass ich irgendetwas falsch gemacht habe.

6

Das Gerichtsgebäude ist wie das Rathaus aus Kalkstein und sie stehen einander direkt gegenüber auf dem Marktplatz. Mein Blick wandert zum Rathaus hinüber, während ich die Treppe zum Gericht hinaufgehe. Da drinnen haben sie die Bühne bestimmt schon abgebaut und alle Stühle bis zum nächsten Jahr wieder eingelagert. Das Leben Dutzender Kinder hat sich im Laufe eines Tages verändert, und die Beweise dafür wurden bereits weggeschafft.

Der Eingangsbereich des Gerichtsgebäudes ist kleiner als die Rotunde des Rathauses, aber dort gibt es den gleichen gefliesten Boden, die gleiche Kühle in der Luft durch die Kalksteinmauern. Hinter der Tür stehen zwei uniformierte Wachposten mit Waffen in Gürtelholstern. Heutzutage sieht man selten Waffen. Es ist illegal, sie zu besitzen, und nicht einmal die Polizei trägt sie routinemäßig bei sich, sondern begnügt sich mit Schlagstöcken und Kampfkünsten, falls eine Situation außer Kontrolle gerät, was nicht sehr oft geschieht. Ich rufe mir ins Gedächtnis, dass ich die Männer nicht anstarren darf. Meine flachen Schuhe klappern laut auf dem Boden, und schon jetzt bildet sich eine Blase an meiner Ferse, sodass ich mich nach meinen Sandalen sehne.

Am Empfangstresen sitzt ein übergewichtiger Mann mit einer Brille, die zu klein für sein Gesicht erscheint. Er beobachtet mich, während ich näher komme, spricht aber nicht, nicht einmal, als ich den Tresen erreiche.

»Hallo«, sage ich. »Ich habe einen Termin bei Victoria Jameson.«

»Und Sie sind?«, fragt er gedehnt.

»Ivy Lattimer.«

Für einen Sekundenbruchteil koste ich den überraschten Ausdruck auf seinem Gesicht aus, das nervöse Wiedererkennen, das sein plötzlich strahlendes Lächeln begleitet. Aber genauso schnell erinnere ich mich an den Tag auf dem Markt, als die Frau mir wegen meines Namens das Gebäck geschenkt hat. Ich will nicht, dass die Leute mich mögen oder fürchten, weil ich bin, wer ich bin. Der Name Lattimer gehört mir ohnehin nicht. Es ist nur etwas, das ich übergestreift habe wie ein Kleid oder ein Paar Schuhe.

»Mrs Lattimer.« Er steht auf. »Mir war nicht klar, dass Sie heute kommen würden. Wenn ich das gewusst hätte …«

Ich bedenke ihn mit einem gezwungenen Lächeln. »Können Sie mir sagen, wo ich Mrs Jameson finde.«

Nach ein bisschen weiterem ungeschickten Herumtappen, von dem einiges einem Kratzfuß gefährlich nahe kommt, deutet der Mann auf die Treppe, erklärt mir, dass ich in den dritten Stock hochgehen und mich dann links halten solle.

Die Tür zu Victoria Jamesons Büro steht offen, und es dringen Stimmen heraus. Ich bleibe vor der Tür stehen und warte darauf, dass man mich bemerkt, weil es mir widerstrebt zu stören. Im Raum befinden sich ein Mann und eine Frau; die Frau steht hinter dem Schreibtisch, und der Mann sitzt auf einem Stuhl davor.

»Nein«, sagt die Frau gerade, »sie wurde beim letzten Mal verstoßen. Aber ihre Eltern hören nicht auf, sich lautstark darüber zu beschweren. Präsident Lattimer will, dass wir uns um die Sache kümmern.«

»In Ordnung«, antwortet der Mann. »Also noch eine letzte Warnung?« Er rutscht nach vorn. »Wenn das nicht hilft, dann klagen wir sie wegen Unruhestiftung und …« Er bricht ab, als er mich in der Tür stehen sieht.

»Können wir Ihnen helfen?«, erkundigt er sich forsch.

»Ivy?«, fragt die Frau.

Ich nicke.

»Ist es Ihnen recht, wenn ich Sie Ivy nenne?«

»Natürlich.« Es ist eine Erleichterung, nicht länger Mrs Lattimer sein zu müssen.

Sie kommt mit ausgestreckter Hand hinter dem Schreibtisch hervor. »Ich bin Victoria Jameson.« Dann deutet sie auf den Mann. »Das ist Jack Stewart.«

Während wir uns die Hand geben, nutze ich die Gelegenheit, Victoria zu betrachten. Ich schätze sie auf Mitte dreißig, mit kakaofarbener Haut und gelocktem Haar, das ihr nicht einmal bis zu den Schultern fällt. Auf ihrem Kopf sitzt eine Brille, und an ihren Ohren hängen goldene Ringe. Sie hat etwas sehr Nüchternes an sich, aber ihr Lächeln ist freundlich.

»Wir können dieses Gespräch später fortsetzen«, sagt Jack zu Victoria. Dann nickt er mir zu und schließt auf dem Weg nach draußen die Tür hinter sich.

»Also«, beginnt Victoria, setzt sich wieder auf ihren Stuhl hinter dem Schreibtisch und bedeutet mir, auf dem Stuhl Platz zu nehmen, den Jack gerade frei gemacht hat, »Sie sind Bishops Frau.«

»Ja.«

»Und Sie wollen einen Job.«

»Ja.«

Ich warte darauf, dass sie die Lippen schürzt oder mir einen missbilligenden Blick zuwirft, aber sie grinst. »Das finde ich großartig! Ich war noch nie ein besonderer Fan des Lebensstils, zu Hause zu sitzen und ein Baby nach dem anderen zu produzieren. Schon gar nicht, wenn man erst sechzehn ist.«

»Das sehe ich genauso«, sage ich, und sie lacht. »Wie ist es mit Ihnen?«, frage ich. »Wie sind Sie zu Ihrer Stelle hier gekommen?« Es ist ungewöhnlich für eine Frau im fruchtbaren Alter, berufstätig zu sein, vor allem bei Gericht.

»Mein Vater war Richter«, sagt Victoria. »Ich bin mit dem Wunsch aufgewachsen, in diesen Fluren zu wandeln.«

»Haben Sie Kinder?« Sie hat wahrscheinlich keine, wenn sie hier arbeitet.

Ein Schatten gleitet über Victorias Gesicht, sie wendet den Blick ab und schaut aus dem Fenster, das zur Straße hin geht. »Ich habe keine Kinder«, antwortet sie leise. In ihrer Stimme schwingt mehr als nur Traurigkeit oder Enttäuschung mit. Scham vielleicht? Was in mir Zweifel an ihrer eben geäußerten Kritik daran weckt, ein Baby nach dem anderen zu produzieren.

»Okay«, sagt Victoria jetzt wieder ganz geschäftsmäßig. »Ich bin für die Terminpläne der Richter zuständig, für ihre

Kalender, ihre Prozesslisten, so ziemlich für alles, was sie brauchen, um beide Gerichtssäle in Betrieb zu halten. Dazu kommen die ganzen Akten und Schriftstücke. Es ist viel zu viel Arbeit für einen einzigen Menschen, und da kommen Sie ins Spiel.«

Ich habe immer noch keine genaue Vorstellung davon, was ich Tag für Tag tatsächlich tun werde, aber das spielt kaum eine Rolle. Ich erinnere mich an die Wachen an den Eingangstüren, an die Waffen in ihren Holstern, und weiß, dass ich am richtigen Ort bin. Mein Vater wird mit mir zufrieden sein.

Am Freitag meiner ersten Arbeitswoche wache ich früh auf und springe unter die Dusche, während Bishop frühstückt. Victoria hat mich gebeten, vor neun zu kommen, damit wir einen Gerichtssaal für die Verhandlung herrichten können, und ich will nicht zu spät kommen. Als ich mich anziehe, höre ich, wie Bishop anfängt zu duschen. Ungeduldig warte ich, bis er fertig ist, und gehe dann wieder eilig zum Badezimmer, um mir die Zähne zu putzen. »Oh, entschuldige«, murmle ich und bleibe wie angewurzelt in der Tür stehen. »Ich dachte, du wärst fertig.«

Bishop sieht mich an. Die untere Hälfte seines Gesichts ist mit Schaum bedeckt, und er hält ein Rasiermesser in der Hand. Er hat sich ein Handtuch um die Hüften gewickelt und trägt sonst nichts am Leib, sodass ich seinen muskulösen Bauch sehen kann. Sein dunkles, nasses Haar ist nach hinten gekämmt, seine nackte Brust so glatt und golden wie der Rest von ihm. Direkt unter den Rippen hat er ein winziges hellbraunes Muttermal. Ich weiß gar nicht, wo ich hingucken soll, finde keine sichere Stelle, auf die ich den Blick heften könnte. »Ist schon gut«, antwortet er. »Hier ist genug Platz.«

Das stimmt eigentlich nicht, aber ich schiebe mich neben ihn, und er macht einen Schritt zurück, damit ich mich vor den kleinen Spiegel stellen kann. Als ich Zahnpasta auf meine Zahnbürste drücke, ist es so still, dass ich das Schaben der Rasierklinge auf seiner Haut hören kann. Im Badezimmer riecht es nach Seife und Pfefferminze und etwas zutiefst Männlichem, das mir heiße Röte den Nacken hochsteigen lässt.

Ich sehe starr auf meine Zahnbürste und dann aufs Waschbecken, während ich mir die Zähne putze. Aber als ich mir den Mund abwische und mich aufrichte, treffen sich unsere Blicke im Spiegel. Wir starren einander an, und mein ganzer Körper kribbelt, weil ich mir seiner Nähe so bewusst bin. Ich versuche herauszufinden, was eine Ehefrau in dieser Situation tun würde, aber ich habe nicht viel, auf das ich zurückgreifen kann, denn schließlich bin ich in einem mutterlosen Haus aufgewachsen. Bevor ich es mir anders überlege, drehe ich mich um und drücke schnell einen Kuss auf seine nackte Schulter. »Danke, dass du das Bad mit mir geteilt hast«, sage ich. Mein Herz versucht, sich einen Weg aus meinem Körper herauszuhämmern, und meine Lippen brennen da, wo sie seine warme Haut berührt haben.

Ich wage einen Blick auf Bishop und wappne mich gegen das, was jetzt kommen könnte. Er ist mein Mann, und nur wenige Streifen Stoff trennen uns voneinander. Das hier könnte der Moment sein, in dem er sich nicht länger damit zufriedengibt zu warten. Bei diesem Gedanken durchzucken mich sowohl Furcht als auch eine seltsame Hitze. Aber Bishop sieht mich nur an, dann lacht er bellend – was nicht besonders nett klingt. Er wischt sich mit einem Handtuch den letzten Rest Rasierschaum aus dem Gesicht.

»Was ist?«, frage ich, während ein Gefühl der Demütigung mich knallrot anlaufen lässt. »Warum lachst du?«

Er drängt sich vor mir aus dem Badezimmer, und ich folge ihm ins Schlafzimmer. Mit der Hand an der Hüfte schaut er mich über die Schulter hinweg an. »Ein Wort der Warnung«, sagt er. »Ich werde dieses Handtuch gleich fallen lassen.«

Ich drehe mich abrupt um und fliehe in den Flur. Hinter mir höre ich, wie das Handtuch auf dem Boden landet, das Geräusch von raschelndem Stoff. Als Bishop wieder auftaucht, trägt er Shorts und zieht sich gerade ein T-Shirt über seinen flachen Bauch. »Du hast mir keine Antwort gegeben«, rufe ich ihm ins Gedächtnis. »Was war so komisch?«

Er hält inne und fährt sich mit der Hand durch das noch feuchte Haar. »Du brauchst dich meinetwegen nicht zu verstellen, Ivy«, entgegnet er knapp. »Das will ich nicht. Und du solltest das auch nicht wollen.«

Frustration steigt in mir hoch. »Es tut mir leid, dass wir nicht alle so perfekt sein können wie du«, sage ich. »Es tut mir leid, dass ich nicht immer genau das Richtige im richtigen Moment sagen oder tun kann!«

Bishop beißt die Zähne aufeinander. »Ich bin nicht perfekt.«

»Nun, für uns gewöhnliche Sterbliche ist das irgendwie

schwer zu erkennen«, gebe ich zurück. »Bist du nie aufgeregt oder wütend oder verlegen? Fühlst du überhaupt irgendetwas?«

Er stößt die Luft aus, macht einen Schritt auf mich zu. Der Flur ist so eng, dass ich zwischen der Wand und Bishops Körper gefangen bin. Es gehen heiße Wellen von ihm aus. »Ja«, sagt er mit leiser Stimme. »Ich fühle etwas.« Seine grünen Augen brennen. Es ist die stärkste Regung, die ich bisher bei ihm gesehen habe, und ich kann irgendwie nicht richtig durchatmen, weil die Anspannung meine Lungen zusammenpresst. »Genau darum geht es, Ivy. Ich will, dass du ebenfalls etwas fühlst.«

Ich öffne den Mund und schließe ihn wieder, unsicher, wie ich darauf reagieren soll.

»Vergiss es«, sagt Bishop. Das Letzte, was ich von ihm höre, ist die Haustür, die hinter ihm zuschlägt.

Was trägt man zu einem Abendessen mit seinem Feind? Ich stehe im Schlafzimmer, und auf dem Bett bilden sämtliche Kleidungsstücke, die ich besitze, einen jämmerlich kleinen Haufen. Das einzige richtige Kleid, das mir gehört, ist das, welches ich an meinem Hochzeitstag getragen habe, und das will ich nie wieder anziehen. Allein wie der Stoff über meine Haut gleitet, lässt mich zusammenzucken. Aber irgendwie glaube ich, dass Mrs Lattimer nicht begeistert wäre, wenn ich in Shorts und T-Shirt auftauchte. Am liebsten würde ich mich mit einem der Bücher, die ich mir aus Präsident Lattimers Bibliothek ausgeliehen habe, irgendwo zusammenrollen. Aber irgendwann muss ich den Lattimers gegenübertreten. Es hat keinen Zweck, ihre Existenz zu leugnen.

Gestern haben uns Präsident und Mrs Lattimer eine Einladung zum Abendessen zukommen lassen, mehr als zwei Wochen nach der Hochzeit. Vielleicht konnten sie vorher den Gedanken, dass ich ihr Heim betrete, nicht ertragen. Man hat uns gesagt, dass wir um acht Uhr dort sein sollen, und Bishop meinte, dass sie schon immer spät gegessen haben, selbst als er noch klein war. Diese Angewohnheit hat etwas beunruhigend Prätentiöses.

Ich entscheide mich schließlich für einen schwarzen Rock, der zwar kurz ist, aber locker fällt, und dazu flache schwarze Sandalen und ein hellllila Top. Ich lasse mein Haar offen, sodass es mir in wilden Wellen, die zu zähmen ich schon vor langer Zeit aufgegeben habe, über den Rücken fällt. Das muss genügen. Ich bin nicht daran interessiert, noch mehr Zeit auf den Versuch zu verwenden, sie zu beeindrucken.

Bishop erwartet mich im Wohnzimmer und er trägt Jeans und ein schwarzes Hemd mit offenem Kragen. Außerdem hat er sich die Ärmel hochgekrempelt.

»Du siehst hübsch aus«, sagt er mir.

»Danke«, erwidere ich. Mein Blick wandert zu seinen nackten Unterarmen, und gegen meinen Willen denke ich daran, wie er ohne Hemd ausgesehen hat, ganz glatte Haut und muskulös. Tief in meinem Bauch pulsiert etwas. Ich schaue ihm ins Gesicht und stelle fest, dass er mich ansieht.

»Das von heute Morgen tut mir leid«, bemerkt er. »Ich hätte nicht lachen sollen.«

»Mir tut es auch leid«, antworte ich. »Ich gebe mir Mühe. Ich … ich weiß einfach nicht immer, was ich tun soll.« Die Untertreibung meines Lebens.

»Es gibt nichts, was du tun *sollst*, Ivy«, sagt er. »Ich habe keine Checkliste.«

Ah, aber ich habe eine, denke ich. Und die Tatsache, dass dieser Junge es merkt, wenn ich Zuneigung heuchle, wenn ich versuche, eine Verbindung zu forcieren, macht alles noch viel schwieriger. Warum kann er kein ganz normaler Achtzehnjähriger sein? Der Typ, der einen Kuss von einem Mädchen hinnimmt, ganz gleich, warum ihm der Kuss gegeben wird? Stattdessen will Bishop Wahrhaftigkeit, und genau das kann ich ihm nicht geben.

Es ist immer noch hell draußen, als wir das Haus verlassen, obwohl die Sonne während unseres Spaziergangs zum Haus der Lattimers langsam untergeht. Unsere Schritte klappern im Einklang miteinander auf dem menschenleeren Gehweg.

»Wie war deine erste Arbeitswoche?«, erkundigt sich Bishop.

»Gut. Ich meine, bisher mache ich nichts besonders Aufregendes. Im Wesentlichen ordne ich Akten. Aber es ist schön, jeden Tag irgendwo hinzugehen, irgendetwas zu tun zu haben.«

»Das freut mich«, sagt er. »Ich weiß, dass der Tag lang sein kann, wenn man keine Aufgabe hat.«

Spricht er von sich selbst? Er verlässt jeden Morgen das Haus, aber ich habe keine Ahnung, wo er hingeht. Und wenn er nach Hause kommt, riecht er meistens nach Sonne, die es bei Ratssitzungen wahrscheinlich nicht gibt.

Vielleicht geht er zum Fluss, während ich bei Gericht bin. Er sagt es mir nicht, und ich frage ihn nicht danach.

Als wir uns dem Haus seiner Eltern nähern, beschleunigt sich mein Herzschlag auf etwa das doppelte Tempo. Schweiß tritt mir auf die Stirn, obwohl die Abendluft nicht besonders warm ist.

»Brauchst du was zum Festhalten?«, fragt Bishop. Ich bin mir nicht sicher, wovon er spricht, bis ich den Blick senke. Er hat die Hand – gebräunte Haut, lange Finger – ausgestreckt. Mein Blick fliegt zurück zu seinem Gesicht, und er lächelt mir vorsichtig zu, wartet ab, was ich tun werde. Zwingt mich nicht, fragt nur. Mein erster Impuls ist, seinen Vorschlag abzulehnen, obwohl sich das hier weniger inszeniert anfühlt als der Kuss im Badezimmer, irgendwie natürlicher. Aber ich habe noch nie mit einem Jungen Händchen gehalten, und obwohl die Geste kaum intim zu nennen ist, ist mir trotzdem übel vor Nervosität. Ich weiß, dass ich das Angebot annehmen sollte; Callie würde es so wollen.

Ich schiebe meine Hand in Bishops, und er schließt seine Finger um meine. Der warme Druck seiner Hand gibt mir Halt, sendet Wärme von meinen Fingern bis hinauf in meinen Arm, wo sie sich in meiner Brust zu sammeln scheint und das wilde Schlagen meines Herzens beruhigt.

Er hält meine Hand den ganzen Weg die lange Einfahrt hinauf zum Haus seiner Eltern und lässt sie erst los, als wir durch die Tür treten. Meine bloße Hand fühlt sich nackt an, und ich muss dem Drang widerstehen, nach seinen Fingern zu tasten, als sein Vater auf uns zukommt.

»Bishop, Ivy!«, ruft Präsident Lattimer. Er kommt mit ausgestreckten Armen auf uns zu und umarmt uns beide, bevor ich ihn abwehren kann. »Wir freuen uns, dass ihr kommen konntet. Wir wollten euch schon früher herbitten, aber du kennst ja deine Mutter«, wendet er sich grinsend an Bishop. »Für sie muss immer alles perfekt sein.« In meinen Ohren klingt das wie eine Ausrede. Bishop versteht die Worte seines Vaters offensichtlich ähnlich, denn er sieht mich über dessen Schulter hinweg mit hochgezogenen Augenbrauen an.

Erin Lattimer erscheint hinter ihrem Ehemann, ein aufgesetztes Lächeln auf dem Gesicht, als würde jemand an ihren Wangen ziehen, während sie zur selben Zeit mit den Zähnen knirscht. Sie trägt einen kirschroten Rock und eine langärmelige Bluse, zu heiß für das Wetter, aber dafür sitzt jedes Haar an seinem Platz. Sie weiß wahrscheinlich nicht einmal, wie man schwitzt. Sie erinnert mich an die Barbiepuppen, die man ab und zu findet – Plastik bis zur Perfektion. Ich weiß, dass Erin ursprünglich aus meiner Hälfte der Stadt stammt, eine geborene Erin Bishop und ehemalige Klassenkameradin meines Vaters. Aber das erscheint mir beinahe unmöglich, weil ihre gepflegte Eleganz in einem solchen Gegensatz zu den meisten Frauen steht, mit denen ich aufgewachsen bin. Sie hat sich eine neue Persönlichkeit geschaffen und trägt ihre frostige Hülle wie eine Königin.

Sie umarmt Bishop, der ihr einen steifen Kuss auf die Wange gibt. Für mich hat sie nur ein Nicken übrig. Ich bin froh, dass sie keine Zuneigung heuchelt. Es ist zumindest aufrichtiger als das, was ihr Mann tut. Abneigung ist ein Gefühl, das ich respektieren kann.

Das Abendessen wird im Speisezimmer serviert, und wir vier verteilen uns um einen Tisch, der immer noch viel zu groß für uns ist, obwohl er nicht ganz ausgezogen wurde. Die Lattimers sitzen an den beiden Enden, und Bishop und ich sollen einander gegenüber Platz nehmen. Es kommt mir vor, als wäre ich auf meiner eigenen kleinen Insel gestrandet, auf beiden Seiten umgeben von feindlichem Gewässer.

Bishop zieht mir den Stuhl vom Tisch weg, dann nimmt er sich einen zusätzlichen Stuhl von der Wand hinter uns und setzt sich neben mich. »Die Strecke über den Tisch ist zu weit«, erklärt er seiner Mutter. Ich versuche, nicht lächerlich dankbar für diesen kleinen Akt des Trotzes zu sein, die Solidarität, die er mir gegenüber zeigt.

Mrs Lattimer ist nicht glücklich über die Änderung, aber sie macht deswegen keinen Wirbel. Sie nickt dem Dienstmädchen knapp zu, das an der Tür wartet und herbeigehuscht kommt, um Bishops Gedeck über den Tisch zu schieben.

»Sie sind schließlich frisch verheiratet«, bemerkt Präsident Lattimer lächelnd. Ich habe keine Ahnung, was er sich darunter vorstellt – bestimmt nicht, dass Bishop jede Nacht auf dem Sofa schläft.

Wir bringen mit Small Talk und nur einigen wenigen Phasen verlegenen Schweigens den Salat und das warme Rosmarinbrot hinter uns. Ich hoffe schon, dass ich den Abend vielleicht doch unversehrt überstehen werde, als Präsident Lattimer sich mit einem Lächeln an mich wendet. »Wie gefällt dir deine Arbeit am Gericht?«

»Gut«, antworte ich. »Ich arbeite mit Victoria Jameson zusammen.«

Präsident Lattimer nickt. »Wir kennen Victoria gut und

ihren Vater natürlich ebenfalls. So hast du etwas zu tun, bis das erste Baby kommt.«

Mein Herz setzt einen Schlag aus. »Ja«, sage ich.

Präsident Lattimer macht sich über sein Hühnchen her. »Lernst du dabei etwas Interessantes?«

Ich nehme einen Schluck Eiswasser. »Ich helfe hauptsächlich bei der Fallbearbeitung«, antworte ich vorsichtig. »Damit die Richter gut vorbereitet sind.« Ich halte inne. »Aber Victoria hat gesagt, dass wir nächste Woche vielleicht ein wenig mit Gefangenen arbeiten.«

Mrs Lattimer greift sich erschrocken ans Dekolleté, bevor sie die Hand wieder in den Schoß sinken lässt. »Oh«, sagt sie. »Ich glaube nicht, dass das passend ist, Ivy. Nicht für dich.«

»Warum nicht?«, frage ich, und die Worte kommen abwehrender heraus, als es meine Absicht war.

»Du bist noch ein Mädchen«, antwortet Mrs Lattimer. »Es gibt Dinge, für die du noch nicht erwachsen genug bist.« Ich konzentriere mich auf meinen Teller. *Halt den Mund*, ermahne ich mich. *Sei einfach still*. Aber ich kann nicht, und ich verstehe jetzt endgültig Callies Besorgnis, als Bishop um mich als Ehefrau gebeten hat statt um sie. Sollte ich den Plan meines Vaters in die Tat umsetzen können, grenzte das an ein Wunder. »Ich denke, wenn ich alt genug bin, um gegen meinen Willen verheiratet zu werden, bin ich auch alt genug, um zu arbeiten, wo ich will«, sage ich und hebe den Blick, um ihr in die Augen zu sehen.

Es folgt ein langer Moment des Schweigens. Mrs Lattimers Gabel fällt klirrend auf den Teller. »Wie kannst du es wagen«, sagt sie mit aufgerissenen Augen.

»Erin«, unterbricht Präsident Lattimer sie mit ruhiger Stimme. »Ivy hat ein Recht auf eigene Ansichten. Vor allem hier, an unserem Tisch.« Ich sehe ihn völlig überrascht an. »Ich ermutige zu Diskussionen«, erklärt er mir ganz ohne Ironie.

»Solange die Diskussionen sich innerhalb der Grenzen Ihrer Auffassungen bewegen, nicht wahr?«, frage ich. Ich lege meine Gabel beiseite, damit niemand das Zittern meiner Hand bemerkt. »Draußen auf der Straße dürfen die Menschen nicht über Demokratie sprechen, oder? Darüber, dass sie ein Mitspracherecht dabei haben wollen, wie es bei uns läuft?«

Präsident Lattimers Gesicht verkrampft sich. »Demokratie war das, was dein Großvater propagiert hat, Ivy. Und er hat verloren. Er hat verloren, weil er nicht genug Anhänger hatte.«

»Nein, er hat verloren, weil Ihr Vater als Erster an die Waffen herangekommen ist.« Ich muss aufhören. Ich hole tief Luft und bringe mich wieder unter Kontrolle. Bishops Hand streift auf dem Tisch meine. Nur sein kleiner Finger, der über meine Finger streicht. Ich sehe ihn verblüfft an, und er hält meinem Blick stand. Er ermutigt mich oder versucht zumindest nicht, mich zu stoppen.

»Was ist daran auszusetzen, Menschen darüber entscheiden zu lassen, welche Art von Regierung sie haben wollen?«, frage ich. »Wovor fürchten Sie sich?« Das sind die Worte meines Vaters, und sie auszusprechen, bringt mich ihm nahe.

»Menschen brauchen Sicherheit«, gibt Präsident Lattimer zurück. »Sie brauchen Frieden. Wir hatten genug Krieg und Unruhe.«

»Es verbreitet doch auch eine Art Unruhe, Menschen nach draußen vor den Zaun zu schicken, oder nicht?«.

»Die Menschen, die verstoßen worden sind, haben schlimme Dinge getan. Die Strafe entspricht dem Verbrechen«, unterbricht Mrs Lattimer mich.

»Vielleicht bei manchen von ihnen«, räume ich ein. »Aber es werden ja nicht nur Mörder verstoßen. Es sind Menschen, die stehlen oder die herrschenden Verhältnisse hinterfragen. Inwiefern bringt es uns Frieden, sie zum Sterben aus der Stadt zu jagen?«

Mrs Lattimer öffnet den Mund, um zu entgegnen, aber ich komme ihr zuvor, bevor sie ein Wort äußern kann. »Und was ist mit der Praxis, Mädchen zur Heirat zu zwingen, ihnen kein Mitspracherecht in Bezug auf ihr eigenes Leben zu geben?«

»Unsere Priorität ist nicht persönliches Glück, Ivy«, erklärt Präsident Lattimer. »Das kann nicht so sein. Wir versuchen immer noch, zu überleben, unsere Bevölkerung zu vermehren, und wenn Menschen zu viele Wahlmöglichkeiten haben, treffen sie oft die falschen Entscheidungen. Also ist es an mir, sie zu leiten.«

Ich verkneife mir ein Lachen. »Sie wissen also, was für jede einzelne Person in Westfall am besten ist?«

»Ja«, wirft Mrs Lattimer ein. »Das weiß er.« Sie funkelt mich böse an, und kleine Fältchen formen sich um ihre Lippen, so fest presst sie den Mund zusammen.

»Weißt du«, hebt Präsident Lattimer an und lenkt meine Aufmerksamkeit von Mrs Lattimer ab, »du erinnerst mich an deine Mutter. Natürlich siehst du so aus wie sie. Auch sie konnte sehr … leidenschaftlich werden.«

»Wie bitte?« Meine Stimme ist nur ein Flüstern, das ich über das Schreien in meinem Kopf kaum hören kann. »Sie haben meine Mutter gekannt?«

»Ja.« Sein Lächeln ist traurig. »Ich kannte sie gut.«

Ich habe so viele Fragen, dass sie einen Knoten in meiner Kehle bilden und keine einzige von ihnen herauskommt. Am liebsten würde ich ihn anschreien, ihm das Gesicht zerkratzen und ihn fragen, wie er mit solcher Zuneigung in der Stimme über sie sprechen kann, wo doch *er* derjenige war, der sie getötet hat? Aber irgendwie ist es mir in diesem Moment nicht wichtig, wer er ist oder was er getan hat. Wenn er mir etwas über meine Mutter erzählen kann, dann bin ich bereit zuzuhören.

Meine Familie setzt die Erinnerung an das, was meiner Mutter widerfahren ist, gern ein, um meinen Zorn zu schüren, aber niemand hat je mit mir über ihr Leben gesprochen. Darüber, wer sie war, bevor sie zu einem Symbol für den Zorn meiner Angehörigen wurde. Es gab immer nur Getuschel, das nicht für mich bestimmt war – Satzbruchstücke, nach denen es mich gleichwohl wie nach einer Droge verlangte: *tragisch, Schande, gebrochenes Herz, gegangen, nie zurückgekommen.*

»Woher haben Sie sie gekannt?«, frage ich mit erstickter Stimme.

Ein Stuhl scharrt über den Boden, und ich zucke zusammen. »Jetzt habe ich aber genug«, sagt Mrs Lattimer, wirft ihre Serviette auf den Tisch und steht auf. »Als wäre es nicht schlimm genug, dass er ausgerechnet *sie* heiratet? Aber dann kommt sie in mein Haus und gibt hier die Wahnvorstellungen ihres Vaters von sich, und von uns wird erwartet, dass wir dasitzen und uns das anhören?« Sie zeigt auf mich. »Ich werde nicht…«

»Das reicht«, unterbricht Bishop sie. Er wird nicht laut, aber seine Worte sind trotzdem eine Warnung.

Mrs Lattimer starrt ihren Sohn an, und ihre Unterlippe zittert. »Zwei Wochen?«, zischt sie. »Mehr hat sie nicht gebraucht, um dich gegen uns aufzubringen? Zwei Wochen.«

»Niemand ist gegen dich, Mom.« Bishop klingt erschöpft, als hätte er dieses Gespräch schon tausendmal geführt. Musste er als Kind seiner Mutter ständig seine Zuneigung beweisen, statt sie von ihr zu bekommen? Vielleicht haben er und ich doch etwas gemeinsam.

»Erin, bitte«, meldet Präsident Lattimer sich zu Wort, »setz dich. Es ist nicht nötig, eine Szene zu machen.«

Aber Mrs Lattimer will sich nicht so leicht besänftigen lassen. »Ich bin nicht diejenige, die eine Szene macht«, schießt sie zurück, den Blick auf mich gerichtet. Dann dreht sie sich um und verlässt den Raum, ihre Absätze klappern ein immer leiser werdendes Stakkato auf den Holzboden des Flurs.

»Entschuldigt mich«, sagt Präsident Lattimer. Das Verhalten seiner Frau scheint ihn nicht besonders zu verärgern. Er folgt ihr aus dem Raum, und Bishop und ich bleiben allein zurück. Ich starre auf das Hühnchen, das auf meinem Teller kalt wird. Die Kerzen in der Mitte des Tisches flackern und leuchten, werfen Schatten auf meine Hände. Das einzige Geräusch ist das Ticken der Standuhr im Flur.

»Es tut mir leid«, bringe ich heraus. Und das ist wahr. Es tut mir leid, dass ich nicht den Mund halten konnte. Es tut mir leid, dass ich nicht das Mädchen bin, das mein Vater und meine Schwester in dieser Situation brauchen.

»Es ist nicht nötig, dass du dich entschuldigst«, entgegnet Bishop. Ich drehe mich zu ihm um; sein Gesicht ist zur Hälfte in Schatten getaucht. »Ich habe es dir schon einmal gesagt, ich will, dass du du selbst bist. Dazu gehört, dass du deine Meinung sagst, selbst wenn sich andere dadurch unwohl fühlen.«

Ich nicke. »Es gab da einen Mann in unserer Hälfte der Stadt. Er wohnte ein paar Häuser von uns entfernt.« Ich habe keine Ahnung, warum ich ihm das erzähle, vielleicht um zu testen, ob er ernst meint, was er gerade gesagt hat. Was dumm und riskant ist, aber ich kann die Flut der Worte nicht zurückhalten. »Vor einigen Jahren ist sein Sohn im Winter krank geworden, und das Krankenhaus wollte ihm keine Medikamente geben.«

»Es gibt Regeln für die Medikamentenausgabe«, antwortet Bishop. »Sie verteilen sie nicht einfach so.« Jetzt spricht er wie sein Vater, der immer eine Antwort auf alles parat hat. Ich reiße die Hand vom Tisch, wo sie dicht neben seiner gelegen hat. Bishop zieht seine Hand ebenfalls zurück.

»Das weiß ich. Aber der Sohn dieses Mannes war wirklich krank, ich meine todkrank. Und sie haben seinen Namen trotzdem ganz unten auf die Liste gesetzt. Also hat mein Nachbar etwas Medizin gestohlen und damit seinem Sohn das Leben gerettet. Und dein Vater hat ihn für dieses Verbrechen verstoßen. Er ist jenseits des Zauns erfroren, hat nicht mal einen einzigen Tag überlebt.« Ich halte Bishops Blick stand. »Das ist die Vorstellung von Gerechtigkeit, die dein Vater vertritt. Solche Entscheidungen trifft er.«

Bishop starrt mich an. »Was willst du von mir hören, Ivy?«, fragt er schließlich. »Dass ich gutheiße, was mein Vater getan hat? Dass ich es nicht gutheiße? Nach welcher Antwort suchst du?«

»Ich suche nicht nach einer speziellen Antwort«, erkläre ich ihm, obwohl der Teil von mir, der dazu ausgebildet wurde, ihn zu töten, hofft, dass er seinem Vater zustimmt. »Ich will wissen, was du denkst.«

»Ich denke«, beginnt Bishop, »dass wir unsere Familien lieben können, ohne allem zu vertrauen, was sie uns erzählen. Ohne alles zu befürworten, wofür sie stehen.« Er äußert die Worte sachlich, lässt mich dabei aber keine Sekunde aus den Augen. »Ich denke, dass die Dinge manchmal nicht so einfach sind, wie unsere Väter es uns gern glauben machen wollen.«

7

Ein Stapel neuer Bücher liegt auf meinem Nachttisch, aber welches ich auch zur Hand nehme, ich kann mein Gehirn nicht abschalten und komme nicht zur Ruhe. Die Zeit, zu der ich normalerweise das Licht ausknipse, ist lange vorbei, und ich werde morgen früh, wenn ich aufstehen und zur Arbeit gehen muss, meine Schlaflosigkeit verfluchen. Schließlich gebe ich es auf und steige aus dem Bett. Im Flur und im Wohnzimmer ist es dunkel, und ich gehe auf Zehenspitzen in die Küche und hole mir, so leise ich kann, ein Glas Wasser. Ich will mich gerade ins Schlafzimmer zurückschleichen, als Bishop sich auf dem Sofa rührt. »Kannst du nicht schlafen?«, fragt er.

»Nein«, antworte ich. »Du auch nicht?«

Es ist dunkel im Zimmer, aber ein bisschen Mondlicht fällt durch die nicht ganz geschlossenen Vorhänge vor einem der Fenster. Bishop schüttelt den Kopf; Licht fällt auf seine Wangenknochen.

»Ich wollte mir nur ein wenig Wasser holen«, sage ich.

»Ja.« Er lächelt. »Das sehe ich.« Er hat einen Arm unter

den Kopf gelegt, und seine Decke hat sich um seine Füße verheddert. Sein helles T-Shirt leuchtet in dem schwachen Licht. »Willst du mir Gesellschaft leisten, während du es trinkst?«

»Okay«, erwidere ich und will mich schon auf einen der Stühle ihm gegenüber setzen, aber er winkelt die Knie an und macht mir einen Platz an einem Ende des Sofas frei. »Danke«, sage ich, setze mich hin und ziehe die Beine unter mich.

»Es ist seltsam, nicht wahr?«, bricht Bishop das Schweigen, bevor mein Kopf Kapriolen schlagen kann und ich mir um all die Dinge Sorgen mache, die ich sagen und tun sollte.

»Was?«

Er macht eine weit ausholende Geste. »Das hier. Wir. Dass wir noch vor wenigen Wochen ganz normale Jugendliche waren, die bei ihren Eltern wohnten, und jetzt sind wir … hier.«

»Ja«, pflichte ich ihm bei. »Sehr seltsam.«

Es entsteht eine lange Pause, und ich kann spüren, dass er mich beobachtet. Ich drehe den Kopf und sehe ihn an. »Erinnerst du dich an den Tag, an dem wir bei mir zu Hause waren«, fragt er, »und die Bücher aus der Bibliothek meines Vaters geholt haben?«

»Ja. Was ist damit?«

»Du hattest recht, Ivy«, sagt er leise. »Es macht mir tatsächlich zu schaffen. Wie man uns unsere Entscheidungen abnimmt.«

Ich wage kaum zu atmen. Er vertraut sich mir an, öffnet sich mir, genauso wie mein Vater und Callie es wollten. »Warum hast du dann damals nichts gesagt?«

Bishop seufzt. »Ich bin nicht … ich bin einfach nicht der Typ, der alles von sich preisgibt. Ich bin es nicht. Bevor ich jemanden nicht wirklich kenne, lasse ich nicht viel heraus. So bin ich einfach.«

»Okay«, antworte ich und warte. Zumindest weiß ich, wie es ist, wenn man einen Teil seiner Persönlichkeit nicht leicht verändern kann.

»Aber das bedeutet nicht, dass ich keine Gefühle habe«, fährt er fort. »Dass mir die Sachen nicht wichtig sind.«

Ich nehme einen Schluck Wasser. »Ich hätte das nicht sagen sollen, an dem Morgen, als wir uns gestritten haben, dass du nichts fühlst. Das war nicht fair.«

»Ich versteh schon, warum du das gedacht hast«, sagt Bishop. »Aber es ist nicht wahr.« Er hält inne. »Auch ich wollte etwas anderes. Mehr als nur dein Ehemann sein.«

»Was denn zum Beispiel?«, hake ich nach.

Er senkt den Blick. »Nichts, was jetzt noch von Belang wäre. Wir haben nur das hier. Dieses Leben. Einander. Dieses Haus.« Er lässt seine Hand auf das Polster fallen. »Dieses Sofa.«

Mein Herz macht einen Satz. War das Ganze nur ein Vorspiel, um mich ins Bett zu bekommen? Ich könnte mir sowieso schon einen Tritt verpassen, dass ich mich auf dieses dumme Sofa gesetzt habe.

»Entspann dich, Ivy.« In seiner Stimme liegt ein Lächeln. »Ich verlange nichts von dir.«

Aber eines Tages wird er es tun. Soweit er weiß, ist diese Beziehung für die Ewigkeit, und ich kann mir nicht vorstellen, dass er die nächsten fünfzig Jahre auf dem Sofa schlafen will. Ich bin mir nicht sicher, was ich sagen werde, falls er es tatsächlich verlangt. Um des Plans meines Vaters willen weiß ich, dass meine Antwort Ja lauten muss.

»Also, ich geh dann mal besser wieder ins Bett. Ich muss morgen früh zur Arbeit.« Ich stehe auf und stelle mein Glas auf den Couchtisch.

Bishops Stimme hält mich auf, bevor ich im Flur bin. »Du hast gesagt, dass du dir Mühe gibst, weißt du noch?«

Ich schaue mich zu ihm um. »Ja«, antworte ich vorsichtig.

»Ich gebe mir auch Mühe.«

»Das weiß ich«, antworte ich und bemerke, wie seine Augen im Mondlicht glänzen. Ich drehe mich um und gehe wieder ins Bett.

Ich versuche, meine Nervosität zu unterdrücken, als Victoria vor mir her ins Untergeschoss des Gerichtsgebäudes geht. Es ist nicht so, als würde ich in einem Raum mit irgendwelchen Gefangenen allein gelassen. Erin Lattimers Worte – *es gibt einige Dinge, für die du noch nicht erwachsen genug bist* – sollen nicht zur Prophezeiung werden. Ich bin fest entschlossen, das hier durchzuziehen, und zwar gut, wenn auch aus keinem anderen Grund, als zu beweisen, dass sie unrecht hat.

»Was machen wir mit ihnen?«, frage ich Victoria, während ich mich bemühe, mit ihr Schritt zu halten. Obwohl ich größer bin als sie, legt sie immer, egal wohin sie geht, ein flottes Tempo vor, als beeilte sie sich, etwas noch zu erwischen, das gerade um die Ecke verschwindet.

»Es handelt sich um Gefangene, die bereits verurteilt sind«, erklärt sie mir. »Wir müssen ein paar letzte Informationen aus ihnen herausholen. Die nächsten Angehörigen, so etwas in der Art. Wir müssten die Informationen eigentlich bereits haben, wenn die Untersuchungen beim ersten Mal korrekt durchgeführt worden sind …«, ihr Tonfall verrät mir, dass das unwahrscheinlich ist, »… aber wir müssen es noch einmal überprüfen, bevor …«

»… bevor sie verstoßen werden«, vollende ich ihren Satz, denn es scheint ihr zu widerstreben, das selbst zu tun.

»Ja«, bestätigt sie. Sie sieht mich an und lenkt den Blick dann wieder auf den Flur vor uns. »Ich weiß, es muss Ihnen schwerfallen, das zu verstehen, mit Ihrem Vater, der nun einmal ist, wer er ist.«

Sie sagt es ohne Bosheit in der Stimme, aber ich bin trotzdem misstrauisch. Ich habe keine Mühe, mich um Kopf und Kragen zu reden, wenn mein Temperament meinen gesunden Menschenverstand außer Kraft setzt, aber mich in dieses Thema hineinziehen zu lassen, ist eine Gefahr, der selbst ich aus dem Weg zu gehen in der Lage sein sollte.

»Nun, er ist kein großer Freund davon, Menschen aus der Stadt zu verstoßen«, sage ich und wähle dabei jedes Wort mit Bedacht. Es ist kein Geheimnis, dass mein Vater gegen die Bestrafungsmethoden in Westfall ist. Meine Familie war schon immer dagegen, schon zu Zeiten meines Großvaters. Aber mein Vater achtet darauf, nicht zu lautstark zu protestieren. Er macht unsere Position klar, ohne sich allzu deutlich zu äußern, weil er klug ein Auge immer auf das Ziel richtet.

Victoria drückt die Tür am Ende des Flurs mit der Schulter auf. »Aber hat er denn eine bessere Lösung?«, fragt sie mit hochgezogenen Augenbrauen. Sie gibt mir keine Gelegenheit zu antworten, sondern lässt mir die Wahl, ihr zu folgen oder das Risiko einzugehen, dass mir die Tür gegen den Kopf schwingt.

Wir befinden uns in einem weiteren Flur, er ist kurz und hat eine einzige Tür an seinem Ende. Die Tür besitzt oben ein kleines Fenster, und davor steht ein Wachposten. Er hat die Hände vor dem Bauch gefaltet und trägt eine Pistole am Gürtel.

»Hallo, David«, begrüßt Victoria den Mann. »Wir sind hier, um die letzten Verhöre durchzuführen.«

»Wir erwarten Sie bereits«, entgegnet David. Er schaut kaum in meine Richtung. »Man hat mir gesagt, dass Sie heute Morgen herunterkommen würden. Deshalb habe ich schon mal angefangen und den Ersten reingebracht. Laird, Mark.«

Victoria streckt die Hand aus, und ich blättere in dem Stapel mit Aktenmappen auf meinem Arm, bis ich die finde, auf der der Name Laird steht, und reiche sie Victoria. Ich habe mich inzwischen an Victorias Effizienz gewöhnt, die mitunter an Unhöflichkeit grenzt.

»Okay«, sagt sie zu mir. »Diesmal schauen Sie nur zu und lernen. Sie werden diese Verhöre schon bald allein durchführen.«

»Ich bin gleich hier draußen«, versichert David uns, »falls Sie mich brauchen.«

Victoria nickt und drückt mit ihrer freien Hand die silberne Türklinke herunter. Der Raum dahinter ist winzig, kaum groß genug für drei Klappstühle. Auf einem davon sitzt schon jemand. Auf dem Stuhl, der am Boden festgeschraubt ist.

Ich kann nicht genau sagen, was ich erwartet habe, vielleicht eine böse Kreatur aus einem Märchenbuch in Menschengestalt, aber der Junge auf dem Stuhl sieht aus, als wäre er nicht viel älter als ich. Ich würde ihn jünger als Bishop schätzen, aber als ich über Victorias Schulter in die Akte schaue, sehe ich, dass er zweiundzwanzig ist.

Er lächelt uns an und gestikuliert mit seiner freien Hand. Die andere ist seitlich an den Stuhl gekettet. »Hey. Ich dachte schon, Sie hätten mich vergessen.« Er hat rotblondes Haar und runde blaue Augen. Mit seinen glatten Wangen und den leuchtend roten Apfelbäckchen erinnert er mich an die Babypuppen, mit denen meine Schwester und ich als Kinder gespielt haben. Ich nehme an, dass eine andere Art von Mädchen ihn wahrscheinlich attraktiv finden würde.

Victoria nimmt ihm gegenüber Platz, und ich lasse mich neben ihr auf den freien Stuhl gleiten. Marks Augen wandern über meine nackten Beine, die unter meinem Rock zu sehen sind, als ich mich setze, aber als er mir in die Augen sieht, ist sein Gesichtsausdruck von ausgesuchter Höflichkeit.

»Mark«, hebt Victoria an und lenkt seine Aufmerksamkeit auf sich. »Sie wissen, warum Sie hier sind, nehme ich an.«

»Sie müssen das Ganze abschließen, bevor Sie mich verstoßen.«

»Ja.« Victoria nimmt einen Stapel Papiere aus seiner Akte und zieht die Kappe von ihrem Stift. Während sie sich seine Adresse und den Namen seiner nächsten Angehörigen bestätigen lässt, nutze ich die Gelegenheit, ihn mir genau anzusehen. Er beantwortet ihre Fragen locker, klopft aber mit dem Fuß auf den Boden, und er schluckt zu schnell, als müsste er ständig den Mund befeuchten, damit ihm die Worte nicht vertrocknen.

»Werde ich … bekomme ich die Gelegenheit, mich von meiner Familie zu verabschieden?«, fragt er.

»Ja«, antwortet Victoria. »Wir werden ihnen einen Tag und eine Uhrzeit nennen, zu der sie Sie besuchen dürfen.«

Mark nickt, und sein Kopf hüpft auf seinem Hals wie auf einer Sprungfeder. »Ich wünschte, ich könnte noch mal mit jemandem reden«, setzt er an. »Mit jemandem, der etwas zu sagen hat. Ich bin mir sicher, wenn ich nur *erklären* könnte …«

»Sie hatten eine Verhandlung, Mr Laird«, unterbricht Victoria ihn, »und der Richter hat Sie für schuldig befunden. Es gibt nichts mehr zu diskutieren.«

»Aber Sie können mich nicht einfach verstoßen!« Seine Stimme wird lauter. Seine Handschellen schlagen klirrend gegen den Stuhl. Mein ganzer Körper verkrampft sich, aber Victoria bleibt ungerührt. Sie hört und überhört diese flehentlichen Bitten wahrscheinlich, wann immer sie diesen Raum betritt. Bei diesem Gedanken verspüre ich den Drang, mich zu übergeben.

»Wenn Sie sich beruhigen«, fährt sie fort, »gehe ich mit Ihnen das Prozedere Ihrer Freilassung durch.«

»Meiner Freilassung?« Marks Stimme bricht, und er stößt ein hohes, hysterisches Lachen aus. »Das ist keine Freilassung. Es ist ein Todesurteil. Warum nennen Sie es nicht beim Namen?«

»Nun.« Victoria klappt mit einem hörbaren Geräusch den Aktenordner zu. »Wenn Sie nicht vernünftig sind, sind wir hier wohl fertig. Wir können es ja morgen noch einmal versuchen.«

Sie geht zur Tür. Ich stehe auf, um ihr zu folgen, da beugt Mark sich vor und packt mich am Handgelenk. »Bitte«, sagt er. »Bitte hilf mir.«

Ich winde mich aus seinem Griff, und die Härchen auf dem Arm stehen mir zu Berge. Ich weiß, dass ich auf den Schmerz in seiner Stimme reagieren sollte, aber irgendetwas steht da in den Tiefen seiner Augen – eine berechnende Verschlagenheit, die so gar nicht zu seinem jungenhaften Gesicht passt und bei der es mich schaudert.

Victoria hält mir die Tür auf, und ich gehe schwer atmend hinaus.

»Alles in Ordnung?«, fragt David.

»Er hat sie gepackt«, antwortet Victoria. »Aber es ist nichts Schlimmes passiert, oder?«

Ich nicke, verschränke die Arme und halte mit zitternden Fingern meine Ellbogen still. David geht in den Raum zu Mark, und Victoria läuft eilig vor mir her den Flur entlang. »Lassen Sie uns eine kurze Pause vor dem nächsten machen«, sagt sie im Gehen.

»Er hatte recht«, rufe ich. Sie bleibt stehen und sieht mich über die Schulter hinweg an. »Das waren Wortspielchen, die sie mit ihm gespielt haben. Es ist ein Todesurteil.«

Victoria fährt sich mit der Zunge über die Schneidezähne. Mit schnellen, dröhnenden Schritten kommt sie zu mir zurück. »Nein, das habe ich nicht«, widerspricht sie. »Er wird am Leben sein, wenn wir ihn freilassen. Und wenn er nur halb so klug ist, wie er denkt, findet er einen Weg, um auch am Leben zu bleiben.«

Ich schüttle den Kopf. »Sie wissen, dass das nicht wahr ist. Er wird dort draußen sterben. Niemand verdient …«

»Wissen Sie eigentlich, was er getan hat?«, fragt Victoria mich. Ihre Stimme ist leise, aber tödlich scharf und pointiert, jedes Wort wie ein Pfeil, der ins Ziel trifft. »Er hat ein neun Jahre altes Mädchen vergewaltigt. Hat ihr seinen Namen in den Bauch geritzt, damit sie für den Rest ihres Lebens ein Souvenir hat.«

Mir dreht sich der Magen um, und die Galle steigt mir in der Kehle auf. Ich wende den Blick von ihr ab zur Wand und erinnere mich an den Ausdruck in seinen Augen, als er mich am Arm gepackt hat. Ich würde gern meine Haut mit heißem Wasser schrubben, ihn von mir abwaschen, sodass keine Spur zurückbleibt. Ich darf gar nicht an das kleine Mädchen denken, das niemals imstande sein wird, das Gleiche zu tun.

Victoria beugt sich näher zu mir. »Was sollen wir Ihrer Ansicht nach mit ihm machen, Ivy? Sollen wir ihn laufen lassen? Ihn für immer hierbehalten und ihn im Winter, wenn wir selbst kaum genug zu essen haben, mit durchfüttern? Ihm Medizin geben, die stattdessen unschuldigen Kindern verabreicht werden könnte?« Sie drückt mir Mark Lairds Aktenmappe an die Brust. Ich nehme sie mit tauben Fingern entgegen. »Ich persönlich denke, dass er Schlimmeres verdient hat.«

Ich schaue nicht auf, selbst nachdem die Tür am Ende des Flurs hinter ihr zuschlägt.

Auf dem Weg nach Hause bin ich wütend und weiß nicht einmal, warum. Es ist nicht so, als hätte mein Vater nicht zugegeben, dass viele Menschen, die nach draußen vor den Zaun geschickt werden, schreckliche Dinge getan haben. Und Victoria hat recht, vielleicht verdient Mark Schlimmeres als das, was er bekommt. Aber ich habe immer noch das Gefühl, belogen worden zu sein, als sollten all die Ansprachen, die ich von meinem Vater zu hören bekommen habe, zu einfachen Antworten führen und nicht zu weiteren Fragen.

Ich denke, dass die Dinge manchmal nicht so einfach sind, wie unsere Väter es uns gern glauben machen wollen. Ich habe Bishops Worte im Ohr und muss dem Drang widerstehen, um mich zu schlagen und in die feuchte Luft zu schreien, die mir von hinten in den Nacken kriecht. Meine Kehle fühlt sich rau und wie zugeschnürt an, als ich mit steifen Schritten über den menschenleeren Gehsteig gehe, die Fingernägel in die Handflächen bohre und die Geräusche des Stadtzentrums weit hinter mir zurücklasse.

Bishop ist in der Küche, als ich nach Hause komme, und macht an der Theke Frikadellen. »Hallo«, ruft er, als ich meine Tasche aufs Sofa werfe. »Wie war es bei den Gefangenen?«

Ich stehe in der Küchentür, genau wie er am zweiten Abend nach unserer Hochzeit. In den meisten Dingen, die von Belang sind, hat sich seither nichts verändert. Wir haben nicht miteinander geschlafen oder uns unsere Geheimnisse erzählt oder sonst viel zusammen unternommen. Aber auf die vielleicht unschuldigste Art überhaupt hat sich seit jenen ersten zaghaften Nächten alles verändert.

Weil Bishop derjenige ist, zu dem ich heimkomme, derjenige, der mich fragt, wie mein Tag war, und sich meine Antwort anhört, ist er zu der Achse geworden, um die mein Leben sich dreht. Selbst wenn wir die meiste Zeit so vorsichtig miteinander umgehen, als wären wir Bomben, die jederzeit hochgehen könnten, sind wir doch immer hier und begegnen einander zwangsläufig. Wir warten einfach auf die Situationen, wenn unsere Wege sich kreuzen.

»Schrecklich«, antworte ich. »Wir mussten zu einem, der verstoßen wird. Einem Jungen, der einem kleinen Mädchen wehgetan hat.« Indem ich zu Beschönigungen greife, versuche ich, mein Entsetzen zu verbergen. »Aber er hat mich trotzdem angefleht, ihn zu retten.« Meine Stimme klingt hoch und gepresst. »Er hat richtig gebettelt.«

Bishop schnaubt. »Das kann ich mir vorstellen.«

»Ist das alles, was du dazu zu sagen hast? Kümmert es dich nicht, was mit den Menschen passiert?«

Bishop macht mit dem Unterarm das Wasser an und wäscht sich mit Seife die Hände. »Was mit diesem Mann passiert?«, fragt er. »Eigentlich nicht. Die interessantere Frage ist, warum es *dich* kümmert.« Er macht das Wasser aus und nimmt sich ein Geschirrtuch, das an der Ofentür hängt.

Ich schnaube. »Tut es nicht. Ich meine, nicht gerade in seinem Fall. Aber wir können Menschen nicht verstoßen, wann immer sie etwas falsch machen. Das ist … barbarisch.«

»Schau dich um, Ivy. Die Welt, in der wir leben, ist barbarisch. Wir versuchen einfach, uns hinter« – er wirft das Geschirrtuch auf die Theke – »Hamburgern auf dem Grill und netten Häusern zu verstecken. Und was wäre denn die Alternative? Sie auf den elektrischen Stuhl zu schicken, wie man es früher gemacht hat? Oder Ressourcen zu verbrauchen, die wir nicht haben, um sie am Leben zu erhalten?«

Ich verdrehe die Augen. »Jetzt klingst du wie Victoria.«

»Dann hat Victoria gute Argumente.« Bishop tritt näher an mich heran und lehnt sich mit der Hüfte gegen die Theke. »Im letzten Winter sind mehr als zweihundert Menschen umgekommen, Ivy. Zweihundert. Wäre es dir lieber, den Mann, mit dem du heute gesprochen hast, am Leben zu erhalten, oder einen dieser Menschen?«

»Die Frage ist unfair, und das weißt du! Nicht alle, die verstoßen werden, haben so etwas verbrochen wie dieser Mann. Manche Leute stehlen Brot auf dem Markt oder weigern sich zu heiraten. Ich finde nicht, dass es eine Verschwendung von Ressourcen ist, diese Menschen zu ernähren. Wir haben es geschafft, sie zu ernähren, bevor sie ein Verbrechen begingen. Wir müssten also auch danach noch in der Lage sein, sie zu ernähren.«

»Okay«, erwidert Bishop. »Aber was ist mit Mördern und Vergewaltigern? Was machen wir mit denen? Zu sagen, dass man etwas anders machen will, löst das Problem nicht.« Sein Gesicht mit den nachdenklichen leuchtend grünen Augen ist so ruhig wie eh und je.

»Was willst du denn damit sagen? Wenn man nicht auf alles eine Antwort hat, ist es dumm, eine Frage zu stellen?« Ich wünschte, er würde laut werden, sodass ich eine Berechtigung hätte, das Gleiche zu tun, und etwas von der Frustration loswürde, die in mir brodelt. Ich mache mir schon längst keine Sorgen mehr darüber, ob ich ihn kränke oder verärgere. Er scheint in der Lage zu sein, meiner ungestümen Art mit einer Gelassenheit zu begegnen, die meine Familie nie an den Tag gelegt hat.

Bishop zögert keinen Moment. »Nein, natürlich nicht. Aber es ist nicht genug, Dinge verändern zu wollen, ohne danach zu fragen, in was sie sich verändern werden.«

»Du hast leicht reden. Du bist der Sohn des Präsidenten«, sage ich höhnisch. »Hast du überhaupt jemals über diese Dinge nachgedacht, bevor ich gekommen bin, oder hast du deine Tage damit verbracht, im Fluss zu planschen und es anderen zu überlassen, sich Gedanken über Gerechtigkeit zu machen und darüber, was richtig ist?«

Seine Augen blitzen auf, so schnell, dass ich glauben könnte, ich hätte es mir vielleicht nur eingebildet, denn sein Gesicht bleibt unbewegt. »Du hast kein Monopol darauf, dich um die Zukunft zu sorgen, egal was du vielleicht denkst.« Er wirft das Geschirrtuch beiseite. »Und zumindest brauche ich meinen Vater nicht, damit er mir sagt, was ich glauben soll.«

Ich drehe mich auf dem Absatz um, gehe den Flur hinunter zum Schlafzimmer und knalle die Tür hinter mir zu. Dann gehe ich zum Bett und dresche so fest ich kann auf ein Kissen ein, drücke mein Gesicht hinein und schreie meine Frustration heraus, der Stoff ist trocken und bitter an meinen Lippen.

8

Ich versteckе mich in der Toilettenkabine im Untergeschoss des Gerichtsgebäudes, bis meine Uhr mir sagt, dass es sechs ist. Normalerweise gehe ich gegen fünf, aber ich weiß, dass David, der Wachposten, der Victoria und mich zu dem Gespräch mit Mark Laird eingelassen hat, bis sechs Uhr Dienst hat, und ich will herausfinden, wo er zum Feierabend seine Waffe hinbringt. Schritt drei, herausfinden, wo die Waffen aufbewahrt werden. Es ist eins der Dinge, die mein Vater wissen muss, wenn er erfolgreich nach der Macht greifen will. Er hat immer gesagt, er wolle nicht, dass jemand zu Schaden kommt – abgesehen von den Leuten, die ohnehin dran glauben müssen, natürlich –, aber entscheidend für seinen Erfolg sei, die Kontrolle über den begrenzten Waffenvorrat der Regierung zu haben.

Nach der Auseinandersetzung mit Bishop am vergangenen Abend, die zur Folge hatte, dass ich die halbe Nacht wach lag, während mir unausgesprochene Erwiderungen auf der Zunge brannten, bin ich mit dem Entschluss aufgewacht, einen weiteren Schritt auf dem Weg zum Ziel meines Vaters zu machen. Ich werde nicht zulassen, dass Bishops Worte mich von meinem Kurs abbringen. Callie sagt immer, es gebe Familie und es gebe alle anderen. Mein Vater ist Familie. Und Bishop ist alle anderen.

Ich höre draußen vor der Toilette eine Tür zuschlagen und schwere Schritte im Flur. Ich erhebe mich mit schmerzenden Beinen aus meiner zusammengekauerten Position vom Toilettensitz. Als ich durch die Tür zu den Toiletten spähe, biegt David gerade am anderen Ende des Flurs um die Ecke und verschwindet in einem Bereich des Untergeschosses, in dem ich noch nie gewesen bin. Ich schleiche barfuß und auf Zehenspitzen hinter ihm her, meine Sandalen halte ich in der Hand. Zu dieser Tageszeit ist es hier unten unheimlich still, die einzigen Geräusche sind ein schwaches Summen der Deckenbeleuchtung und das Klackern von Davids sich entfernenden Schritten.

Vorsichtig biege ich um die Ecke und sehe David Zahlen in ein kleines Tastenfeld in der Wand eintippen. Dann öffnet er die Tür neben dem Tastenfeld und geht hindurch, aber er lässt die Tür nicht hinter sich zufallen. Ich kann seine Stimme und die Stimme eines anderen Mannes von da drin hören.

»Gott sei Dank ist heute Freitag, stimmt's?«, sagt der unbekannte Mann. Er klingt älter und etwas schroff.

»Wem sagst du das?«, antwortet David. »Die nächste Woche wird lang.«

»Werden wieder welche verstoßen?«

»Am Mittwoch.« Der ältere Mann schnalzt mit der Zunge, aber ohne sein Gesicht zu sehen, kann ich diesen Laut nicht deuten. Zustimmung? Kritik? Ich höre das Knarren von Leder und das Klirren von Metall, gefolgt von einem schweren, dumpfen Dröhnen. David nimmt sein Holster ab und packt es weg. Mein Herzschlag beschleunigt sich, und auf meiner Stirn bildet sich ein dünner Schweißfilm. Ich umklammere die Akte in meiner Hand fester – meine Versicherungspolice für den Fall, dass ich erwischt werde.

»Sie können jetzt Ihre Waffe abgeben und sie hier austragen«, sagt der ältere Mann.

Ich höre das Kratzen eines Stiftes auf Papier und weiß, dass ich gehen sollte, dass ich den Flur in der Richtung zurückrennen sollte, aus der ich gekommen bin, aber ich brauche mehr Informationen. Es folgt ein Geräusch, das ich nicht sofort identifizieren kann, als wenn ein Rad gedreht wird. Der Drehmechanismus an einem Tresor vielleicht?

Entgegen besserem Wissen schiebe ich mich direkt an die Tür und beuge mich mit angehaltenem Atem ein winziges Stück vor. Beide Männer stehen mit dem Rücken zu mir vor einem offenen Tresorraum. Von meinem Platz aus kann ich reihenweise Waffen sehen, vom Boden bis zur Decke, mindestens sieben Regalmeter. Darunter gibt es Handfeuerwaffen wie die von David, aber auch schwerere Waffen. Alle Kaliber. Schrotflinten und sogar ein paar Sturmgewehre. Heutzutage kennen die meisten Menschen Waffen nur noch aus der Theorie, deshalb wissen sie nicht viel darüber. Aber mein Vater hat uns beigebracht, die wichtigsten Waffenarten zu unterscheiden. Obwohl ich noch nie geschossen habe, fällt es mir nicht schwer, mir einen Pistolengriff in meiner Hand vorzustellen. Der ältere Mann geht in den Tresorraum und legt Davids Pistole zu Dutzenden anderen Waffen vom gleichen Typ auf einen Metallständer.

Ich schiebe mich von der Tür weg und gehe, so schnell ich kann, zurück durch den Flur. Kaum um die Ecke, nehme ich mir eine Sekunde Zeit, um meine Sandalen wieder anzuziehen und zu Atem zu kommen. Ich präge mir ein, wo ich bin und wo sich der Raum befindet, dann schließe ich die Augen und stelle mir im Geiste jedes Detail vor, versuche, mir die Bilder der Waffen, die ich gesehen habe, hinter meine geschlossenen Augenlider zu brennen.

»Hey, Mrs Lattimer«, sagt David direkt hinter mir. »Was machen Sie denn hier?«

Ich zucke zusammen und mir rutscht ein kleines Quieken heraus. »Oh, hallo David«, antworte ich, eine Hand auf der Brust, wo mein Herz gegen meine Rippen donnert. »Der Fall hier ist abgeschlossen, deshalb wollte ich nur die Akte ins Archiv bringen, aber ich habe den richtigen Raum nicht gefunden. Es ist so verwirrend.« Ich bedenke ihn mit einem Lächeln, das sich eher wie eine Grimasse anfühlt. »Alles hier ist so weiß.«

Er legt den Kopf schräg und deutet auf die Akte. »Wie lautet die Fallnummer?«

Ich halte ihm die Akte hin. »Die gehört in den Aktenraum B«, erklärt er. »Ich bringe sie gern für Sie hin. Streng genommen dürfen nur die Wachposten ohne Begleitung hier unten sein. Das nächste Mal lassen Sie es uns einfach wissen, und wir nehmen Ihnen mit Freuden alle Akten über geschlossene Fälle ab.«

»Danke«, murmle ich und lasse ein atemloses kleines Lachen hören, als ich ihm die Akte übergebe. »Tut mir leid, dass ich gegen das Protokoll verstoßen habe. Ich habe wohl noch einiges zu lernen.«

»Kein Problem«, sagt David.

»Können Sie mir jetzt noch die richtige Richtung zum Treppenhaus zeigen? Sonst irre ich hier noch tagelang herum.«

David lächelt und deutet den Flur hinunter. »Das Treppenhaus ist gleich da drüben.«

»Danke. Ein schönes Wochenende wünsche ich Ihnen.« Ich renne fast zur Treppe und stürme durch die Tür, bevor ich den Kopf dagegenlehne, sobald sie sich hinter mir geschlossen hat. Einen Vorteil hat es, eine Lattimer zu sein – die meisten Leute lassen sich leicht täuschen. Sie denken, nur weil ich jetzt einen anderen Namen trage, wüssten sie, wo meine Loyalitäten liegen. Als könnten ein paar Wochen ein ganzes Leben aufwiegen.

Ich eile durch die Straßen, erpicht darauf, den Markt zu erreichen, bevor alle Stände für den Abend dichtmachen. Es ist nicht so voll wie bei meinem letzten Besuch hier, deshalb bemerken mehr Menschen meine Anwesenheit, obwohl weniger Leute unterwegs sind. Hinter mir wird getuschelt, wie bei diesem Kinderspiel, bei dem der Erste anfängt zu flüstern und beim Letzten etwas ganz Neues und Unverständliches herauskommt. In meiner Hälfte der Stadt kannte man mich, aber man hat nicht über mich gesprochen. Als Tochter des Gründers gehörte ich zum Leben der Menschen. Hier werde ich nur als Kuriosität wahrgenommen und ich hasse das.

Der Mann am Marmeladenstand ist schon dabei zusammenzupacken, als ich seinen Tisch erreiche. Ich schnappe mir ein Marmeladenglas und schaue nicht einmal darauf, welche Sorte es ist, dann drücke ich es ihm in die Hand. »Das hier hätte ich gern.«

Er schaut zu mir hoch. »Es kostet drei Coupons.«

Wir haben seit dem Krieg kein Bargeld mehr. Die Menschen werden für ihre Arbeit mit Coupons bezahlt. Frauen, die nicht berufstätig sind – die überwältigende Mehrheit in Westfall –, und Kinder bekommen ebenfalls monatlich eine bestimmte Anzahl von Coupons.

»Okay.« Ich wühle in meiner Tasche, die ich mir über die Brust gehängt habe, nach ein paar Coupons.

»Brauchen Sie eine Tüte?«

»Nein. Ich kann sie hier reintun.« Ich verstaue das Glas in meiner Tasche.

»Sonst noch etwas?«, fragt der Mann.

Ich schaue mich um. Es ist niemand in der Nähe. »Richten Sie ihr aus, dass ich herausgefunden habe, wo sie aufbewahrt werden«, antworte ich mit leiser Stimme. Dann gehe ich, ohne mich umzusehen.

Auf dem Heimweg werde ich von Euphorie überflutet und ich fliege nur so über das Pflaster. Ich stelle mir Callies Gesicht vor, wenn sie meine Nachricht bekommt. Dem Marmeladenverkäufer sagt sie praktisch gar nichts, aber für Callie ist sie unglaublich wichtig. Sie wird es meinem Vater weitersagen, und sie werden sich beide über das freuen, was ich bisher geleistet habe. Sie werden aufhören, sich Sorgen zu machen, sie könnten mir einen Auftrag gegeben haben, den ich nicht ausführen kann.

Aber je näher ich meinem Zuhause komme, umso schneller verfliegt die Euphorie. Denn in meinem Drang, mich vor meinem Vater zu beweisen, Bishop etwas zu beweisen, habe ich vergessen, was die Entdeckung der Waffen bedeutet. Sie bedeutet, dass mein Vater dem letzten Schritt des Plans, nämlich Bishop und Präsident Lattimer zu töten, einen Schritt näher gekommen ist. Ich glaube wirklich an die Sache meines Vaters. Aber ich fange langsam an zu begreifen, dass es etwas anderes ist, jemanden sterben zu lassen, als selbst abzudrücken.

Das Wohnzimmer und die Küche sind verlassen, als ich nach Hause komme, und auf dem Herd brutzelt eine Pfanne mit Huhn. Die Tür zur Veranda steht offen, und Bishop liegt ausgestreckt auf einem der Korbsofas. Seine langen Beine nehmen die ganze Sitzfläche ein.

»Hallo«, begrüße ich ihn. Ich stelle meine Tasche auf den Boden und setze mich im Schneidersitz auf das Sofa ihm gegenüber. Meine Finger nesteln nervös in meinem Schoß.

Bishop mustert mich. »Anstrengender Tag?«, fragt er.

»Ja.«

»Das ist schon der zweite in Folge.«

Ich nicke. Ich bin den Tränen nahe, aus einem Grund, den ich gar nicht benennen kann. Plötzlich wünsche ich mir inbrünstig, der Mann am Marmeladenstand hätte für den Tag schon Schluss gemacht und meine Nachricht wäre nicht bereits auf dem Weg zu Callie.

»Ich wünschte, wir hätten uns nicht gestritten«, sage ich schließlich. »Gestern Nacht.« Ich wusste gar nicht, dass das der Wahrheit entsprach, bis mir die Worte über die Lippen kommen.

Bishop sieht mich erstaunt an und grinst unbefangen.

Es ist das Gegenteil des Präsidentenlächelns, mit dem er Callie an unserem Hochzeitstag bedacht hat. Das hier ist der echte Bishop, weniger perfekt, dafür mit mehr Wärme. »Das war doch kein Streit. Es wird erst zu einem Streit, wenn wir uns mindestens eine Woche lang anschweigen.« Sein Mund lächelt nach wie vor, aber seine Augen sind traurig. Ich denke an den unpersönlichen Blick seiner Mutter, ihre steife Umarmung. Wahrscheinlich kennt Bishop den Schmerz aus eigener Erfahrung, in einem Haus aufzuwachsen, in dem ein eisiger Wind weht. »Aber es tut mir leid, dass ich gesagt habe, du hörst nur auf deinen Vater«, fährt er fort.

»Ich bin nicht völlig bescheuert, weißt du«, entgegne ich. »Ich denke durchaus über Alternativen nach, sollte sich die Situation in Westfall verändern.«

Bishop schwingt die Beine vom Sofa, beugt sich vor und sieht mich an. »Ich habe dich nie, nicht für eine einzige Sekunde, für bescheuert gehalten, Ivy.«

»Du hörst doch auch auf deinen Vater, oder?«, frage ich ihn.

Bishop schaut auf seine verschränkten Hände hinunter, dann wendet er den Blick wieder mir zu. »Manchmal. Ich denke einfach, dass wir, weil wir sind, wer wir sind … der Sohn des Präsidenten und die Tochter des Gründers«, er verdreht die Augen und entlockt mir damit ein Lächeln, »es doppelt wichtig ist, dass wir selbst denken. Wir sind nicht unsere Eltern. Wir brauchen nicht allem zuzustimmen, wofür sie stehen.«

»Aber was ist, wenn ich meinem Vater sehr wohl zustimme?«, frage ich, weil es mir vorkommt, als sollte ich das tun, als wäre es wichtig, meinen Glauben an die Sache meiner Familie noch einmal zu bekräftigen.

»Dann ist das wunderbar. Das stärkt dich«, sagt Bishop. »Aber ich glaube, man tappt leicht in die Falle zu denken, nur weil wir sind, wer wir sind, und weil *sie* sind, wer sie sind, schulden wir ihnen mehr, als wir es tatsächlich tun. Es steht uns immer noch frei zu entscheiden, wer wir sein wollen.«

»Wirklich?«, frage ich. »Denn ich konnte mich nicht besonders oft selbst entscheiden.« Mein Leben lang haben mein Vater und Callie Entscheidungen für mich getroffen. Jeder Widerspruch meinerseits wurde als ein Mangel an Loyalität aufgefasst. Dann hat Bishops Vater beschlossen, wen und wann ich heiraten würde und so den weiteren Verlauf meines Lebens festgelegt.

Bishop lässt sich von meinem Sarkasmus nicht beirren. »Nun, offensichtlich entziehen sich eine Menge Dinge unserer Kontrolle.« Er wackelt mit dem Ringfinger, und das Licht des frühen Abends spiegelt sich auf dem Goldring und lässt ihn funkeln. »Aber außer uns bestimmt niemand, in wen wir uns verwandeln.«

»Und in wen willst du dich verwandeln?« Die Frage soll spöttisch klingen, aber so kommt sie nicht heraus. Ich klinge interessiert. Ich beuge mich vor und kratze mich am Bein, um meine Verlegenheit zu verbergen.

Bishop sieht mich an. »In jemanden, der ehrlich ist. In jemanden, der versucht, das Richtige zu tun. Der seinem eigenen Herzen folgt, selbst wenn das andere enttäuscht.« Er hält inne. »Ich will mich in jemanden verwandeln, der mutig genug ist, das alles zu sein.«

Ein Junge, der nicht lügen will, verheiratet mit einem Mädchen, das nicht die Wahrheit sagen kann. Falls es einen Gott gibt, hat er einen kranken Sinn für Humor. »Was ist mit dir?«, fährt Bishop fort. »Wer will Ivy Westfall Lattimer sein?«

Das ist alles so neu für mich. Das Hin und Her, das Geben und Nehmen. Eigentlich würde ich argwöhnen, dass es eine Falle ist, aber egal wie sehr Callie mich auch gewarnt hat, ich spüre, dass Bishop sich aufrichtig für mich und das, was ich zu sagen habe, interessiert. Es ist beängstigend und aufregend zugleich. »Ich weiß es nicht«, antworte ich leise. Ich habe einen schmerzhaften Kloß im Hals. »Ich hatte nie wirklich die Chance, darüber nachzudenken.«

»Nun, jetzt hast du sie«, gibt er leichthin zurück. Als wäre es genauso einfach herauszufinden, wer ich werden will, wie zu beschließen, es in die Tat umzusetzen. Vielleicht ist es ja so für ihn. Er steht auf und hält mir die Hand hin. »Lass uns zu Abend essen. Und morgen machen wir etwas, das uns Spaß macht.«

Ich lege meine Hand in seine und lasse mich von ihm auf die Füße hochziehen.

9

»Samstage sind zum Ausschlafen«, informiere ich Bishop um acht Uhr am nächsten Morgen, während er an der Küchentheke Sandwiches macht.

»Schlafen ist etwas für Weicheier«, versetzt er.

»Erzähl mir zumindest, was wir vorhaben. Ist ein Nickerchen dabei?«

Bishop lacht sein volles, warmes Lachen. »Kein Nickerchen«, antwortet er. »Aber du wirst auch keins machen wollen. Vertrau mir.«

Er nimmt zwei kleine Wasserflaschen aus dem Eiskasten und packt sie in seinen Rucksack, zusammen mit den Sandwiches, ein paar Äpfeln und Keksen vom Markt. »Bist du bereit?«, fragt er.

»So bereit wie möglich«, sage ich mit einem gequälten Seufzen, das mir nur ein Grinsen einträgt.

»Du hast da drunter doch einen Badeanzug an, oder?« Er zeigt auf mein Tanktop und die Shorts.

»Ja.« Ich ignoriere die Hitze in meinen Wangen. Es ist einfach lächerlich, dass eine so profane Frage mir peinlich ist.

»Also schön.« Er schwingt sich den Rucksack auf den Rücken. »Lass uns gehen.«

Ich folge ihm nach draußen, und als wir Seite an Seite den Weg vor dem Haus hinunterschlendern, öffnet sich die Tür unserer Nachbarn, und Dylan kommt heraus. Wir sehen uns über die Rasenflächen hinweg an, und es scheint unhöflich, nicht stehen zu bleiben.

»Hallo, Dylan«, begrüße ich ihn. Bishop wird neben mir langsamer.

Dylan überquert seinen Rasen und kommt mit ausgestreckter Hand auf uns zu. »Hey, Bishop«, sagt er. In seiner Stimme liegt eine falsche Herzlichkeit, die mir auf die Nerven geht. »Keine Ahnung, ob du dich an mich erinnerst. Ich war in der Schule zwei Jahre unter dir.«

»Hilf meinem Gedächtnis doch noch mal auf die Sprünge«, entgegnet Bishop, während sie sich die Hand schütteln. Ich muss mir ein Lächeln verkneifen, als etwas von der Begeisterung in Dylans Augen erstirbt.

»Dylan Cox.« Hinter ihm öffnet sich ihre Haustür wieder, und Meredith kommt heraus. Bei ihrem Anblick sauge ich scharf die Luft ein, und Bishop schaut von mir zu ihr. Ihr linkes Auge ist blau, und sie humpelt leicht.

Ich flitze um Dylan herum und auf sie zu. »Meredith«, sage ich. »Ist alles in Ordnung mit dir? Was ist passiert?« Obwohl ich ziemlich sicher bin, dass ich bereits weiß, was passiert ist. Ich balle die Fäuste.

Ihr Blick huscht zu mir herüber, dann sieht sie wieder weg. »Oh.« Sie stößt ein heiseres Lachen aus. »Ich bin so ein Tollpatsch. Ich bin die Kellertreppe runtergefallen und habe mir am Geländer den Kopf gestoßen.«

Dylan kommt hinter mir hervor, legt einen Arm um ihre Schultern und zieht sie eng an sich. »Sie ist nachts da runtergegangen, ohne das Licht anzumachen. Ist das zu glauben?«

»Wirklich dumm von mir«, murmelt Meredith und schaut weiter auf den Boden.

Bishop steht neben mir, und sein nackter Arm streift meinen. »Ihr hättet uns Bescheid sagen sollen«, sagt er. »Wir wären natürlich rübergekommen und hätten geholfen.«

»Wir hatten alles im Griff«, antwortet Dylan. Für einen Moment stehen wir dort zusammen, eine verlegene kleine Gruppe. Ich wünschte, Meredith würde mir irgendein Zeichen geben, dass sie will, dass ich eingreife, aber sie hält das Gesicht abgewandt und schaut niemanden an.

»Also, es war schön, euch zu treffen.« Bishop klingt gleichmütig.

»Die Freude ist ganz unsererseits«, sagt Dylan, obwohl er sich schon wieder darüber zu ärgern scheint, dass Bishop sich nicht an ihn erinnert hat. Ich hoffe, dass Meredith das nicht ebenfalls zu spüren bekommen wird.

Bishop und ich gehen schweigend in den Norden der Stadt, wo die Hauptstraße in Schotter übergeht. Die Sonne steht bereits hoch am Himmel, und Schweiß läuft mir den Nacken hinunter. Wir haben erst Juni und es ist bereits so schwül, dass man das Gefühl hat, durch einen nassen Waschlappen zu atmen. Näher kann man dem Ertrinken auf trockenem Land wahrscheinlich nicht kommen.

Bishop biegt von der Schotterstraße in eine dicht stehende Gruppe von Bäumen ab. Ich versuche, nicht an Zecken zu denken, während wir uns unseren Weg durchs Unterholz bahnen. Ich will mich gerade beklagen, als sich ein schmaler Pfad vor uns auftut. Die Bäume über uns bieten einen willkommenen Schutz vor der Sonne. Ich warte die ganze Zeit über darauf, dass Bishop das Gespräch auf Meredith bringt, aber er tut es nicht. Also tue ich es.

»Er hat ihr das angetan«, sage ich zu Bishops Rücken.

Er bleibt nicht stehen und dreht sich auch nicht um. »Ich weiß.«

Sein Mangel an Reaktion facht meinen Ärger nur noch an. »Das sind genau die Dinge, über die ich gesprochen habe, als ich sagte, dass mir arrangierte Ehen nicht gefallen. Er hält sie für seinen Besitz.«

»So etwas kann passieren, ob die Ehe nun arrangiert wurde oder nicht. Es hängt mehr davon ab, ob der Mann ein Scheißkerl ist, als davon, wie die Ehe zustande gekommen ist.«

Ich gestatte mir ein kurzes Grinsen, nur weil er mich nicht sehen kann. »Trotzdem, irgendjemand muss etwas unternehmen, um ihr zu helfen. Denn die Gesetze deines Vaters werden da nicht greifen.« Nach geltendem Recht ist es nicht leicht, sich scheiden zu lassen. Eine Ehe kann nur aufgelöst werden, wenn beide Parteien gemeinsam ein Gesuch unterzeichnen und Präsident Lattimer es absegnet, etwas, wovon ich bisher immer nur gerüchteweise gehört habe. Und auch nur dann, wenn die betroffenen Parteien Freunde von Präsident Lattimer waren. »Ich habe so ein Gefühl, dass Dylan sich nicht bereit erklären wird, ein solches Scheidungsgesuch zu unterzeichnen.« Der Pfad führt jetzt bergauf, und ich bleibe stehen, um zu Atem zu kommen. »Er hat endlich seinen eigenen Punchingball, einen, der ihm das Abendessen macht und auch mit ihm schläft. Er hat es bestimmt nicht besonders eilig, sie wieder loszuwerden.«

Bishop bleibt unmittelbar vor mir stehen. Er nimmt den Rucksack ab und wühlt darin herum. »Können wir das jetzt mal lassen?«, fragt er. Er reicht mir die Wasserflasche.

»Was sollen wir lassen?«

»Das Streiten.«

Ich nehme einen Schluck Wasser und wische das, was mir dabei vom Kinn tropft, mit dem Handrücken weg. »Dir zufolge streiten wir uns doch gar nicht«, bemerke ich. »Kein Anschweigen.«

Bishop schenkt mir ein Lächeln mit geschlossenem Mund und schüttelt den Kopf, dann streckt er die Hand nach der Flasche aus. »Im Moment würde ich ein Anschweigen als echten Segen betrachten.«

Ich knalle ihm die Flasche in die Hand. Er hebt sie zum Mund, nimmt einen langen Schluck, und sein Adamsapfel hüpft in seinem sonnengebräunten Hals. Auf seiner Haut glänzt Schweiß und färbt den Halsausschnitt seines T-Shirts dunkel. Ich reiße den Blick von ihm los.

Er gibt mir die Flasche zurück, damit ich sie trage, und geht weiter. Seufzend marschiere ich hinter ihm her, während ich mit der Hand eine kleine Armee von Mücken verscheuche, die um meinen Kopf kreist. »Wie weit ist es noch?«

»Nicht mehr weit«, antwortet er. Er ist nicht einmal ein bisschen außer Atem.

»Bringst du mich zu irgendeinem dummen Klubhaus,

wo du mit deinen Freunden rumhängst? Muss ich dann den total geheimen Händedruck lernen, um reinzukommen?«

Er lacht schnaubend. »Ich habe keine Freunde. Ich bin der Sohn des Präsidenten, schon vergessen? Ich habe nur Hofschranzen.«

»Wow«, sage ich. »Tolles Wort.«

Er schaut mich über die Schulter an, wird aber nicht langsamer. »Tu nicht so, als wüsstest du nicht, was das bedeutet. Jeder, der *Anna Karenina* als Bettlektüre liest, ist vertraut mit tollen Worten.«

Okay, da hat er mich erwischt. Ich frage mich, ob er im Ernst meint, dass er keine Freunde hat. Seit wir geheiratet haben, habe ich allerdings keine Freunde von ihm kennengelernt. Vielleicht macht es ihm deshalb nichts aus, wenn ich genau das sage, was ich denke; vielleicht hat das ihm gegenüber noch nie jemand getan. Ich nehme an, wenn man das Kind eines Anführers ist, ebnet einem das nicht gerade den Weg zu aufrichtigen Freundschaften. Bei mir war das mit Sicherheit nicht so.

Nachdem wir weitere zehn Minuten gewandert sind, höre ich das Plätschern von Wasser zu unserer Rechten. Ich versuche, mir im Kopf den Stadtplan vorzustellen, aber mein Orientierungssinn ist nicht besonders gut. »Wir sind in der Nähe des Zaunes, nicht wahr?«, frage ich. Ich bin in meinem Leben fast noch nie nah am Zaun gewesen.

»Ja«, erwidert Bishop leichthin. »Aber dahin gehen wir nicht.«

Die Verkrampfung in meinen Schultern löst sich bei seinen Worten. Ich weiß nicht, warum der bloße Gedanke an den Zaun mir Angst macht. Er ist schließlich keine lebende Kreatur, die mir etwas antun könnte. Aber mein Leben lang hat die Sicherheit innerhalb dieses Zauns gelegen. Alles dahinter ist unbekannt und unergründlich.

»Mein Dad hat mir erzählt, dass früher Menschen versucht hätten, in die Stadt zu gelangen, damals, als Westfall gerade gegründet worden war«, bemerke ich.

»Das habe ich auch gehört«, antwortet Bishop. »Manchmal ließ man sie herein und manchmal nicht. Ich glaube, es hing davon ab, wie krank sie aussahen oder wie viel wir zu essen hatten. Aber heutzutage passiert das nicht mehr sehr oft.«

»Haben nicht ein paar Menschen den Zaun einfach überwunden?« Ich erinnere mich an die Geschichten meines Vaters über Gruppen, die, als er klein war, einfach drüberkletterten und sich nicht vom Stacheldraht abhalten ließen.

»Ja, aber jetzt gibt es die regelmäßigen Patrouillen, die dafür sorgen, dass der Zaun in gutem Zustand ist und niemand einen Tunnel darunter gräbt oder ihn zerreißt.« Er dreht sich zu mir um. »Aber heutzutage rührt sich fast nie etwas draußen vor dem Zaun, zumindest nicht in unserer Nähe. Es gibt nur die Menschen, die wir verstoßen, und die versuchen selten, nach Westfall zurückzukommen. Wahrscheinlich erscheint es ihnen leichter, ihr Glück da draußen zu versuchen, als sich hier der sicheren Todesstrafe zu stellen.«

»Beide Optionen klingen für mich ziemlich furchtbar.«

Bishop zuckt die Achseln. »Ich weiß nicht, manchmal denke ich, wir sollten den Zaun einfach abreißen. Vor dem

Krieg hatten Städte auch keine Zäune, und alles war gut. Der Zaun wurde zwar zu unserem Schutz errichtet, aber ich glaube, er hat uns stattdessen ängstlich gemacht.«

Bevor ich etwas darauf erwidern kann, treten wir zwischen den Bäumen hervor an den Fluss, und mir verschlägt es die Sprache. Dies ist nicht das wilde, tosende Wasser, das ich von früher kenne. Hier ist der Fluss träge und seicht und schäumt leise über riesige, flache Felsen, die halb unter Wasser liegen. Bäume neigen sich über das Wasser, als versuchten sie, es mit ihren Blättern zu berühren, und am Ufer wachsen kleine weiße Blumen, die im leichten Wind mit den Köpfen nicken. Auf der gegenüberliegenden Seite ragt ein steiles Kalksteinkliff auf, das das Gefühl verstärkt, dass das hier ein geheimer, abgeschiedener Ort ist. Seine Friedlichkeit ist ansteckend. Am Ufer dieses Gewässers zu stehen, bringt mich zur Ruhe.

»Hübsch, nicht?«, fragt Bishop.

»Es ist wunderschön«, flüstere ich.

»Komm mit.« Er tritt auf einen der flachen Felsen im Wasser und kommt nach wenigen Sekunden am gegenüberliegenden Ufer an. Ich brauche ein wenig länger, um meinen Tritt zu finden, aber ich schaffe es hinüber, ohne nasse Schuhe zu bekommen.

Bishop lässt den Rucksack am Fuß des Kliffs fallen und schlüpft aus seinen Tennisschuhen. »Lass alles hier«, fordert er mich auf. »Bis auf deinen Badeanzug.« Er zieht sich das T-Shirt über den Kopf.

Ich bin etwas gehemmt, als ich aus meinen Shorts und meinem Tanktop schlüpfe. Ich nehme mir die Zeit, beide Kleidungsstücke zu falten, und konzentriere mich ganz auf diese Aufgabe. Mein schwarzer Bikini ist eher sportlich als sexy, aber ich bin Nacktheit in Gegenwart einer anderen Person als meiner Schwester noch nie näher gewesen.

Als ich mich umdrehe, sehe ich, dass Bishop mich beobachtet. Ich starre zurück und rede mir ein, dass ich nicht verlegen bin.

»Bereit?«, fragt er.

»Wofür?«

Bishop geht auf das Kalksteinkliff zu und fängt an daran hochzuklettern, als wäre es eine Leiter; er achtet kaum darauf, wo er Hände und Füße hinsetzt. »Tritt einfach an dieselben Stellen wie ich«, sagt er. Er scheint sich nicht im Mindesten um meine Sicherheit zu sorgen, als wäre er davon überzeugt, dass ich die Aufgabe bewältigen kann. Seltsamerweise löscht sein Zutrauen in mich sämtliche Fragen aus, die mich angesichts der Kletterpartie erfüllt haben.

Ich stelle mich auf den Stein unter ihm und fange an zu klettern, wobei ich ihn die ganze Zeit über beobachte. Die Muskeln in meinen Schultern brennen, als ich mich hochziehe, aber es fühlt sich trotzdem gut an. Das Kliff ist nicht so hoch, dass ich unweigerlich sterben würde, sollte ich fallen, aber ich würde mir etwas brechen, wahrscheinlich mehr als nur einen Knochen, also gucke ich nicht runter. Ich konzentriere mich weiter auf Bishop, der über mir klettert, auf die Muskeln in seinem Rücken, die sich bei jeder Bewegung abzeichnen. Sein Körper arbeitet mit geschmeidiger Anmut und lässt seine Bewegungen mühelos erscheinen.

»Wir sind fast oben«, ruft er zu mir herunter, während er sich über den oberen Rand des Kliffs hievt. Ich umklammere einen Vorsprung im Fels und stemme mich mit den Beinen die letzten Zentimeter hinauf. Bishop neigt sich zu mir. Ich fasse seinen Unterarm, und zusammen gelingt es uns, mich auf den Felsen zu ziehen.

»Also, ich nehme an, wir springen?«, frage ich und schnappe nach Luft. Mein Herz hämmert, und Schweiß brennt mir in den Augen. Ich habe mich schon lange nicht mehr so lebendig gefühlt. »Es sei denn, es gibt einen Aufzug, den ich übersehen habe.«

»Kein Aufzug.« Bishop grinst.

Ich gehe an die gegenüberliegende Kante des Kliffs und schaue hinunter. Auf dieser Seite befindet sich ein Teich, dessen grünliches Wasser still und glatt in der Mittagshitze liegt. Es lässt sich unmöglich erkennen, wie tief es ist, aber es muss tief sein, denn wir befinden uns mindestens drei Stockwerke darüber.

Ich komme zu Bishop zurück. »Rennen und springen?«, frage ich.

Er nickt. »Denk nicht darüber nach …«

Aber seine Ratschläge sind an mich verschwendet, denn ich renne bereits, stürze mich mit einem entzückten Schrei von der Felskante. Heiße Luft strömt mir über die Haut, das Wasser streckt sich mir entgegen, bis ich nur noch seine grünen Tiefen sehe. Ich komme mit den Füßen zuerst auf der Wasseroberfläche auf, und der Kälteschock lässt mich aufschreien. Bläschen kitzeln an meinen geschlossenen Augenlidern, und die Unterwasserstille umschließt mich. Ich lasse mich sinken, tiefer, tiefer, tiefer, bis die Notwendigkeit zu atmen mich überwältigt und ich mich mit den Beinen nach oben arbeite.

Ich durchbreche die Oberfläche gerade rechtzeitig, um zu sehen, wie Bishop über mir abspringt. Sein Körper saust wie ein Pfeil herab. Er verursacht kaum ein Spritzen, verschwindet mit einem leichten Kräuseln des Wassers neben mir. Es dauert so lange, bis er wieder hochkommt, dass ich schon anfange mir Sorgen zu machen, da schließt er die Finger um meinen Knöchel und zieht mich unter Wasser.

Ich tauche prustend und quiekend auf und spritze ihm Wasser ins Gesicht, als er neben mir nach oben kommt. Er grinst und schüttelt sich das Wasser aus dem Gesicht. »Ich kann nicht glauben, dass du einfach gesprungen bist«, sagt er. »Was wäre gewesen, wenn es hier unten Felsen gegeben hätte?«

Ich zucke die Achseln. »In dem Fall hättest du mich vorher gewarnt.«

»Noch mal?«, fragt Bishop. Ich nicke zustimmend, und er pflügt sich mit langen, ruhigen Bewegungen durchs Wasser zum Ufer.

Wir klettern und springen, bis meine Fingerspitzen brennen, weil ich mich so oft die Klippenwand hinaufgezogen habe, und mein Magen sich vor Hunger zusammenzieht. Ich schwimme zu einem der flachen Felsen hinüber, die am Fuß des Kliffs teilweise aus dem Wasser ragen, und stütze mich mit den Armen auf den aufgeheizten Stein. Bishop gesellt sich zu mir und nimmt die gleiche Pose auf der anderen Seite des Felsens ein.

»Amüsierst du dich?«, fragt er.

»Ja.« Ich lächle, lege den Kopf in den Nacken und schließe die Augen, lasse die Sonne durch meine geschlossenen Lider brennen. Ich hatte keine schlechte Kindheit, aber sie war ohne jede Magie. Niemand hat mich geschlagen, niemand hat mich vernachlässigt, aber diese Jahre hatten auch nicht viel Kindliches an sich. Selbst die Vergnügungen liefen nicht ohne kaum verhüllte Lektionen über meine Zukunft und die Pläne meines Vaters ab. Erst jetzt, fern von meiner Familie, kann ich mir das eingestehen. Das heute war einer der sorglosesten Nachmittage meines Lebens.

»Wenn du lächelst«, bemerkt Bishop, »bekommst du ein Grübchen.« Ich spüre, wie sein Finger sich sachte in meine Wange drückt. »Genau hier.«

Ich öffne die Augen und sehe ihn an. Sein Haar ist nass und unordentlich, und seine Augen strahlen. Er ist hier zu Hause, im Freien, im Wasser. Ich wünschte, ich hätte mich nie über seine Liebe zum Fluss lustig gemacht. Er ist vielleicht der Sohn des Präsidenten, aber der ihm angemessene Platz wird niemals an einem langweiligen Ratstisch sein.

Mein Magen lässt ein gewaltiges Knurren vernehmen, und Bishop lacht. »Ich schätze, ich muss dich nicht fragen, ob du bereit fürs Mittagessen bist.«

Wir essen auf dem flachen Felsen und lassen die Füße ins Wasser baumeln. Ich erinnere mich nicht, wann mir ein einfaches Sandwich das letzte Mal so gut geschmeckt hat. Ich bin froh, dass er so viele eingepackt hat, denn ich verschlinge zwei Sandwiches binnen Minuten, dazu einen Apfel und drei Kekse.

»Wo hast du Kochen gelernt?«, frage ich ihn.

Bishop betrachtet die Überreste unseres Mittagessens. »Das war nicht wirklich Kochen.«

»Du weißt, was ich meine. Du bereitest öfter das Abendessen zu als ich.« Jungen kochen normalerweise nicht,

nicht mehr. Es ist die Aufgabe der Ehefrau, das Essen auf den Tisch zu stellen. Das ist kein Gesetz oder so, sondern eine unausgesprochene Regel, genau wie bei der Wäsche. Aber Bishop kocht nicht nur ohne Klage, er macht seine Sache richtig gut. Seine Gerichte schmecken immer besser als meine.

»Als ich klein war, hatten wir ein Dienstmädchen. Charlotte. Sie hat mich bei sich in der Küche sitzen lassen, während sie kochte, und ich schätze, ich habe durch Osmose gelernt. Sie roch immer nach Keksteig.« Er lächelt bei der Erinnerung. »Ich habe den größten Teil meiner Zeit bei ihr verbracht.«

Statt bei seiner Mom, schätze ich. Ich kann mir Erin Lattimer nicht als Frau vorstellen, die Kekse backt. Nach einer Weile strecke ich mich mit dem Kopf auf den Armen bäuchlings auf dem Felsen aus. »Ich glaube, das Nickerchen, das ich heute Morgen erwähnt habe, wäre jetzt angebracht«, murmle ich. Die Sonnenhitze liegt wie eine warme Decke auf meinem Rücken, nur das leise Gurgeln des Wassers und das Summen der Bienen, die am Ufer zwischen den Blumen umherfliegen, ist zu hören und lullt mich in den Schlaf.

»Tu dir keinen Zwang an.« Bishop legt sich neben mich auf den Rücken, einen Arm hinterm Kopf.

Ich schlafe fast sofort ein und wache ganz desorientiert auf, als er mir eine Hand auf den Rücken legt und sie direkt zwischen meinen Schulterblättern liegen lässt. Ihre Form brennt sich in meine Haut. »Ivy«, flüstert er. »Wach auf.«

Ich öffne mühsam die Augen, meine Glieder schwer und noch ziemlich schlaftrunken. »Wie lange war ich weg?«, frage ich mit heiserer Stimme.

»Eine ganze Weile. Lange genug, dass du schon ein bisschen rot wirst.«

Bishop liegt immer noch neben mir, aber er hat sich auf die Seite gedreht und stützt den Kopf in die Hand. Ich habe keine Ahnung, wie lange er mich im Schlaf beobachtet hat. Wir sind uns nah genug, dass ich den leichten Schatten von Bartstoppeln auf seinen Wangen sehen kann und eine einzige dunkle Sommersprosse, die sich an den Rand seines Jochbeins schmiegt. Wir schauen einander an, ohne etwas zu sagen, und das Schweigen zwischen uns zieht sich in die Länge, so dick und klebrig wie die schwüle Sommerluft. Bishop nimmt die Hand von meinem Rücken und lässt dabei die Finger über meine Haut gleiten, und ich schaudere. Ich bekomme Gänsehaut an den Armen und am Hals. Ich muss um Luft ringen, mein Herz und meine Lungen krampfen sich zusammen, als würden sie von einem Schraubstock zerquetscht. Bishop hebt eine Locke meines feuchten Haares an und lässt sie sich durch die Finger gleiten. Dann greift er wieder danach und wickelt sie sich um die Hand.

»Danke für den Tag«, flüstere ich. Die Bewegung seiner Hand in meinem Haar ist hypnotisch, die unerwartete Wärme in seinen Augen ebenso berauschend wie die Sonne auf meinem Rücken.

»Gern geschehen«, murmelt er mit leiser Stimme.

Genau davor hat Callie mich gewarnt, dass ich in meiner Wachsamkeit nachlasse und einem Lattimer erlaube, sich hinter meine Schutzwälle zu schleichen. Aber sie hat mir auch geraten, nett zu sein. Ich soll mich wie eine zufriedene Ehefrau benehmen, damit er nicht Verdacht schöpft, dass ich in Wirklichkeit etwas viel Gefährlicheres bin. Vielleicht wäre es bei irgendeinem anderen Jungen, irgendeinem Jungen ohne nachdenkliche grüne Augen und seine Gemütsruhe, einfach gewesen, diese beiden sich völlig widersprechenden Verhaltensweisen an den Tag zu legen.

Aber nicht bei Bishop. Ich weiß nicht, wie ich ihm erlauben soll, mich zu berühren, ohne die Wärme seiner Hand zu genießen.

10

Mein Vater ist kein Freund von Überraschungen, deshalb weiß ich, dass ich entweder etwas sehr Gutes oder sehr Schlimmes getan habe, als ich ihn auf dem Gehweg mit Callie im Schlepptau auf mich zukommen sehe. Ich bleibe wie angewurzelt stehen, meine Umhängetasche schlägt mir gegen die Hüfte, und ich warte darauf, dass er zu mir kommt. Ich habe ihn seit der Hochzeit nicht mehr gesehen, und wenn uns irgendjemand zuschaut, wird er meine Reaktion vielleicht seltsam finden, also setze ich ein Lächeln auf. Dass er da ist, ist eine Erleichterung, aber auch eine Last. Ich habe ihn vermisst, doch ich will nicht daran erinnert werden, was er von mir erwartet.

»Hallo Dad«, sage ich, als er nur noch ein paar Schritte von mir entfernt ist. »Was machst du denn hier?«

»Darf ein Vater etwa seine Lieblingstochter nicht besuchen?«

Callie haut ihm auf den Arm und lässt ein Grinsen aufblitzen. »He, ich stehe direkt daneben.« Mein Vater lächelt uns beide an, und ich durchschaue diese ganze bemühte

Interaktion als eine Vorstellung, die er für etwaige neugierige Augen und Ohren gibt. Es macht mich traurig, dass wir so tun müssen, als fühlten wir uns wohl miteinander.

Ich lasse mich von ihm an sich ziehen, bevor er mir einen Kuss auf die Wange drückt. »Wir bringen dich nach Hause«, sagt mein Dad.

»In Ordnung.«

Ich gehe los, flankiert von den beiden, so wie sie es am Tag der Hochzeit getan haben. Sie engen mich ein.

»Wir haben deine Nachricht bekommen«, sagt Callie, sobald wir an den ziemlich belebten Straßen in der Nähe des Gerichtsgebäudes vorbei sind und zu einem menschenleeren Gehweg kommen.

Mein Vater legt mir einen Arm um die Schulter und drückt sie sanft. »Gute Arbeit, Ivy.« Er zieht den Arm zurück. »Wo genau sind sie?«

»Im Untergeschoss des Gerichtsgebäudes. An der Tür ist ein kleines Tastenfeld und im Raum befindet sich ein Tresor.«

»Wie viele?«

Ich schüttle den Kopf. »Das ließ sich nicht genau feststellen. Aber ich würde schätzen, mehrere Hundert. Unterschiedlicher Art. Handfeuerwaffen, Flinten, Gewehre.«

»Wir brauchen die Codes«, wirft Callie ein. »Ohne die wird es uns nichts nutzen, zu wissen, wo die Waffen aufbewahrt werden.«

»Die lassen sie nicht einfach so herumliegen«, blaffe ich, ohne ersichtlichen Grund verärgert. Als ich den Raum entdeckte, wusste ich, dass der nächste Schritt darin bestehen würde, die Codes rauszukriegen. Es ist keine Überraschung.

»Das ist mir klar«, entgegnet Callie. »Deshalb musst du herausfinden, wo sie sind. Und du darfst dir nicht zu viel Zeit lassen. Drei Monate sind schnell vorbei.«

»Ich habe den Code, um in Präsident Lattimers Haus zu kommen«, berichte ich weiter. »Bishop hat ihn mir gegeben.« Mein Vater strahlt mich an und mir wird ganz warm vor Stolz. »Ich kann diesen Code benutzen, um ins Haus zu gelangen, und nach dem Code für den Waffenraum und den Tresor suchen.«

»Sobald wir die Codes haben, können wir uns daranmachen, in die letzte Phase einzutreten«, sagt mein Vater. Er bleibt stehen, und Callie und ich tun das Gleiche.

Auf der Straße ist es sehr still. In der Ferne höre ich Kinder lachen. Ich scharre mit der Fußspitze über den Gehweg. »Du meinst die Phase, in der wir anfangen Menschen zu töten?«

Aus dem Augenwinkel sehe ich Callie meinem Vater einen vielsagenden Blick zuwerfen. Aber als sie spricht, sind ihre Worte an mich gerichtet. »Du hast die ganze Zeit gewusst, worauf es hinausläuft, Ivy. Ohne Opfer gewinnt man keine Revolution.«

Ich trete einen Schritt auf sie zu. »Danke für deine Belehrung, Callie. Du hast damit alles so viel klarer gemacht.«

Callie reißt den Kopf zurück, als hätte ich sie geohrfeigt. Doch bevor sie reagieren kann, legt mein Vater mir einen Finger unters Kinn und dreht meinen Kopf, bis ich in seine braunen Augen schaue. Die Augen, die Callie von ihm hat. Augen, so dunkel, dass man nie genau weiß, was hinter ihnen vorgeht.

»Ja, Ivy, die Phase, in der wir anfangen Menschen zu

töten«, bestätigt er. »Genauso wie sie deine Mutter getötet haben. Genauso wie sie bei ihr keine Gnade haben walten lassen.«

Der altvertraute Zorn fährt mir bei der Erwähnung des Namens meiner Mutter wieder so automatisch in den Bauch, dass ich mich frage, ob ich ihn wirklich noch empfinde oder ob es nur ein Reflex ist. »Präsident Lattimer hat mir erzählt, dass er sie gekannt hat«, sage ich. »Ist das wahr?«

Mein Vater stutzt, zuckt die Achseln. »Wahrscheinlich. Sie sind in derselben Hälfte der Stadt aufgewachsen, deshalb werden sich ihre Wege an irgendeinem Punkt gekreuzt haben.«

»Aber es klang bei ihm so, als ob …«

»Spielt das eine Rolle?«, unterbricht mich mein Vater. »Es ändert gar nichts. Fakten sind immer noch Fakten. Und du weißt, was du zu tun hast.« Seine Stimme ist sanft, aber fest. »Nicht jeder, der in einem Krieg umkommt, ist schuldig. Manchmal steht er einfach auf der falschen Seite.« Er gibt meinem Kinn einen kurzen Stups, dann nimmt er die Hand weg. »Verstehst du das?«

»Ja«, antworte ich. Und das Grässliche daran ist, dass ich es tatsächlich verstehe. Sie haben beide recht. Aber es ist leicht, darüber zu reden, was richtig ist, wenn die Opfer, die man für eine Sache bringen muss, abstrakt sind … ein Präsidentensohn, irgendein Fremder, ein Symbol. Früher war es für mich auch leicht. Aber jetzt kenne ich die Farbe von Bishops Augen im Sonnenlicht, weiß, wie sein Haar ihm morgens vorm Duschen vom Kopf absteht, erinnere mich an die Wärme seiner Hand auf meinem Rücken.

Mein Vater lächelt. »Finde die Codes, Ivy«, sagt er. Es ist keine Bitte.

Callie drückt meine Hand. »Wir zählen auf dich.«

Als ich nach Hause komme, muss ich die Enttäuschung darüber niederkämpfen, dass Bishop nicht auf dem Sofa liegt, seine langen Beine auf dem Couchtisch. Er ist auch nicht in der Küche, um etwas zum Abendessen zu zaubern. Schon jetzt bin ich mir nicht sicher, wie ich definieren soll, was wir füreinander sind. Bestimmt nicht Mann und Frau, obwohl das auf dem Papier zutreffen mag, und wir sind auch nicht direkt Freunde. Aber was immer es ist, was immer wir sind, es wird am Ende alles schwerer machen, weil ich außerstande bin, eine Beziehung mit ihm zu heucheln, nur um mein Ziel zu erreichen. Im Guten wie im Bösen sind meine Gefühle für Bishop echt, ob es Ärger oder Frustration ist oder etwas ganz anderes. Ich bin anders als Callie. Ich kann nicht mein ganzes Leben auf eine Lüge gründen, selbst wenn es nur vorübergehend ist. Also ist es besser, wenn Bishop hier schläft, mit einer Wand zur Sicherheit zwischen uns.

Ich lasse meine Umhängetasche auf dem Sofa liegen und gehe ins Schlafzimmer. Mein Hals und meine linke Schulter tun weh, seit ich am Fluss auf das Kliff geklettert bin, und ich massiere mir im Gehen mit der rechten Hand die Muskeln dort. Im Schlafzimmer schleudere ich die Schuhe von den Füßen und einer fliegt unters Bett und verschwindet unter der herunterhängenden Überdecke. Ich bücke mich, um danach zu greifen, doch statt meines Schuhs fühle ich etwas Hartes. Stirnrunzelnd lasse ich mich auf Hände und Knie nieder und hebe die Überdecke an, um unter das Bett zu spähen. Schließlich ziehe ich meinen Schuh heraus und werfe ihn beiseite. Neben der Stelle, wo er hingeflogen war, liegt ein großes Fotoalbum. Ich ziehe es heraus. Sein Einband ist aus glänzendem roten Leder mit in Blattgold eingelegter Schrift auf einer Seite.

Ich setze mich hin, lehne mich ans Bett und lege mir das schwere Album quer über die Beine. Als ich es aufschlage, kleben die Seiten etwas zusammen und sie geben ein schwaches, reißendes Geräusch von sich, als ich sie auseinanderziehe. Auf den ersten Seiten finden sich Zeitungsartikel über den Beginn des Krieges, das Papier ist schon ganz vergilbt vom Alter. Es sind alles Informationen, die ich von meinem Vater kenne – dass die Bomben zuerst an der Ostküste der Vereinigten Staaten gefallen sind, dann im Westen, dass wir zurückgeschlagen haben, noch mehr Bomben abgeworfen wurden, sowohl hier als auch auf unsere Verbündeten, die immer weiter eskalierende Sinnlosigkeit des Krieges, wie das tödlichste Feiglingsspiel der Welt. Aber die Artikel enden zu einer Zeit, bevor der Krieg zu Ende war, einfach weil die Zerstörung zu gewaltig war. Es war niemand mehr übrig, der über die Schäden hätte berichten können. Alle waren zu beschäftigt damit zu überleben. Und die meisten von ihnen haben es nicht geschafft. Die Übrigen wurden in einen nuklearen Winter gestürzt, und Krankheiten und die Elemente haben ihre Reihen weiter dezimiert. Es ist ein Wunder, dass überhaupt jemand überlebt hat.

Nach den Artikeln kommen alte Fotos, die auf die Seiten geklebt sind, mit in verblasster Tinte festgehaltenen Beschreibungen darunter. Einige kenne ich von Abbildungen aus Büchern, den Mount Rushmore, den Grand Canyon. Andere habe ich noch nie gesehen, die Mammutbäume in Kalifornien, die Nordlichter, das Great Barrier Reef. Ich streiche mit den Fingern über die Abbildungen und versuche, mir eine Welt vorzustellen, die groß genug ist, um endlose Schätze zu enthalten.

»Und«, tönt Bishops Stimme von der Tür, »hast du etwas Interessantes gefunden?«

Ich zucke zusammen, und das Album rutscht mir vom Schoß auf den Boden. »Oh mein Gott«, ächze ich. »Hast du mich erschreckt!« Ich schaue von ihm zu dem Album. Es ist unmöglich zu verbergen, womit ich gerade beschäftigt war. »Verzeih mir. Ich wollte nicht …«

Aber er lächelt nur, kommt herein und lässt sich neben mir auf dem Boden nieder. »Ist schon gut. Ich habe nichts dagegen.«

Er beugt sich über mich und zieht das Album zurück auf meinen Schoß. »Es hat meinem Großvater gehört. Er hat es nach dem Krieg angefangen, damit wir nicht vergessen, wie die Welt einmal war. Ich habe es im Laufe der Jahre ergänzt.«

Ich blättere zur nächsten Seite weiter, die mit Bildern und Postkarten mit eingerissenen Rändern beklebt ist, alles Bilder vom Meer. Auf der nächsten Seite das Gleiche. Sowie auch auf der übernächsten. Ich sehe Bishop an, der den Blick auf das Album gerichtet hält. »Du willst hinter den Zaun«, sage ich leise. »Nicht wahr?«

Er nickt. »Ich will das Meer sehen.«

Ich halte inne und denke an das Gespräch, das wir auf dem Sofa hatten, in der Nacht, als wir beide nicht schlafen konnten. »Das wolltest du machen, nicht wahr? Das hast du aufgegeben, als du mich geheiratet hast.« Es war nicht einmal wirklich eine Frage, da der Ausdruck auf seinem Gesicht mir Antwort genug ist.

»Hey«, sagt er, »ist schon okay. Vielleicht kann ich dich in ein paar Jahren dazu überreden, eine sehr lange Wanderung mit mir zu unternehmen.«

»Aber …« Ich zeichne mit der Fingerspitze eine Küstenlinie nach. »Die Bomben haben die Küste am schwersten getroffen. Wäre das nicht gefährlich? Selbst heute?«

Bishop zuckt die Achseln. »Vielleicht schon. Wahrscheinlich.« Seine Züge spannen sich an. »Aber ich glaube nicht, dass wir uns einen Gefallen tun, wenn wir weiter so isoliert leben. Wer weiß, was da draußen ist? Wir treffen dort vielleicht auf andere Menschen. Ganze Gesellschaften so wie unsere. Und selbst wenn nicht, würde ich hören, wie die Wellen an den Strand schlagen.« Er zeigt mir ein trauriges Lächeln. »Das würde mir wahrscheinlich schon reichen.«

Ich starre ihn an, diesen auf trockenem Land festsitzenden Jungen, der vom Wasser träumt. Vor dem Krieg war es vielleicht ein Traum, der leicht in Erfüllung gehen konnte. Aber jetzt, da unsere Kenntnisse der Welt sich auf dieses kleine Fleckchen Erde beschränken, da man Sicherheit in Quadratmeilen zählen kann, scheint die Sehnsucht nach dem Meer wie eine Form von Tapferkeit, an die die meisten Menschen niemals auch nur ansatzweise herankommen. Es ist, als griffe man nach den Sternen.

Ich stupse mit meiner Schulter sachte gegen seine.

»Mein Großvater hat das Meer gesehen, vor dem Krieg. Den Pazifischen Ozean. Er hat meinem Dad erzählt, es sei laut und kalt und wunderschön und das Wasser so salzig, dass einem die Augen davon brennen.« Ich schaue auf das Album hinunter. »Glaubst du, wir haben das Meer zerstört?«

»Wahrscheinlich.« Bishop seufzt. »Wir haben alles andere zerstört. Aber ich hätte trotzdem gern Gewissheit.«

Ich habe nie viel darüber nachgedacht, wie es wäre, hinter den Zaun zu gehen. Meine Welt hat sich immer innerhalb der von meinem Vater festgelegten Grenzen bewegt. Aber bei Bishops Worten versuche ich mir vorzustellen, wie es wäre, einfach wegzugehen, in ein unbekanntes Land aufzubrechen, frei von Erwartung und vom Urteil anderer. Eine ganze Welt vor mir, in der ich sein könnte, wer immer ich auch wollte.

»Also, was hat dich in der Vergangenheit daran gehindert, es zu versuchen?«, frage ich. »Vor der Hochzeit?«

Er schweigt für einen Moment. »Mein Vater hat Spähtrupps losgeschickt. Hast du das gewusst?«

»Nein.« Ich bezweifle auch, dass mein Vater davon wusste. Ich habe jedenfalls noch nie ein Wort darüber gehört. Es überrascht mich. Präsident Lattimer kommt mir nicht wie ein Anführer vor, der sich viel darum schert, was jenseits seiner Grenzen geschieht.

»Nicht viele wissen davon«, sagt Bishop. »Er hat eine Gruppe von drei Freiwilligen ausgeschickt, als ich zehn war. Eine weitere Gruppe erst vor wenigen Jahren.«

»Haben sie irgendetwas gefunden?«, hake ich nach.

»Nein. Nur ein einziger Mann ist je zurückgekommen. Sie haben es nicht einmal bis auf zwanzig Meilen hinter den Zaun geschafft, bevor sie angegriffen und ihnen all ihre Essensvorräte und Waffen gestohlen wurden. Der Mann, der nach Westfall zurückgekehrt ist, ist wenige Tage später an seinen Verletzungen gestorben.« Er wirft mir einen schnellen Seitenblick zu. »Das ist wahrscheinlich der Grund, warum ich nicht weggegangen bin. Angst.«

Ich betrachte sein Profil, die scharfe Linie seines Kinns. Ich erinnere mich an die Leichtigkeit, mit der er sich im Wald und im Wasser bewegt hat. Ich erinnere mich an seine Worte, dass er seinem Herzen folgen wolle. »Ich glaube nicht, dass du Angst hattest wegzugehen«, sage ich. »Ich glaube, du hattest Angst, Westfall zu verlassen.«

»Ist das nicht ein und dasselbe?«, fragt er mit einem schiefen Lächeln.

»Nein.« Ich schüttle den Kopf. »Du hast keine Angst vor dem, was da draußen ist. Aber du willst deinen Vater nicht enttäuschen.«

Darauf erwidert Bishop nichts, doch der ernste Ausdruck in seinen Augen verrät ihn.

»Du wirst eines Tages Präsident«, fahre ich fort. »Würdest du das wirklich aufgeben?« Es ist schwer, sich jemanden vorzustellen, der freiwillig auf die Präsidentschaft verzichtet, während mein eigener Vater so hart um diesen Titel kämpft.

Bishop stößt ein schnaubendes Lachen aus. »Ich bin nicht aus dem Holz geschnitzt, aus dem man Präsidenten macht. Das wusste ich schon von klein auf. Aber mein Vater sieht es nicht oder will es nicht sehen.«

»Ich glaube, du würdest deine Sache gut machen«, sage ich und meine es ernst. Ich denke, er wäre umsichtiger, was die Balance der Bedürfnisse der Gruppe und individuelle Wünsche angeht. Ich kann mir nicht vorstellen, dass Bishop weiter den Brauch der arrangierten Ehen aufrechterhalten oder Ehepaare dazu zwingen würde, verheiratet zu bleiben, obwohl er die Praktiken seines Vaters nie direkt verurteilt hat.

»Nein, wäre ich nicht«, widerspricht er. »Ich würde lieber herausfinden, was jenseits des Zauns ist, als zu schützen, was sich diesseits befindet. Macht bedeutet mir nicht genug.«

Das absolute Gegenteil seines Vaters. Und meines Vaters. »Und genau deshalb würdest du deine Sache gut machen«, sage ich ihm. »Weil dir Macht gleichgültig ist.«

»Vielleicht.« Er klingt nicht überzeugt.

»Würdest du wie dein Vater regieren?«, frage ich, den Blick wieder auf das Fotoalbum gerichtet. Ich weiß bereits, wie wenig es ihm gefällt, dass wir überhaupt keine Entscheidungsmöglichkeiten mehr haben, aber ich habe ihm diese Frage noch nie direkt gestellt.

Bishop zögert. »Nein«, antwortet er schließlich, und mein Herz macht einen Satz, während mein Magen sich zusammenkrampft. »Ich denke, mein Vater hat seine Sache gut gemacht, uns das Überleben zu sichern. Ich denke, aus seiner Sicht hat er das Richtige getan.« Bishop seufzt und fährt sich mit einer Hand durchs Haar. »Aber es gehört einfach zum Menschsein dazu, eigene Entscheidungen zu treffen, Freiheiten zu haben. Ich glaube, das hat mein Vater vergessen.«

»Siehst du?«, sage ich leise. »Du könntest es.«

Bishop lächelt und schüttelt den Kopf. »Ich würde lieber Entdeckungen machen als zu regieren.« Er nimmt das

Album von meinem Schoß und schiebt es zurück unters Bett. »Abendessen?«, fragt er.

»Klar.« Ich stehe auf, schnappe mir ein Gummiband von der Ankleidekommode und hebe die Arme, um mein Haar zu einem Pferdeschwanz zusammenzubinden. Als ich meine schmerzende Schulter hochziehe, zucke ich zusammen.

»Was ist los?«

»Mir tut nur nach all dem Klettern so einiges weh.«

»Komm.« Er streckt die Hand aus. »Lass mich das machen.«

Ich sehe ihn im Spiegel über der Kommode skeptisch an. »Du kannst frisieren?«

Er lächelt. »Ich kann es versuchen.« Er nimmt mein dickes Haar mit beiden Händen zusammen und bringt mich zum Lachen, als er versucht, es gleichzeitig zurückzuziehen und nach oben zu drücken. Am Ende schafft er es, das Band einige Male herumzulegen, obwohl das Ergebnis alles andere als ordentlich aussieht. »So«, sagt er, legt mir die Hände auf die Schultern und schaut mir im Spiegel in die Augen. Und ich sehe, wie seine Daumen sich heben und mir langsam und sanft über den Hals streicheln.

Eine Hitzewelle durchrollt mich; sie beginnt tief unten im Bauch und breitet sich nach außen hin aus. Ich spüre sie in den Zehen und den Fingern und auf meinen Wangen.

Ich spüre sie überall.

»Geht das so?«, fragt er leise.

»Ja«, antworte ich. Es fällt mir schwer, meine Sprache wiederzufinden. »Es ist gut so.« Die Haut unter seinen Daumen brennt, als wäre sie mit Feuer bemalt worden.

Sein Blick ruht immer noch auf meinen Augen im Spiegel, als wartete er auf etwas. Irgendein Zeichen, das ich ihm nicht zu geben wage. Bishop löst die Hände von meinen Schultern und tritt zurück. »Ich mache schon mal das Abendessen.«

Ich nicke. »Okay, ich komme gleich nach.«

Sobald Bishop draußen ist, gehe ich mit zitternden Beinen zum Bett und lasse mich darauf sinken, dann drücke ich die Hände fest gegen meine geschlossenen Augen. Ich spüre immer noch das Gewicht von Bishops Fingern auf meinen Schultern, die Erinnerung an seine Daumen an meinem Hals. Ich rufe mir ins Gedächtnis, was sein Vater getan hat. Was er immer noch tut. Aber Bishops Berührung ist sanft, seine Absichten sind gut. Wie sehr ich auch danach suche, ich kann das Blut an seinen Händen nicht entdecken.

11

Den richtigen Zeitpunkt zu finden, um an Victoria heranzutreten, ist eine Kunst, an der ich immer noch arbeite. Sie ist nicht gemein oder boshaft, aber sie kann schroff sein, wenn sie beschäftigt ist oder glaubt, man verschwende ihre Zeit. Normalerweise macht mir das nichts aus, weil Callie genauso ist. Meistens gelingt es mir, es nicht persönlich zu nehmen.

Wir essen gerade kurz zu Mittag in der kleinen Cafeteria des Gerichtsgebäudes, als ich denke, dass sich vielleicht eine Gelegenheit bietet. Ich knabbere an einem etwas trockenen Sandwich mit Truthahn und Käse, während Victoria sich effizient durch einen Geflügelsalat arbeitet. Ihre Wahl sieht besser aus als meine.

»Arbeitet David schon lange hier?«, beginne ich.

Victoria zuckt die Achseln. »Ich weiß es nicht genau. Er ist hier, seit ich es bin.«

Ich kneife ein winziges Bröckchen Truthahn von meinem Sandwich ab, esse es aber nicht. »Finden Sie es eigentlich merkwürdig, dass er eine Waffe trägt und so?«

»Und so?«, fragt Victoria mit hochgezogenen Augenbrauen.

»Ich meine nur, die meisten Leute fühlen sich mit Waffen nicht wohl, weil es nicht mehr viele davon gibt.«

Victoria isst eine Gabel voll Salat und kaut, bevor sie antwortet. »Auf mich macht er einen ziemlich entspannten Eindruck.«

Ich lache und hoffe, dass es normal klingt und nicht wie irres Gegacker. »Ja, wahrscheinlich.« Mein Sandwich ist ein hoffnungsloser Fall, also knülle ich es wieder in sein Einwickelpapier. »Ist es seine Waffe, oder bekommt er sie hier?« Ich bin mir sicher, dass sie meinen Herzschlag durch meine Bluse pulsieren sieht.

»Er bekommt sie hier. Gehört zur Arbeitsausstattung«, sagt Victoria. Sie beantwortet meine Fragen durchaus freundlich, aber sie sieht mich dabei scharf an.

»Haben die hier etwa irgendwo einen ganzen Vorrat versteckt?« Wieder mit dem Lachen, das nicht ganz mein eigenes ist.

»Warum so neugierig?«, fragt Victoria und legt ihre Gabel beiseite. »Ich wusste gar nicht, dass Sie sich für Waffen interessieren.«

Ich schüttle den Kopf. »Das tue ich auch nicht. Na ja, ich meine, vielleicht ein kleines bisschen. Ich habe in Büchern etwas über Waffen gelesen, aber nie wirklich eine gesehen. Sie wissen schon … verbotene Früchte und so.«

Meine Antwort muss Victoria wohl überzeugen, denn sie greift wieder nach ihrer Gabel und spießt ein Stück Hühnchen auf. »Sie sind nicht die Einzige, der es so geht. Die Hälfte der Männer, die hier arbeiten, betteln David ständig um eine Chance an, die Waffe einmal halten zu dürfen.« Sie schnaubt. »Ich könnte einen unpassenden Witz über Überkompensation machen, aber Sie sind zu jung dafür, also lasse ich es lieber.«

Ich lache, und diesmal ist es echt.

»Aber David ist vorsichtig mit seiner Waffe. Was auch so sein sollte. Nur ein paar wenigen Auserwählten werden sie anvertraut. Und Ray … ich glaube nicht, dass Sie ihn bereits kennengelernt haben?«

Ich schüttle den Kopf.

»Sein Job ist es seit Menschengedenken, dafür zu sorgen, dass die Waffen sicher aufbewahrt werden und nur in die richtigen Hände gelangen.« Ray muss der ältere Mann sein, den ich mit David im Waffenraum gesehen habe.

»Dann werden Ray und David mich sicher nicht in absehbarer Zeit zu Schießübungen mitnehmen?«, vermute ich.

Victoria lächelt. »Eher unwahrscheinlich. Falls Sie sich wirklich ernsthaft dafür interessieren, ist Ihr Schwiegervater die Person, mit der Sie reden sollten.« Sie deutet mit ihrer Gabel auf mich. »Ray hat das Kommando über die Waffen, aber Präsident Lattimer hat das Kommando über Ray.«

»Das ist eine gute Idee«, sage ich, und mein Herzschlag beschleunigt sich. »Vielleicht frage ich ihn wirklich.« Ich bin mir nicht ganz sicher, wie ich jetzt weitermachen soll. Mir fällt keine Möglichkeit ein, den Code von David oder Ray zu bekommen, ohne dass ich mich verraten würde, und ich habe keine Ahnung, wo oder ob sie ihn überhaupt irgendwo im Gerichtsgebäude schriftlich niedergelegt haben. Aber Victoria hat wahrscheinlich recht. Die Person, die diese Informationen zweifellos hat, ist mein Schwiegervater. Ich denke an sein Arbeitszimmer und an seinen großen Schreibtisch aus Walnussholz. Ich bin mir sicher, dass dieser Schreibtisch jede Menge Geheimnisse birgt.

»Sind Sie soweit?«, fragt Victoria. Sie ist bereits aufgestanden und hält ihre leere Salatschüssel in der Hand.

»Sicher.« Ich rapple mich hoch.

»Sie werden heute Nachmittag verstoßen«, sagt Victoria, während wir die Cafeteria verlassen. »Wir müssen alles vorbereiten.«

Meine Schritte verlangsamen sich. Plötzlich muss ich daran denken, wie es war, wenn ich nicht hingehen wollte, wohin mein Vater mich brachte, und so lange hinter ihm hergetrödelt bin, bis er gezwungen war, mich mit sich zu ziehen.

»Was ist?«, fragt Victoria über ihre Schulter. Sie klingt genervt.

Ich beschleunige mein Tempo. »Werden wir tatsächlich dabei sein, wenn man sie verstößt?«

»Nein«, sagt Victoria, und ich stoße einen Seufzer der Erleichterung aus. Ich weiß, was Mark Laird getan hat, aber ich will seine Bestrafung trotzdem nicht mit ansehen müssen, will nicht hören, wie er um Gnade bettelt, die er nicht verdient hat und die ihm mit Sicherheit nicht zuteilwerden wird.

»Wie viele sind es?«

»Heute haben wir drei«, antwortet Victoria. »Alles Männer.«

»Ist das typisch? Die Anzahl, meine ich?« Präsident Lattimer macht nie etwas darüber publik, wer verstoßen wird. Auf dem Markt wird immer getuschelt, und ich habe meinen Vater mit Nachbarn darüber sprechen hören, aber es wird nie ein offizieller Bericht veröffentlicht. Der Grund ist wahrscheinlich ganz einfach: Während die Drohung, verstoßen zu werden, uns auf Kurs hält, würden die Menschen, wenn sie tatsächliche Namen und Zahlen kennen würden, vielleicht hinterfragen, was geschieht.

»Das variiert«, sagt Victoria. Wir schicken uns an, die Treppe hinaufzugehen, müssen aber dem Strom der Menschen Platz machen, die auf dem Weg in die Cafeteria sind. »Es findet einmal im Monat statt, und oft gibt es gar keinen, der verstoßen wird. Einmal sind fünf Personen gleichzeitig verstoßen worden, das ist die höchste Anzahl, an die ich mich erinnern kann, aber das war ungewöhnlich. Ein schlimmer Winter.« Sie sieht mich an. »Normalerweise sind es alles Männer, aber nicht immer.«

»Kommt Präsident Lattimer zu diesem Anlass?«

»Nein.«

»Natürlich nicht«, murmle ich. »Damit käme er der Drecksarbeit zu nahe.«

Victoria bleibt wie angewurzelt stehen, und ich laufe beinahe in sie hinein. »Seien Sie vorsichtig, Ivy«, warnt sie mich. Sie klingt nicht ärgerlich, sondern eher besorgt. »Sie gehören jetzt zwar zu seiner Familie, aber auch für Sie gibt es Grenzen.«

Meine Kehle ist sofort staubtrocken. Es gelingt mir, kaum merklich zu nicken. Ich glaube nicht, dass Präsident Lattimer mir etwas tun würde. Es wäre nicht gut für sein Ansehen, seine frischgebackene Schwiegertochter zu bestrafen, vor allem nach seiner Ansprache darüber, dass er meine Meinung schätze. Außerdem versucht er immer, als gutmütig rüberzukommen. Er ist eher der Typ, der anderen an meiner Stelle wehtun würde – Callie, meinem Vater –, Menschen, deren Bestrafung für mich noch schmerzhafter wäre als meine eigene, so wie er meine Mutter getötet hat, um meinem Vater Schmerzen zuzufügen.

Victoria legt einen Zwischenstopp in ihrem Büro ein, um sich einen Stapel Akten von ihrem Schreibtisch zu schnappen. Dann geht es wieder die Treppe hinunter ins Untergeschoss. An Tagen wie diesem wünschte ich, wir könnten den Aufzug nehmen, aber das gilt als unnötiger Stromverbrauch.

»Geben wir ihnen irgendetwas mit?«, frage ich und springe die Treppen hinunter, um mit Victorias halsbrecherischem Tempo mitzuhalten. »Bevor wir sie verstoßen?«

»So etwas wie ein Abschiedsgeschenk?« Victoria lacht freudlos.

»Nein, natürlich nicht. Aber vielleicht Wasser? Oder eine Landkarte?« Noch während ich die Fragen stelle, kenne ich die Antwort.

»Nichts.« Victoria reißt die Tür zum Untergeschoss auf und hält sie für mich auf, damit ich vor ihr hindurchgehen kann. »Außerdem würde eine Landkarte lediglich auf Vermutungen unsererseits beruhen. Wir haben auch keine Ahnung, was da draußen ist.« Sie deutet auf den Flur, in dem sich der Waffenraum befindet. »Hier entlang.«

Es gelingt mir, an der geschlossenen Tür vorbeizugehen, ohne einen Blick darauf zu werfen, obwohl der Drang dazu stark ist. Wir biegen noch einmal rechts ab, und am Ende dieses Flurs kauern drei gefesselte Männer. David und ein weiterer Wachposten lehnen an der Wand.

David sieht uns kommen und stößt sich von der Wand ab. »Hey, Victoria«, sagt er. »Mrs Lattimer.«

»Ivy«, entgegne ich. Sein Gesichtsausdruck verrät mir, dass schon die Hölle zufrieren müsste, bevor er sich dazu überwinden würde, mich anders als Mrs Lattimer zu nennen.

»Hallo«, begrüßt ihn Victoria. »Läuft alles nach Plan?« Ihre Stimme ist energisch und geschäftsmäßig. Sie sieht keinen der Gefangenen an.

»Ja«, bestätigt David. »Wir warten nur noch auf den Papierkram von Ihnen, damit wir sie hier rausschaffen können.«

»Tut mir leid, dass wir ein bisschen spät dran sind.«

»Ist schon gut.« David gestikuliert in Richtung der Männer. »Die haben Zeit. Aber es ist ein langer Fußmarsch. Je eher wir loskommen, desto besser.«

»Unbedingt«, sagt Victoria. Sie schlägt die erste ihrer Akten auf. »Sie kennen den Ablauf.« Sie reicht David einen Stift und hält die Akte fest, während er die Papiere darin unterschreibt. Ich höre den beiden nicht weiter zu und richte meine Aufmerksamkeit auf die Gefangenen.

Der älteste von ihnen, mit einem festen Bierbauch und gesenktem Blick, ist wahrscheinlich in seinen Fünfzigern. Sein Hemd zeigt Schweißflecken unter den Armen und auch seine Stirn ist schweißnass. Neben ihm steht ein kleiner, drahtiger Mann, der mich an ein Nagetier erinnert, da seine Gesichtszüge zur Mitte hin spitz zulaufen, während sich scharfe Schneidezähne in seine Unterlippe graben. Er schwitzt nicht, aber er atmet schnell. Ich kann sein gequältes Einsaugen der Luft hören. Der dritte ist Mark Laird. Ich sehe zu ihm hinüber, und er lächelt mich zaghaft und traurig an und gibt sich ganz den Anschein eines Mannes, dem unrecht getan wird und der sein Schicksal tapfer erträgt. Aber der schlaue, berechnende Glanz in seinen blauen Augen verrät ihn. Er versucht bereits, seine Situation abzuschätzen, überlegt, was er zu seinem Vorteil nutzen kann. Er hat offensichtlich mit dem Betteln abgeschlossen.

Ich will ihn nicht anschauen. Von seinem Blick bekomme ich eine Gänsehaut. Ich kann die Stimme des kleinen Mädchens, das er verletzt hat, in meinem Kopf hören. Aber wenn ich wegschaue, weiß er, dass er mir Angst macht. Und das ist schlimmer, als seinem Blick standzuhalten.

»Alles fertig«, erklärt David hinter mir, und der zweite Wachposten, der sich in entspannter Haltung an die Wand gelehnt hat, stellt sich gerade hin. Ich hätte erwartet, dass es noch weitere Formalitäten gibt, etwas Dramatischeres, das das Besondere des Augenblicks hervorhebt, aber David geht einfach an den Gefangenen vorbei und drückt die Tür vor ihnen auf. Sie führt direkt nach draußen, und wir alle blinzeln in dem grellen Sonnenlicht, das hereinfällt. Ich hebe eine Hand, um meine Augen zu beschirmen.

»Los«, sagt David schroff zu dem ersten Gefangenen in der Reihe, dem älteren Mann, »beweg dich.« Der Mann zögert nur eine Sekunde, bevor er weiterschlurft und David hinaus ins Tageslicht folgt. Die beiden anderen haben keine Wahl, als es ihm gleichzutun, da sie alle aneinandergekettet sind. Der zweite Wachmann bildet die Nachhut, und die

Tür schlägt mit einem hohlen Dröhnen hinter ihm zu. Ich lasse die Hand sinken, und Sonnenflecken tanzen vor meinen Augen. Im Flur herrscht unheimliche Stille. Mir kommt es vor, als könnte ich noch immer das Kettenklirren der Männer von draußen hören, aber ich weiß, dass ich mir das nur einbilde.

Victoria tritt neben mich, den Blick auf die Tür gerichtet. »Nun, so viel dazu«, sagt sie. »Gehen wir wieder an die Arbeit.«

»Okay«, erwidere ich. Meine Stimme ist leise, aber fest. De facto habe ich gerade drei Männer sterben sehen. Es war nicht so schwierig, wie es hätte sein sollen.

Auf dem Nachhauseweg gehe ich den einsamen Weg direkt am Park entlang, als Callie hinter einem Baum hervorkommt und mich unterhakt. Ich bin gar nicht so überrascht, aber ich ziehe trotzdem meinen Arm zurück. »Was ist in letzter Zeit eigentlich mit dir und Dad los?«, frage ich. »Immer lauert ihr einem irgendwo auf.«

»Ganz ruhig«, antwortet Callie und verdreht die Augen. »Dad weiß nicht einmal, dass ich hier bin.«

»Und warum *bist* du hier?«

»Du schienst mir neulich ein wenig neben der Spur zu sein«, sagt Callie und geht neben mir her. »Ich wollte mich davon überzeugen, dass mit dir alles in Ordnung ist.«

Ich schnaube. Callie ist im Laufe der Jahre vieles für mich gewesen – Vertraute, Lehrerin, Peinigerin, aber die Fürsorgliche war sie eher selten. »Was willst du wirklich?«

»Gott, bist du empfindlich«, entgegnet Callie, wahrscheinlich verärgert, weil ich in Territorien vordringe, die für gewöhnlich sie besetzt hält.

Ich bleibe stehen und sehe sie mit vor der Brust verschränkten Armen an.

»Okay.« Callie ahmt meine Pose nach. »Ich will wissen, was zwischen dir und Bishop Lattimer läuft.«

»Wie meinst du das?« Ich ignoriere die Tatsache, dass mein Puls sich bei ihren Worten beschleunigt und meine Hände plötzlich schweißnass sind.

»Du hast dich neulich so seltsam benommen.« Callie zuckt die Achseln. »Irgendwie so zögerlich.«

»Du meinst zögerlich, wenn es darum geht, jemanden zu töten?«, frage ich. »Verzeih mir, dass ich nicht vor Freude in die Luft springe.« Meine Stimme hat einen scharfen Unterton, den Callie anscheinend ebenfalls wahrnimmt, denn sie kommt einen Schritt näher.

»Ach, werd endlich erwachsen, Ivy. Hast du ernsthaft gedacht, das Ganze wäre *einfach*?« Ihre Stimme trifft mich wie ein Peitschenhieb. »Alles, wofür es sich lohnt zu kämpfen … was es sich lohnt zu bekommen … ist schwierig. Dabei gibt es immer Opfer.« Sie mustert mich lange. Ich versuche, meinen Gesichtsausdruck neutral zu halten, aber genau wie damals, als wir noch klein waren, durchschaut sie mich sofort.

Sie deutet auf mich, und ihr Finger ist nur Millimeter davon entfernt, mich mitten auf der Brust zu treffen. »Ist es etwa … ist es etwa so, dass du ihn *magst?*« Sie klingt entsetzt, angewidert, als hätte ich gerade eine Handvoll Würmer gegessen oder in meinem eigenen Erbrochenen geschlafen.

Ich wende den Blick ab und gebe meinem Herzen den

Befehl, sich zu beruhigen. Eine warme Brise raschelt in den Bäumen über uns und weht mir eine Haarlocke in die Augen. Ich streiche sie ungeduldig zurück. »Ich muss jemanden nicht mögen, um es nicht in Ordnung zu finden, ihn zu töten.«

»Du weißt, wie wichtig sein Tod für unseren Erfolg ist«, sagt Callie. »Wenn sein Vater stirbt, kommt unverzüglich Bishop an die Macht. Nichts ändert sich. Sie müssen *beide* weg. Das weißt du.«

»Ich glaube nicht, dass er wie sein Vater ist. Er ...«

»Das ist mir egal.« Callies Stimme ist eiskalt. »Es ist mir egal, wie er ist. Und dir sollte es ebenfalls egal sein. Du bist egoistisch, wenn es dir nicht egal ist. Du willst deine Gefühle, deine Wünsche über das stellen, was das Beste für unsere Familie ist? Was das Beste für alle ist?« Sie packt mich am Unterarm, und ihre Finger graben sich in mein Fleisch. »Nach all den Jahren ist unsere Familie endlich nah daran, die Kontrolle zu übernehmen. Kapierst du das nicht?«

»Doch, ich kapiere es.« Ich löse ihre Hand gewaltsam von meinem Arm, indem ich ihre Finger zurückbiege. »Ich habe heute mit angesehen, wie drei Männer verstoßen wurden«, zische ich mit zusammengebissenen Zähnen. »Interessiert dich das überhaupt? Sollten wir nicht eher dagegen kämpfen?«

Callie runzelt die Stirn. »Wovon redest du?«

Ich schüttle den Kopf, sehe sie an, und der ganze Ärger fließt aus mir heraus. Schließlich zucke ich die Achseln, mein ganzer Körper ist kraftlos und so furchtbar müde. »Vergiss es.«

»Was immer mit dir los ist«, sagt Callie, »du musst dich wieder darauf besinnen, wer du bist. Und zwar schnell. Es heißt, wir gegen sie.« Sie nimmt meine Hand, aber diesmal ist ihr Griff sanft. Mit leiser Stimme fügt sie hinzu: »Wir sind deine Familie. Wir lieben dich. Wir sind diejenigen, die alles für dich tun würden. Vergiss das nicht.«

»Ich vergesse das nie«, erwidere ich. Es fällt mir schwer, mit dem brennenden Tränenkloß im Hals zu sprechen.

Callie drückt mir ein letztes Mal die Hand. »Du musst es tun, Ivy, oder alles ist zerstört. Denk daran, wie stolz Dad sein wird, wenn es vorbei ist.« Sie schenkt mir ein kleines Lächeln und geht ein paar Schritte rückwärts, ohne den Blick von mir abzuwenden. »Mach Bishop Lattimer nicht wichtiger, als er ist. Das würde er bei dir auch nicht tun.«

Noch lange nachdem sie weg ist, stehe ich bewegungslos auf dem Gehweg. Kann man es immer noch Manipulation nennen, wenn man weiß, dass es einem geschieht und es trotzdem funktioniert?

12

Als ich aufwache, ist es draußen dunkel. Ich liege noch ganz verschlafen auf dem Rücken und versuche herauszufinden, was mich aufgeweckt hat. Zuerst höre ich nur das schwache Vogelzwitschern draußen vor dem Fenster und das Sirren des Deckenventilators über meinem Kopf. Ich will mich gerade umdrehen und versuchen, noch ein wenig Schlaf zu bekommen, als ich es wieder höre, das Geräusch eines sich schließenden Küchenschranks. Normalerweise steht Bishop nicht so früh auf, und er gibt sich gerade alle Mühe, leise zu sein. Ich merke es daran, dass die Geräusche aus der Küche gedämpft sind und er leise aufzutreten versucht.

Er erschrickt, als ich in der Küchentür erscheine und mir immer noch den Schlaf aus den Augen reibe. Zu spät wird mir bewusst, dass ich nur ein Tanktop und einen Slip trage, aber ich schätze, das ist nichts, was er noch nicht gesehen hat, denn schließlich hatte ich am Fluss auch nur einen Bikini an. »Was machst du da?«, frage ich.

Er ist mit einem T-Shirt und Shorts bekleidet, und sein

Haar ist vom Schlafen ganz durcheinander. Er lässt den Blick über meine nackten Beine gleiten und schaut dann zu meinem Gesicht hoch. Es gelingt mir, nicht zu erröten. »Nichts«, antwortet er. Er versucht nicht, den offenen Rucksack auf der Theke zu verstecken, aber ich merke, dass er auch nicht will, dass ich ihn bemerke. »Es ist noch früh. Du kannst wieder ins Bett gehen, wenn du willst.«

»Okay.« Ich drehe mich um und tappe zurück ins Schlafzimmer, krieche aber nicht ins Bett. Stattdessen schlüpfe ich in Kleider und Schuhe, binde mir das Haar zu einem Knoten auf dem Kopf zusammen und warte, bis ich die Haustür leise hinter ihm zufallen höre. Dann flitze ich in die Küche, um mir eine Flasche Wasser zu holen, und verlasse leise das Haus.

Ich denke nicht wirklich darüber nach, warum ich ihm folge, aber ich will wissen, was er vorhat, warum er etwas vor mir verbirgt. Was lächerlich ist, wenn man bedenkt, wie viele Geheimnisse ich vor ihm habe. Doch ich will herausfinden, was er tut, und bin mir nicht zu schade, hinter ihm herzuschleichen, um es in Erfahrung zu bringen.

Es ist schwierig, ihm zu folgen, ohne dass er mich sieht oder hört. Er geht den gleichen Weg, auf dem wir zum Fluss gelangt sind, zumindest zuerst, aber er bewegt sich schnell und sicher durch den Wald und verlangsamt kaum seine Schritte, um Ästen und Zweigen auszuweichen, die mühelos Stellen finden, um mich zu kratzen. Ich hoffe, dass seine Schritte meine übertönen, denn ich bewege mich wahrscheinlich nicht gerade leise, weil ich an manchen Stellen praktisch rennen muss, um ihn im Blick zu behalten.

Schließlich höre ich den Fluss zu unserer Rechten und weiß, dass wir nah am Teich sind, aber Bishop biegt rechts vom Pfad ab und direkt ins dichte Unterholz ein. Ich lehne mich für eine Sekunde gegen einen Baumstamm, um wieder zu Atem zu kommen, bevor ich weiter hinter Bishop hergehe. Schlingpflanzen winden sich um meine Knöchel, und Äste schnappen nach meinen nackten Armen. Es gelingt mir, einem großen Stein auszuweichen, der halb im Boden begraben liegt, doch mein Fuß verfängt sich in einer Baumwurzel, ich stürze schwer und lande auf meiner rechten Schulter.

Für eine Minute liege ich einfach da und atme durch zusammengebissene Zähne. Ich bin weniger verletzt als benommen, auch wenn ein winziges Rinnsal Blut meinen Arm hinunterläuft. Das hier war eine echt schlechte Idee, aber jetzt ist es zum Umkehren zu spät. Ich muss wissen, was er macht. Ich komme mühsam wieder auf die Füße und folge ihm weiter durch den Wald. Inzwischen habe ich ihn völlig aus den Augen verloren und lege den Kopf schräg, in der Hoffnung, irgendetwas zu hören. Nichts als Stille. Am Ende riskiere ich es, Lärm zu machen, und laufe in die Richtung, in die Bishop zuletzt unterwegs war, springe über Hindernisse und mühe mich, irgendwo einen Blick auf sein blaues T-Shirt zu ergattern.

Lauschend bleibe ich wieder stehen. Ich nehme schwache Stimmen ein Stück rechts vor mir wahr. Wegen der Blätter, die in der frühen Morgenbrise rascheln, ist es schwierig, etwas zu verstehen. Ich kann nicht ausmachen, was gesprochen wird, aber ich bin mir sicher, dass die tiefere Stimme Bishop gehört. Ich bewege mich jetzt ganz langsam, darauf bedacht, jeden Schritt lautlos auf den Boden zu setzen, während ich mich dem Geräusch nähere.

Ich habe keine genaue Vorstellung davon, wo ich bin. Den Fluss kann ich nicht länger hören, aber vor mir sehe ich durch die Bäume Sonnenlicht auf Metall glänzen. Der Zaun. Was tut Bishop am Zaun? Vielleicht spricht er mit einer der Patrouillen? Mein Atem geht schwer, und das kommt nicht nur vom Laufen. Zentimeterweise krieche ich näher heran, bis zu der Stelle, wo die Bäume aufhören, und verstecke mich hinter einem dicken Stamm.

In beide Richtungen erstreckt sich der Zaun. Etwa zehn Meter links von mir ist ein großes Tor darin eingelassen. Werden an dieser Stelle die Gefangenen verstoßen? Zwischen der Baumlinie und dem Zaun ist ein Streifen Gras und Unkraut von etwa vier Metern Breite. Direkt davor hockt Bishop am Zaun und redet mit einer Gestalt, die auf der anderen Seite auf dem Boden liegt. Ich drücke mich an den Baumstamm und verrenke mir den Hals, um mehr sehen zu können. Es ist ein Mädchen, deren langes verfilztes Haar wie eine schmutzige Wolke um ihr Gesicht steht. Das einzig sichtbare Stückchen Haut ist ein dreckverkrusteter Fuß. Er scheint aus mehr Knochen als Fleisch zu bestehen.

»Komm schon«, sagt Bishop. »Nimm das Wasser. Bitte.« Er schiebt ein kleines Behältnis mit Wasser durch eine Lücke im Zaun, aber der Behälter fällt auf der anderen Seite auf den Boden. Das Mädchen macht keine Anstalten, danach zu greifen. Sie sieht aus, als wäre sie tot, aber ich weiß, dass das nicht sein kann, wenn Bishop mit ihr redet.

»Hey, ich hab dir bereits gesagt, dass du aufhören sollst, deine Zeit mit ihr zu verschwenden«, ertönt eine Männerstimme, und ich reiße den Kopf zur Seite und lasse den Blick an der Zaunlinie entlangwandern. Es dauert einen Moment, bis ich die Quelle der Stimme ausmache. Hinter dem Zaun sitzt ein Mann, der zum größten Teil hinter hohem Gras verborgen ist. Ich erkenne das Flackern schlauer blauer Augen. Mark Laird. Das Blut gefriert mir in den Adern. Von den beiden Männern, die zusammen mit ihm verstoßen wurden, ist nichts zu sehen. Vielleicht sind sie weitergezogen, auf der Suche nach einem Unterschlupf, Nahrung, Wasser. Vielleicht hat er sie getötet. Beides scheint mir möglich zu sein.

Bishop ignoriert ihn, dreht nicht mal den Kopf. Er schiebt etwas Brot durch den Zaun. Das Brot teilt das gleiche Schicksal wie das Wasser, es landet unangetastet auf dem Boden.

»Gib ihr das nicht!«, protestiert Mark und zieht sich mithilfe des Maschendrahtzauns auf die Füße. Er verlagert das Gewicht überwiegend auf das rechte Bein. Gestern konnte er noch ganz normal gehen. »Sie ist ohnehin praktisch tot! Du fütterst eine Leiche.«

»Halt den Mund«, sagt Bishop, der Mark immer noch nicht ansieht. Ich habe noch nie so eine Kälte in seiner Stimme gehört. Er senkt den Kopf und raunt dem Mädchen etwas zu, das ich nicht hören kann, aber sie reagiert nicht. Nach einer Minute steht er mit einem Seufzen auf. Ich weiche in den Schatten des Baums zurück.

Bishop geht zu Mark hinüber und schiebt einen weiteren Wasserbehälter und wieder Brot durch den Zaun. Im Gegensatz zu dem Mädchen verliert Mark keine Zeit und grapscht hastig danach, als könnten das Brot und das Wasser verschwinden, wenn er nicht schnell genug ist. Bishop beobachtet ihn, sein Gesicht ist eine unbewegte Maske, die ich nicht wiedererkenne.

»Du musst Wasser finden«, sagt Bishop. »Der Fluss liegt in dieser Richtung.« Er deutet mit dem Kopf nach Osten. »Essen könnte schwieriger werden, aber ich bin davon überzeugt, dass dir etwas einfällt.«

»Ist es ungefährlich, das Wasser zu trinken?«

»Hast du eine Wahl?«

Mark zuckt daraufhin die Achseln und beißt ein großes Stück Brot ab. Er spricht mit vollem Mund. »Wirst du wiederkommen?«

»Verlass dich nicht darauf«, antwortet Bishop. Dann streckt er blitzschnell eine Hand aus und packt Marks Finger, die am Zaun durch die Maschen gehakt sind. »Lass sie in Ruhe«, sagt er ganz leise. Ich muss die Ohren spitzen, um seine Worte zu verstehen. »Nimm ihr nicht ihr Brot weg. Fass sie nicht an.« Er verdreht die Hand, sodass Mark aufschreit und das Brot ihm aus der freien Hand fällt.

»Okay«, jammert er. »Okay! Lass los!«

Bishop zieht seine Hand weg und entfernt sich vom Zaun, ohne Mark aus den Augen zu lassen. Schließlich dreht er sich um und sieht ein letztes Mal zu dem Mädchen hinüber, bevor er in meine Richtung kommt. Ich drücke mich eng an den Baum und hoffe, dass Bishop vorbeigeht, ohne mich zu bemerken. Ich presse mich mit dem Rücken gegen die Rinde und schließe die Augen, sende ihm die stumme Botschaft, dass er mich nicht sehen soll.

Einige Augenblicke später höre ich seine Schritte näher kommen, und eine Hand schließt sich wie ein Schraubstock um meinen Arm, zieht mich vorwärts, weg vom Zaun und hinein in den Wald. Ich schnappe nach Luft und stolpere hinter Bishop her, der kein Wort sagt, sondern mich einfach weiterzerrt.

»Du tust mir weh«, jammere ich leise. Es erscheint mir wichtig, Mark nicht wissen zu lassen, dass ich hier bin. Ich will, dass er mich nie wieder ansieht oder auch nur an mich denkt.

Bishop lässt mich sofort los, aber als er sich zu mir umdreht, brennen seine für gewöhnlich so friedfertigen Augen, und die Muskeln in seinem Kinn sind zusammengekrampft wie eine Faust. »Was tust du hier?«, fragt er scharf. Ich habe ihn noch nie wirklich wütend gesehen. Es ist beinahe eine Erleichterung zu wissen, dass er zu Zorn fähig ist, dass er seine Gefühle nicht immer perfekt unter Kontrolle hat.

Ich massiere mir den Arm. »Ich bin dir gefolgt.«

»Ja, das habe ich mitgekriegt«, antwortet er. »Ich habe es ungefähr einen Block vom Haus entfernt bemerkt.«

So viel zu meiner Fähigkeit, mich lautlos zu bewegen. »Warum hast du nichts gesagt?«

Bishop tritt einen Schritt näher an mich heran. »Ich wollte sehen, wie weit du kommst.«

»Nun«, sage ich und hebe den Kopf, um ihm in die Augen schauen zu können. Ich ignoriere, dass mir das Herz bis zum Hals schlägt. »Ich habe es bis hierher geschafft.«

Bishop stößt den Atem aus, und mit diesem Atemzug scheint der Ärger aus seinem Körper zu entweichen und sich in Luft aufzulösen. »Es ist gefährlich hier draußen, Ivy.«

Jetzt ist es an mir, mit den Zähnen zu knirschen. »Du bist doch auch hier draußen. Außerdem ist es nicht so, als könnten sie wieder rüberklettern.« Von unserem Platz aus kann ich immer noch einen Stück Stacheldraht oben auf dem Zaun sehen.

»Das habe ich nicht gemeint.« Er fährt sich mit der Hand durchs Haar. »Es verstößt gegen das Gesetz, ihnen zu helfen.«

»Warum tust du es dann?«, frage ich. »Dieser Bursche dort draußen« – ich zeige mit dem Daumen in Richtung des Zauns – »das ist der Mann, den ich neulich kennengelernt habe. Der, der ein kleines Mädchen vergewaltigt hat.« Bishop zuckt bei meinen Worten zusammen, wendet aber nicht den Blick von meinem Gesicht ab. »Du hast gesagt, du hast kein Mitleid mit ihm. Also, was tust du hier?« Ich senke die Lautstärke. »Kennst du das Mädchen?«

Bishop schüttelt den Kopf. »Nein. Sie wurde beim letzten Mal verstoßen. Sie hat aufgegeben.« Er streckt die Hände aus, als suchte er in der Luft nach den richtigen Worten, dann lässt er die Arme wieder sinken. »Das ist kein Mitleid. Es ist einfache Menschlichkeit. Ich will nur …« Er reibt sich mit einer Hand das Gesicht. »Ich will ihnen wahrscheinlich nur eine Chance geben. Zumindest denen, die es verdienen.«

»Wie kannst du denn den Unterschied erkennen?«

Er lächelt mich schwach an. »Gar nicht.«

Ich sehe ihn an. Sein Vater ordnet die Bestrafung an, ohne auch nur den Mumm zu haben mitanzusehen, wie sie in die Tat umgesetzt wird. Und mein Vater ist nicht besser, nicht wirklich, obwohl es mich schmerzt, das zuzugeben. Er wettert gegen die Politik des Präsidenten, doch er hat sich nicht ein einziges Mal die Mühe gemacht, hier rauszukommen und Wasser zu verteilen oder Trost zu spenden. Von allen Menschen, die ich kenne, auf beiden Seiten, hat nur Bishop das Herz und den Willen, das zu tun. Nur er ist stark genug, um ein bisschen Barmherzigkeit zu zeigen.

Ich weiß, dass Callie recht hat. Das Gefährlichste von allem ist, ihn zu mögen, etwas für ihn zu empfinden. Schlimmer als ertappt zu werden oder einen Fehler zu machen. Aber obwohl ich weiß, dass ich diesen Jungen nicht mögen darf, weiß ich auch, dass es dafür zu spät ist.

Ich mag ihn bereits.

»Ich werde dir helfen«, sage ich zu meiner eigenen Überraschung. »Von jetzt an.« Ich trete einen Schritt näher an ihn heran und überwinde so die Entfernung zwischen uns. Dann zögere ich, hin- und hergerissen zwischen dem, was ich will, und dem, was klug ist. Ich nehme seine Hand. Wie Elektrizität prickelt es meinen Arm hinauf, als meine Haut seine berührt, ein bittersüßer Schmerz. »Wir können das zusammen machen.« Nicht einmal Callie kann etwas dagegen sagen, falls sie es herausfindet, wo es doch eins der Dinge ist, die mein Vater zu ändern beabsichtigt – Menschen zu verstoßen. Sie muss ja nicht wissen, dass ich es nicht aus Loyalität gegenüber meiner Familie tue.

Ich erwarte seinen Widerspruch, aber er nickt nur, den Blick seiner grünen Augen auf meine gerichtet. Hier draußen im Wald wirken seine Augen dunkler, als hätten sie sich ihre Farbe von den Bäumen selbst gestohlen. Er lässt meine Hand nicht los, als wir uns auf den langen Heimweg machen.

13

»Dylan und Meredith haben uns zum Abendessen eingeladen.« Bishop stellt eine Tüte mit Lebensmitteln vom Markt auf den Tisch, wo ich gerade eine vormittägliche Schale Hafergrütze esse und einen faulen Samstag genieße.

»Wann?« Meine Stimme klingt genauso widerstrebend wie seine.

»Heute. Dylan hat mich auf dem Weg ins Haus abgepasst.« Bishop seufzt. »Ich hatte das Gefühl, ich kann nicht Nein sagen.«

»Weil er es an ihr auslassen würde.« Ich lege meinen Löffel beiseite, der Appetit ist mir vergangen.

»Ja.« Bishop seufzt abermals. Dann lässt er sich auf den Stuhl mir gegenüber sinken. »Sie haben auch das Paar zwei Häuser weiter eingeladen. Den Ehemann, Jacob, kenne ich aus der Schule. Wir sind im gleichen Alter. Er ist ein netter Kerl. Seiner Frau bin ich allerdings noch nie begegnet.«

»Na, das wird bestimmt lustig«, entgegne ich mit falscher Munterkeit.

Bishop zwinkert mir übertrieben zu. »Sag nicht, dass ich dir nichts biete.«

Ich lache schnaubend, und wir sehen uns quer über den Tisch hinweg an. Er beugt sich vor und schnappt sich eine Erdbeere aus meiner Hafergrütze. Ich stoße mit meinem Löffel seine Hand zurück, und er grinst mit der Erdbeere im Mund. Er wirkt entspannt, wie er sich da auf seinem Stuhl zurücklehnt, sein dunkles Haar zerwühlt, einen Hauch Bartstoppeln auf den Wangen. Ich weiß, dass ich ihn anstarre, aber ich kann einfach nicht damit aufhören.

»Bist du glücklich, Ivy?«, fragt er zu meiner Überraschung.

In meinem ganzen Leben hat mir, glaube ich, noch nie jemand diese Frage gestellt. Ich nehme mir Zeit, über meine Antwort wirklich nachzudenken, ihr die Beachtung zu schenken, die sie verdient. Ich weiß, was ich sagen sollte. Ich weiß, was ich nicht empfinden sollte. Und dazwischen liegt irgendwo die Wahrheit. »Ich arbeite daran«, erwidere ich schließlich. »Aber es wird langsam.«

Bishop lächelt entspannt und unbefangen, und mir wird ganz warm.

Ich lächle zurück und sehe nach unten, um meine geröteten Wangen zu verbergen.

Meredith deckt gerade den Tisch im Garten, als wir durch das Tor treten. Sie lächelt uns an und kommt schnell auf uns zu, um mir die Schale mit Obstsalat abzunehmen. »Wir freuen uns ja so, dass ihr kommen konntet«, begrüßt sie uns.

»Danke für die Einladung«, erwidere ich.

Sie zeigt zum Tisch und einer Gruppe von Gartenstühlen. »Macht es euch bequem. Ich hole euch etwas zu trinken.«

Bishop setzt sich auf einen der Stühle, ich mich auf die Bank vor dem Gartentisch. Meredith kommt mit zwei Gläsern Limonade zurück, Dylan im Schlepptau, der eine Platte mit Fleisch trägt.

»Hallo, ihr zwei«, sagt er und grinst bis über beide Ohren. »Was haltet ihr von Steaks?«

»Großartig«, erwidere ich gezwungen. Meine Stimme ist von der gleichen geheuchelten Munterkeit wie seine, und Bishop sieht mich belustigt an.

»Ich dachte mir, für den Sohn des Präsidenten ist das Beste gerade gut genug«, erklärt Dylan und schlägt Bishop mit der freien Hand auf die Schulter. Bishop lächelt, aber es ist kein echtes Lächeln. Seine Augen sind wie aus Stein.

Es gelingt uns, für ein paar Minuten ein gestelztes Gespräch zu führen, bis Jacob und Stephanie eintreffen. Sie sind beide klein und dunkelhaarig und könnten mühelos als Geschwister durchgehen. Jacob ist genauso nett, wie Bishop es prophezeit hat, und lächelt mich breit an, als wir einander vorgestellt werden. Stephanie ist schwanger, ihr Bauch ist so rund, dass es aussieht, als liefe sie Gefahr, jeden Moment vornüberzukippen. Mit einem hörbaren Seufzer der Erleichterung lässt sie sich auf einem Gartenstuhl nieder und lächelt mich entschuldigend an. »Niemand hat mir gesagt, wie anstrengend das hier werden würde.«

»Das kann ich mir vorstellen«, murmle ich, obwohl das nicht wirklich stimmt.

Sie reibt sich den Bauch. »Nur noch wenige Wochen, Gott sei Dank. Wir brennen darauf, diesen kleinen Burschen kennenzulernen. Oder das kleine Mädchen.«

Jacob nimmt neben ihr Platz und legt ihr eine Hand auf die Schulter. »Brauchst du irgendetwas?«, erkundigt er sich.

Sie lächelt ihn an, und ihr ganzes Gesicht strahlt. »Nein, mir geht es gut.« Sie wirkt glücklich, aber ich frage mich, wie viel von ihrer Freude echt ist und wie viel mit dem Gedanken verknüpft, dass sie ihre Rolle als Ehefrau und zukünftige Mutter erfolgreich ausgefüllt hat.

Meredith gesellt sich zu uns, die Hände vor dem Bauch gefaltet, einen sehnsüchtigen Ausdruck auf dem Gesicht. »Ich kann es gar nicht erwarten, ein Baby zu bekommen«, sagt sie.

Ich schaue zu Boden und befehle mir, den Mund zu halten. Und ausnahmsweise einmal bin ich in der Lage, meinen eigenen Rat zu beherzigen. Ich kann nicht glauben, dass sie ein Kind mit Dylan haben will. Hat man sie einer Gehirnwäsche unterzogen, dass sie tatsächlich denkt, ihre Situation würde sich dann verbessern, ein Junge wie Dylan würde sich jemals ändern? Und versteht sie nicht, wie ein Kind sie festsetzen würde? Ganz gleich was mit ihrer Beziehung zu Dylan passiert, sie wird ihr Kind lieben, und dieses mütterliche Band kettet sie für den Rest ihres Lebens an ihren Mann. Mit sechzehn ein Kind zu bekommen, erfüllt mehr als einen Zweck für eine kluge Regierung.

Plötzlich wird mir klar, wie lächerlich das alles ist. Wir, die wir in so vielerlei Hinsicht immer noch Kinder sind, spielen Erwachsene. Veranstalten Grillabende und reden über Babys. Selbst mit achtzehn kommen mir Jacob und Stephanie jung vor, zu jung, um Eltern zu werden. Mein Vater hat mir erzählt, dass vor dem Krieg viele Menschen erst in ihren Dreißigern geheiratet und Kinder bekommen haben. Manchmal sogar erst in ihren Vierzigern. Ein schockierender Gedanke. Jetzt sieht es so aus: Je jünger man ist, wenn man sich fortpflanzt, desto größer ist die Chance, dass das Baby mit der richtigen Anzahl von Fingern und Zehen geboren wird, desto größer auch die Chance, dass man überhaupt in der Lage ist, ein Kind zu bekommen.

Aber ich beneide die Frauen, die vor mir da waren, die, die die Wahl hatten, zu warten oder gar keine Kinder zu bekommen. Heutzutage sind Kinder die wertvollste Währung, die es gibt, und wenn man dazu in der Lage ist, bekommt man auch welche. Es ist keine Frage, ob man will, es ist nur eine Frage, wie viele es werden und wie gesund sie sind. Ich weiß, dass es Bishop und mir nicht bestimmt ist, zusammen eine Familie zu gründen, aber ich frage mich, ob er Stephanie um ihren wachsenden Leib beneidet, ob er wünschte, sein eigenes Kind wäre unterwegs. Ich fange seinen Blick quer durch den Garten auf, und er lächelt mich schnell und heimlich an. Etwas in seinem Gesicht sagt mir, dass ich nicht die Einzige bin, die die Lächerlichkeit des Lebens, das wir führen, erkennt.

»Die Steaks sind fertig!«, ruft Dylan, und Meredith hastet mit einem Teller an seine Seite. Die ständige Wachsamkeit, was seine Bedürfnisse betrifft, muss ermüdend sein, immer vorauszusehen, was er will, bevor er es selbst weiß.

Wir stehen auf, um uns Teller zu holen, und Jacob drängt Stephanie, sitzen zu bleiben, während er ihr etwas zu essen holt. Ich sitze außen am Gartentisch, Dylan und Meredith gegenüber. Bishop nimmt wieder auf demselben Gartenstuhl Platz, auf dem er vorher schon gesessen ist, Stephanie und Jacob sitzen links von ihm.

Beim Essen fällt mir auf, wie eng Stephanie und Jacob beieinandersitzen. Ihre Knie berühren sich, und sie lachen leise über irgendeinen Witz, den sie nur miteinander teilen. Selbst Dylan und Meredith haben einen konfliktfreien Abend. Sie hält ihm ein aufgespießtes Stück Wassermelone hin und lächelt, als er die Frucht mit den Lippen von der Gabel nimmt. Ich muss dem Drang widerstehen, mich zu übergeben. Ich persönlich wäre eher versucht, ihm die Gabel ins Auge zu rammen. Aber es lässt sich nicht leugnen, dass die Nähe der anderen Paare die Distanz zwischen Bishop und mir peinlich spürbar macht, offensichtlich für alle Anwesenden. Ich kann es mir nicht leisten, dass jemand Spekulationen über unsere Beziehung anstellt, meine Hingabe meinem Mann gegenüber anzweifelt. Vor allem danach … wenn mit Sicherheit auch ich verdächtigt werde.

Ich hole tief Luft, stehe mit dem Teller in der Hand auf und gehe zu Bishop. Als er zu mir hochsieht, lächle ich. »Ist hier noch Platz für mich?«, frage ich. Ich gebe ihm keine Chance zu einer Antwort, sondern setze mich quer auf seinen Schoß und lasse mein Gewicht zaghaft auf seine Oberschenkel sinken. Ich hoffe, dass er nicht spürt, wie sehr ich zittere.

Er mustert mich für einen langen Moment. »Ich zerbreche schon nicht«, erklärt er schließlich. Er legt mir eine Hand ins Kreuz und stützt mich.

»Ich bin ziemlich groß«, sage ich statt einer Entschuldigung, während ich mich mit dem vollen Gewicht auf seine Beine setze.

»Das habe ich bemerkt.« Bishops Stimme ist leise. »Es gefällt mir.«

Die Hitze in meiner Brust droht mich zu verschlingen, als wäre in meinem Inneren ein Feuer ausgebrochen, das außer Kontrolle geraten ist, sich jetzt einen Weg durch meinen Körper bahnt und allen verfügbaren Sauerstoff verbrennt. Aus dem Augenwinkel sehe ich, dass Stephanie und Jacob uns beobachten, aber ich kann den Blick nicht von Bishops Gesicht abwenden.

»Wie ist …« Ich muss mich räuspern. »Wie ist dein Steak?«

»Gut.« Bishop schaut auf meinen Teller. »Und deins?«

»Auch«, antworte ich. Ich traue mich nicht, meine Gabel zu heben.

Eine Locke von Bishops Haar fällt ihm in die Stirn, von der Brise dort hingeweht. Ich gebe mir keine Zeit, darüber nachzudenken, sondern hebe einfach die Hand und streiche sie ihm zurück. Die Strähnen sind so viel weicher, als ich erwartet habe, dick und seidig unter meinen Fingern. Mein Kopf weiß, was für eine furchtbar schlechte Idee das hier ist, und schreit, dass ich aufhören muss, dass ich zu weit gehe, aber der Rest von mir kennt keine solchen Vorbehalte. Für einen Moment geht es mir durch den Sinn, dass Selbstschutz vielleicht nicht meine stärkste Charaktereigenschaft ist.

Als ich meine Hand wegnehme, dreht Bishop leicht den Kopf, sodass ich seine Wange berühren kann. Seine Haut ist warm und stoppelig unter meinen Fingern. Bishops Hand ruht weiter in meinem Kreuz. Mit dem Daumen reibt er in meinem Rücken langsam auf- und abwärts, mein ganzer Körper konzentriert sich auf den Punkt, an dem wir uns berühren.

»Ich dachte, du wolltest Erdbeerkuchen backen«, sagt Dylan hinter mir. »Ich habe dir doch gesagt, dass ich das möchte.«

Bishops Daumen hält auf meinem Rücken an, und ich drehe den Kopf und folge seinem Blick zu Dylan und Meredith, die an ihrer Hintertür stehen. Sie hält einen gedeckten Kuchen, und das glückliche Lächeln erstirbt auf ihrem Gesicht.

»Die Erdbeeren auf dem Markt sahen heute nicht besonders gut aus. Aber sie hatten frische Blaubeeren, und ich dachte …«

Dylans Hand bewegt sich so schnell, dass ich sie nicht einmal sehen kann, bis sie auf ihre Wange trifft. Dabei ist ein scharfes Knallen zu hören, und Merediths Augen weiten sich, bevor Tränen unter ihren Lidern hervorquellen. Stephanie schnappt erschrocken nach Luft, bevor sich wieder Stille herabsenkt.

Meredith greift sich an die Wange, den Blick auf den Kuchen gerichtet. »Es tut mir leid«, flüstert sie.

Bishops ganzer Körper ist erstarrt, und er ballt die Hand, die in meinem Rücken liegt, zur Faust.

»Blaubeeren sind in Ordnung«, erklärt Dylan, als gewährte er ihr eine offizielle Begnadigung. »Aber beim nächsten Mal tu das, was ich dir sage.«

»In Ordnung«, antwortet Meredith mit einem zitternden Lächeln. Sie stellt den Kuchen auf den Tisch, und Dylan dreht sich zu uns allen um und klatscht in die Hände. »Wer hat Lust auf Nachtisch?«, ruft er. Er scheint die schreckliche Anspannung im Garten gar nicht zu bemerken, oder vielleicht ist es ihm auch egal – die beiläufige Gewalt, die er Meredith zugefügt hat, ist für ihn lediglich ein Teil des ganz alltäglichen Lebens.

»Mir geht es nicht gut«, sage ich, und meine Stimme tönt laut in das Schweigen, das Dylans Ankündigung des Nachtischs folgt. »Ich will nach Hause.« Ich stehe auf und stelle meinen Teller auf den Gartentisch.

»Möchtest du keinen Kuchen?«, fragt Meredith mit gerunzelter Stirn.

»Nein.« Ich kann ihr kaum in die Augen sehen. Ich weiß, ich sollte bleiben, um ihretwillen, weil Dylan ihr die Schuld geben wird, dass die Party ein vorzeitiges Ende gefunden hat, aber ich kann nicht. Wenn ich bleibe, sage ich etwas, das die Situation noch tausendmal schlimmer für sie machen würde. Besser, ich gehe, bevor ich weiteren Schaden anrichten kann.

Bishop steht hinter mir, entschuldigt sich und verabschiedet sich von allen, aber ich gehe einfach durch das Tor und in unseren Garten. Sobald ich im Haus bin, lehne ich mich an die Küchentheke, und meine Hände zittern vor Wut.

»Wir müssen irgendetwas unternehmen«, sage ich, kaum dass Bishop den Raum betritt und die Hintertür hinter sich geschlossen hat.

»Ich weiß«, entgegnet er. »Aber du musst dich von ihm fernhalten.«

Ich stoße einen verärgerten Atemzug aus. »Ich werde schon mit ihm fertig.«

»Ich habe keinen Zweifel, dass du ihn so in den Hintern treten kannst, dass er von hier bis zum Mond fliegt«, bemerkt Bishop in ruhigem Ton. »In einem fairen Kampf. Aber Typen wie er kämpfen niemals fair.« Er zieht sich einen Küchenstuhl heran, setzt sich rittlings darauf und legt die Hände auf die Rückenlehne. »Er ist unberechenbar, und das macht ihn gefährlich.«

»Auf mich wirkt er ziemlich berechenbar. Er schlägt sie, wann immer er will.«

»Ich meine es ernst, Ivy. Versuch nicht, es allein mit ihm aufzunehmen.«

Ich schaue zu Boden und höre noch immer, wie Dylans Hand auf Merediths Wange knallt. Ich hasse Präsident Lattimer einmal mehr dafür, dass er Mädchen wie Meredith in eine Position bringt, der sie niemals entfliehen können, die ihnen absolut keine Macht über ihr eigenes Leben lässt.

»Was sollte das übrigens?«, fragt Bishop. Ich schaue hoch, und er starrt mich an.

»Was meinst du?«

»Dass du dich auf meinen Schoß gesetzt hast.« Er hält inne. »Mir übers Haar gestreichelt hast.«

Ich habe keine Ahnung, was ich auf seine Frage erwidern soll. Welche Antwort ist die Wahrheit und welche ist eine Lüge, welche macht die Situation vorübergehend besser und welche wird sie dauerhaft verschlimmern?

»Wenn du mich berührst, will ich, dass du es tust, weil du es willst, nicht weil jemand zuschaut«, fährt er fort. »Es ist mir gleich, was andere denken. Was zwischen uns ist oder nicht ist, geht niemanden außer uns beide etwas an.«

Ich wusste nicht, dass er mich so gut durchschaut. Ich

habe keine Ahnung, warum mich das so überrascht. Er hat mich beobachtet, seit wir uns das erste Mal begegnet sind, und er hat mich zu lesen gelernt, wie er den Fluss und den Wald zu lesen gelernt hat. Ich würde ihm gern sagen, dass ich ihn anfangs vielleicht deshalb berührt habe, weil ich mir wegen der anderen Sorgen gemacht habe, dass das am Ende aber nicht mehr der Fall war. Alle anderen in diesem Garten hatten für mich zu existieren aufgehört.

Ich will ehrlich zu ihm sein. Aber ich habe heute bereits so viele Fehler gemacht. Einen weiteren kann ich mir nicht leisten.

14

Eine Woche nach dem Grillabend kehren wir zum Zaun zurück, doch obwohl wir zusammen gehen, gehen wir diesmal nicht Hand in Hand. Seit jenem Abend in der Küche herrscht eine gewisse Distanz zwischen uns, eine Anspannung, die dicht an der Oberfläche jedes so schmerzhaft höflichen Gesprächs zu spüren ist. Ich hasse es, aber ich sage mir, dass es besser so ist, und mache mir vor, ich würde den Klang seiner Stimme und seine Hand nicht vermissen.

Der Weg scheint heute viel länger, vielleicht weil ich nicht wie eine Irre hinter ihm herrase, vielleicht liegt es aber auch an dem Schweigen zwischen uns und an der drückenden Hitze. Die Sonne steht hoch an einem gleißend blauen Himmel, keine Wolke ist zu sehen, und die Luft ist so heiß, dass sie praktisch zischt, wenn man sie einatmet.

Als wir die Stelle erreichen, wo die Bäume enden, gehe ich nur sehr vorsichtig näher an den Zaun heran, weil ich mich nicht von Mark Laird überraschen lassen will. Es wäre ziemlich dumm von ihm, wenn er hiergeblieben wäre, aber das Mädchen hat das nicht daran gehindert, deren zusammengekrümmte Gestalt noch immer hinter dem Zaun liegt. An der Stelle, an der ich Mark das letzte Mal gesehen habe, ist niemand mehr, und es ist auch sonst kein Mensch in Sicht. Das einzige Geräusch ist der leichte Wind, der durch das hohe Gras hinter dem Zaun seufzt.

Aber der Wind bringt neben dem Geräusch noch etwas anderes zu mir. Den Geruch von Tod, der mir empfindlich in der Nase brennt und in den Mund dringt, sodass ich wegen des widerlichen Gestanks kaum schlucken kann.

»Oh Gott«, gelingt es mir hervorzustoßen. Meine Augen füllen sich mit Tränen.

Bishop hockt bereits neben dem Mädchen am Zaun, hält sich mit einer Hand Nase und Mund zu. Ich trete vorsichtig einen Schritt näher und wünschte, ich hätte es nicht getan. Ihr Gesicht ist ein dunkelvioletter Albtraum. Sie wurde erwürgt, und ihr Kopf hängt an ihrem gebrochenen Genick. Ihr langer Rock wurde ihr über die Taille hochgeschoben. Ich wende den Kopf ab, drücke die Wange gegen das heiße Metall des Zauns und schließe die Augen. Ich weiß, dass ich niemals imstande sein werde, die dunkelroten Blutergüsse an den Innenseiten ihrer Schenkel und ihre milchigen, blicklosen Augen zu vergessen.

»Er hat sie getötet«, sage ich. Ich atme, als wäre ich gerade gerannt, schlucke Luft, die mit Tod besudelt ist. Ich beiße würgend die Zähne zusammen, bis ich die Kontrolle über meinen Magen zurückgewonnen habe.

Ich kann eher fühlen als sehen, dass Bishop neben mir aufsteht. Auch er atmet schwer, es klingt rau und zerrissen.

»Was hat sie getan?«, frage ich, obwohl ich es nicht wirklich wissen will.

»Spielt das eine Rolle?«, gibt er zurück. Er klingt so müde. »Macht es die Sache besser, wenn sie es verdient hat?«

Ich schüttle den Kopf, und der Zaun drückt sich fester in meine Wange. »Nein. Ich will es einfach wissen.«

»Sie wollte keiner arrangierten Ehe zustimmen, hat sich sogar geweigert, die Persönlichkeitstests zu machen«, sagt er. Ich presse die Augen noch fester zusammen. Sie ist das Mädchen, über das ich Victoria an meinem ersten Tag im Gericht mit Jack Stewart habe sprechen hören, das Mädchen, dessen Familie sich zu vehement über ihre Bestrafung beschwert hat. Zum ersten Mal begreife ich, dass die Gräuel jenseits des Zauns die gleichen sind wie die Gräuel auf unserer Seite.

Menschen. Und die Grausamkeiten, die wir einander antun.

Der Zaun bebt an meiner Wange, und ich drehe mich um, darauf bedacht, nicht nach unten zu schauen. Ich bringe es nicht über mich, sie noch einmal anzusehen. Bishop klammert sich mit beiden Händen an den Maschendrahtzaun. Seine Knöchel treten weiß hervor, seine Augen sind geschlossen. Sein ganzer Körper ist gespannt wie eine Feder, als würde er, wenn ich ihn anfasste, einfach an den Gelenken auseinanderbrechen und in hundert Stücke zersplittern. Ich versuche nicht, ihn zu berühren.

Er brüllt und dann noch einmal und noch einmal, laut, wild und unkontrolliert. Er rüttelt mit beiden Händen heftig am Zaun. Seine Wut und seine Frustration sind irgendwie noch kraftvoller, weil sie unerwartet sind. Als sein Schrei verhallt, lehnt er die Stirn gegen das Metall.

»Manchmal«, sagt er rau, »hasse ich diesen Ort.« Er sieht mich an, die Hände immer noch in den Zaun über seinem Kopf gekrallt.

»Ich weiß«, antworte ich, meine Stimme ist dabei kaum mehr als ein Flüstern. »Ich auch.«

Den Heimweg zu bewältigen, kostet mich jedes Quäntchen Energie, das ich noch in mir trage. Der Tag hat mir etwas genommen, von dem ich weiß, dass eine Dusche, Schlaf oder eine gute Mahlzeit es nie wieder ersetzen werden. Ich fühle mich seit Jahren nicht mehr wirklich unschuldig, aber vielleicht war da immer noch eine Spur Unschuld in mir, die jetzt für immer verloren ist. An ihre Stelle ist das Bild eines toten Mädchens gerückt, das ich nicht einmal gekannt habe.

Als wir uns den Weg zu unserer Haustür hinaufschleppen, erscheint Dylan an der Längsseite seines Hauses. Er trägt einen Werkzeuggürtel um die Taille, der droht, seine Hose hinunterzuziehen. Er sieht so komisch aus, dass ich am liebsten lachen würde. »Hey«, sagt er und winkt uns zu. »Ich habe gerade nach dir gesucht, Bishop.«

»Ja?«, fragt Bishop. Er fährt sich mit der Hand durchs Haar, und Erschöpfung ist ihm auf jeden Zentimeter seines Körpers geschrieben.

»Bei uns sind ein paar Dachziegel lose.« Dylan zeigt über seine Schulter zu ihrem Dachfenster im ersten Stockwerk. »Ich dachte, du könntest vielleicht mit anfassen.«

Bishop schaut mich an und dann wieder Dylan. »Klar. Gib mir eine Minute, okay?«

»Ja klar, kein Problem«, sagt Dylan mit einem Lächeln. Es ist immer beunruhigend, wenn er lächelt. Sein aufrichtiges Grinsen passt so gar nicht zu dem, was, wie ich weiß, darunter lauert.

Wir gehen hinein, und ich schleudere die Schuhe von den Füßen, heftiger als beabsichtigt, sodass einer gegen die Wand im Wohnzimmer knallt. Bishop sieht mich erstaunt an.

»Ich kann nicht glauben, dass du ihm hilfst«, murmle ich.

»Es sind nur ein paar Dachziegel.«

Ich hasse, wie lässig er ist, als hätte er bereits vergessen, was Dylan Meredith angetan hat. »Na und?«, schieße ich zurück. »Wir sollten ihm überhaupt nicht helfen.«

Bishop antwortet nicht, sondern schnappt sich nur eine Flasche Wasser aus dem Eiskasten. Ich funkle für eine Sekunde böse seinen Rücken an, dann stampfe ich ins Badezimmer und schlage die Tür hinter mir zu.

Ich nehme eine lange, kühle Dusche, und das vom Staub braune Wasser kreiselt über meine Zehen und läuft gluckernd in den Abfluss. Als ich wieder rauskomme, ist es still im Haus, und ich kann von nebenan schwaches Hämmern hören. Vielleicht lässt ja das Universum ausnahmsweise einmal Gerechtigkeit walten, und Dylan schlägt sich einen Nagel in die Hand.

Ich wickle mich in ein Handtuch und stelle mich vor den Spiegel. Mein Gesicht ist sonnenverbrannt, Sommersprossen sind über meine Nase und meine Wangenknochen verteilt. Ich sehe immer noch aus wie das Mädchen, das ich immer gewesen bin, aber ich fühle mich nicht mehr so oder zumindest nicht ganz. Ich bin die Tochter meines Vaters. Und Callies Schwester. Und das werde ich immer bleiben. Ich gehöre vor allem ihnen. Aber so sehr ich mir wünschte, es wäre anders, weiß ich, dass es etwas in mir gibt, und sei es noch so klein, das jetzt Bishop gehört. Ich bin mir nicht einmal sicher, wie das passiert ist oder was ich hätte tun können, um es zu verhindern.

Ich lasse mich an der Badezimmerwand auf den Boden gleiten und lege die Stirn auf meine angewinkelten Knie. Wenn Callie diejenige gewesen wäre, die ihn geheiratet hätte, hätte sie das niemals geschehen lassen. Ihre Loyalität der Sache gegenüber wäre nicht für eine Sekunde ins Wanken geraten. Ich weiß nicht, was an mir sich so leicht verbiegen lässt. Warum ich, wenn ich in Bishops Gesicht schaue, einen Jungen sehe, der den Sterbenden Wasser gibt und mich ermutigt, selbst zu denken, statt mir über all die Dinge den Kopf zu zerbrechen, mit denen sein Vater uns unrecht getan hat und daran, wie sein Tod dazu beitragen kann, uns zu befreien.

Ich sitze einfach so da, bis mir kalt wird und mein Rücken wehtut, weil ich ihn zu lange gegen die harte Wand gepresst habe. Mein feuchtes Haar hat einen nassen Streifen auf der Farbe hinterlassen, und ich wische ihn mit meinem Handtuch weg. Dann schlüpfe ich schnell in saubere Shorts und ein T-Shirt und binde mir mein nasses Haar hoch. Ich weiß nicht genau, was wir zu essen im Haus haben, aber ich bin wohl an der Reihe, das Abendessen zu machen. In der Küche kann ich durch die offene Hintertür immer noch Hämmern und die gedämpften Stimmen von Bishop und Dylan hören.

Gerade als ich in den Eiskasten schaue, um meine Optionen durchzugehen, ertönt von draußen ein Krachen, gefolgt von einem Schrei. Es ist ein durchdringendes Geräusch von der Art, die auf Schmerz, Blut und zerfetztes Fleisch hindeutet. Ich lasse die Tür des Eiskastens offen stehen und laufe durch die Veranda, drücke die Fliegengittertür mit beiden Händen auf und renne die Stufen hinunter.

Dylan liegt in seinem Garten auf dem Rücken, den Oberkörper auf dem Gras, während seine Beine verdreht auf der Betonterrasse ruhen. Er bewegt sich nicht. Ich schaue hoch zu Bishop, der an der Dachkante steht und auf Dylan hinunterschaut. Die Sonne steht hinter ihm, und ich kann den Ausdruck auf seinem Gesicht nicht erkennen, aber etwas an seiner Haltung bremst mich. Ich stehe am Zaun, bin mir nicht sicher, was vor sich geht, und sehe zu, wie Bishop sich auf die Leiter schwingt und binnen Sekunden nach unten klettert. Dylan hat Blut im Gesicht, und eins seiner Beine ist auf eine Weise verdreht, wie die Natur es nie beabsichtigt hat. Ein Stückchen weißer Knochen lugt durch einen Riss in seiner Hose.

»Ich muss Hilfe holen«, rufe ich Bishop zu. Meredith ist nirgends zu sehen.

»Warte«, sagt Bishop, den Blick auf Dylan gerichtet, der sich auf dem Boden zu rühren beginnt. Bishop klingt ruhiger, als ich ihn je habe sprechen hören. Zu ruhig für die Situation, und mir gefriert das Blut in den Adern.

Dylan hebt den Kopf und stützt sich auf einen blutigen Ellbogen. Er stöhnt und fasst mit der freien Hand nach seinem zerschmetterten Bein. Bishop macht einen Schritt auf ihn zu, und Dylan schaut auf, dann versucht er, auf den Ellbogen rückwärtszurutschen, wobei er hysterisch jaulende Laute von sich gibt. Bishop ignoriert ihn, hockt sich in die Nähe seines Kopfes und legt Dylan eine Hand auf die Brust, um ihn festzuhalten. Ich kann nicht hören, was Bishop sagt, nur das leise Murmeln seiner Stimme, aber Dylans Augen weiten sich. Er schüttelt den Kopf, und Bishop drückt fester auf seine Brust. Es folgt ein atemloser Augenblick, in dem niemand spricht; selbst die Vögel auf den Bäumen verstummen, dann nickt Dylan.

»Ich glaube, Dylan braucht Hilfe, Ivy«, sagt Bishop, ohne sich umzudrehen. »Sein Bein ist gebrochen.«

»Okay«, antworte ich. Ich drehe mich um und renne los, durch das Tor, raus auf den Gehweg und die Straße entlang. Meine nackten Füße klatschen auf das heiße Pflaster, aber ich spüre das Brennen gar nicht. Ich verlangsame meinen Schritt nicht, und ich bleibe nicht stehen, bis ich im Krankenhaus ankomme und dafür gesorgt habe, dass Sanitäter sich mit einer von einem Fahrrad gezogenen Pritsche auf den Weg zu Dylans Haus machen.

Als wir zurückkommen, sitzt Meredith neben Dylan im Gras, sein Kopf ist auf ihren Schoß gebettet. Sein Gesicht ist so weiß wie der Knochen, der aus seinem Bein ragt, und Meredith weint lautlos und murmelt Unverständliches vor sich hin, während sie ihm mit der Hand übers Haar streicht. Bishop sitzt auf dem Gartentisch, seine langen Beine hat er vor sich auf der Bank abgelegt, das Gesicht ist betont ausdruckslos.

Ich stehe neben ihm, während die Sanitäter Dylans Bein stabilisieren. Er schreit, als er auf die Pritsche gehoben wird, und Merediths Hände flattern nutzlos über ihm wie verletzte Vögel.

»Es wäre vielleicht leichter für ihn, wenn er ohnmächtig würde«, stellt Bishop ohne große Emotion fest.

»Vielleicht verliert er ja das Bewusstsein«, meine ich. »Es wird wahrscheinlich eine holprige Fahrt.« Ich bin selbst überrascht, wie wenig Mitleid ich habe, obwohl mir klar ist, wie stark Dylans Schmerzen sein müssen.

Die Sanitäter verlassen mit Dylan den Garten, und Meredith zockelt hinter ihnen her. Ich sage nichts, bis sie außer Sicht sind.

»Was ist passiert?«, frage ich.

Bishop springt vom Tisch und stellt sich neben mich. »Er ist gefallen.«

Ich sehe ihn an. »Hast du ihn gestoßen?«

Bishop antwortet so lange nicht, dass ich denke, er tut es vielleicht gar nicht mehr. »Wir haben darüber gesprochen, wie er Meredith behandelt. Er hat sich in Rage geredet«, sagt er schließlich. »Ein Dach ist ein gefährlicher Ort, wenn man sich nicht konzentriert.«

»Was meine Frage nicht beantwortet«, entgegne ich mit leiser Stimme.

»Nein, das tut es wohl nicht.«

»Was hast du danach zu ihm gesagt?« Ich kriege das Bild von Bishop, der mit der Hand auf Dylans Brust drückt, einfach nicht aus dem Kopf. Es war keine brutale Geste, aber es steckte eine Drohung dahinter, eine Warnung, die Dylan nur ignorieren kann, wenn er ein Idiot ist.

Bishop presst die Lippen aufeinander. »Er wird Meredith nicht mehr wehtun. Das ist alles, was zählt.«

»Aber wie …«

»Ich gehe rein und wasche mich«, unterbricht er mich. Er lässt mich stehen, und ich sehe seinem langen, schlanken Körper nach, während er sich entfernt. Er ist stark, das weiß ich. Ich habe es gespürt, als er mich am Fluss das Kliff hinaufgezogen hat, als er frustriert am Zaun gerüttelt hat. Und jetzt weiß ich, dass er auch skrupellos sein kann. Wenn er es in jener ersten Nacht gewesen wäre, hätte es mich nicht überrascht. Aber jetzt, nach all den Wochen, ist es ein Schock, eine Seite an ihm kennenzulernen, von deren Existenz ich bisher nichts wusste. Ich frage mich, ob die anderen Eigenschaften Bishops, die er mir nicht gezeigt hat, genauso dunkel und gefährlich sind wie die Strömung, die ich heute unter seiner gelassenen Haltung gespürt habe.

Obwohl es mich eigentlich nervös machen sollte, bewundere ich ihn für seine Skrupellosigkeit. Er hat keine Angst zu handeln, wenn es nötig ist. Bei unserer ersten Begegnung habe ich ihn für abgestumpft gehalten, als kümmerte es ihn nicht im Mindesten, was sich jenseits seiner kleinen, privilegierten Welt abspielt. Aber jetzt begreife ich, dass er die Dinge genauso tief empfindet wie ich; er geht nur anders damit um, handelt nicht kopflos, sondern nach reiflicher Überlegung.

Er hat mich von Anfang an auf dem falschen Fuß erwischt, hat all meine simplen, vorgefertigten Vorstellungen darüber, wer er ist, über den Haufen geworfen. Das hier ist nur ein weiteres Teilchen in dem Puzzle, das Bishop darstellt, ein Teilchen mit scharfen Rändern, das sich nicht leicht an der richtigen Stelle ins Gesamtbild einfügen lässt. Es gefällt mir, dass er vielschichtig ist, dass das Ergebnis all seiner Puzzleteilchen etwas Einzigartiges wird und schwer zusammenzusetzen ist. Ich habe kein Recht, es mir zu wünschen, und keine Hoffnung, dass der Wunsch jemals in Erfüllung geht, aber ich sehne mich trotzdem danach, diejenige zu sein, die ihn entschlüsselt.

15

Wir essen schweigend zu Abend, und ich frage Bishop nicht, wo er hingeht, als ich höre, wie sich die Haustür leise öffnet und wieder schließt, während ich den Tisch abräume. Durch das Küchenfenster sehe ich Meredith ins Haus gehen und klopfe an die Scheibe, um ihre Aufmerksamkeit zu erregen. Das Gesicht, das sie mir zuwendet, ist vom Weinen geschwollen, ihre Augen sind rot gerändert und blicken erschöpft. Ich laufe zur Hintertür hinaus, bevor sie im Haus verschwinden kann.

»Hey, Meredith«, rufe ich. »Wie geht es ihm?«

Sie umklammert das Eisengeländer an ihrer Treppe, als wäre es das Einzige, was sie noch aufrecht hält. Ihr Haar sieht schmutzig aus und liegt ihr ungekämmt um die Schultern. »Er hat die Operation hinter sich. Sie ist gut verlaufen.«

Ich stehe verlegen auf ihrer untersten Treppenstufe. »Okay, das ist schön«, sage ich. Ich bin mir nicht sicher, was das Protokoll vorschreibt, wenn es mir nicht leidtut, dass ihr Ehemann sich verletzt hat, und ich nicht verstehe, warum sie anders empfindet. »Er hat gesagt …« Eine Träne rollt ihr über die Wange, und sie wischt sie ungeduldig weg. »Er hat gesagt, sobald er dazu in der Lage ist, reicht er ein Gesuch ein, um unsere Ehe zu beenden, und dass ich es auch unterschreiben muss. Er hat gesagt, dass Präsident Lattimer zustimmen wird.« Ihre Stimme bricht. »Er hat gesagt, dass wir nicht zusammenpassen. Was ich will, hat er gar nicht gefragt.«

Das muss es also gewesen sein, was Bishop ihm gesagt hat, als er auf dem Boden lag, und er hat damit den letzten Nagel in den Sarg dieser Ehe geschlagen. »Willst du das denn nicht?«, frage ich. »Er schlägt dich, Meredith.«

Sie wirft mir einen Blick von solch vernichtender Verachtung zu, dass ich einen Schritt zurückweiche. »Denkst du, das wüsste ich nicht?«, erwidert sie. »Aber was soll an der jetzigen Situation besser sein? Unsere Ehe ist vorbei. Ich muss zurück zu meinen Eltern, und was dann? Niemand wird mich mehr haben wollen. Es heißt, ich komme wieder in den Pool für nächstes Jahr, aber du weißt, dass sie das nicht tun werden.«

»Wenn nicht, gibt es bestimmt auch einige Jungen auf unserer Seite der Stadt, die eine Ehefrau suchen.«

»Nicht nach Ehefrauen, die schon einmal weitergereicht worden sind.«

»Das weißt du doch gar nicht. Außerdem brauchst du nicht zu heiraten«, sage ich ihr. »Du kannst dir einen Job suchen und dir ein Leben aufbauen, in dem du nicht ständig geschlagen wirst.«

Sie lacht, ein harscher, bitterer Laut, der nicht zu ihrem süßen herzförmigen Gesicht passt. »Ich will eine Familie,

Ivy. Ich will Kinder. Und nicht bei meinen Eltern leben und von den Leuten bemitleidet werden, weil ich meinen Ehemann nicht halten konnte.«

»Das wird nicht passieren«, antworte ich, obwohl ich nicht wirklich davon überzeugt bin. Es gibt jede Menge Mädchen, die nicht ausgewählt werden und die allein bleiben; sie werden nicht gemieden, aber immer als etwas Minderwertiges betrachtet, als etwas, das nicht gut genug war. »Und selbst wenn es so wäre, wenn du nie Kinder haben oder wieder heiraten würdest, ist es doch wahrscheinlich trotzdem besser, als jeden Tag von ihm geschlagen zu werden.«

Meredith beißt sich auf die Unterlippe, und jetzt strömen ihr die Tränen übers Gesicht. »Vielleicht«, murmelt sie. Sie zuckt die Achseln. »Ich schätze, jetzt werde ich es niemals herausfinden.«

»Oh, Meredith«, sage ich, hin- und hergerissen zwischen Frustration und Trauer. »Das meinst du nicht ernst.«

»Sag mir nicht, was ich meine. Es hätte meine Entscheidung sein sollen.« Sie macht ihre Haustür auf. »Ich weiß, ihr meint es gut, alle beide.« Sie sieht mich nicht an, während sie spricht. »Aber es war nicht eure Entscheidung.« Das Geräusch, mit dem sie die Tür hinter sich schließt, ist sehr leise und sehr endgültig.

Ich weiß nicht, wie wir so weit kommen konnten, dass sich der Wert eines Mädchens nur daran ablesen lässt, was für eine Ehe sie führt, wie gut es ihr gelingt, einen Mann glücklich zu machen. Vielleicht hat Bishop recht, und es kommt auf das jeweilige Paar an. Stephanie und Jacob scheinen sich zu lieben. Aber es ist etwas grundsätzlich falsch an einem System, in dem ein Mädchen wie Meredith es auch nur in Erwägung zieht, bei einem Jungen wie Dylan zu bleiben, wenn sie eine Chance hat, frei von ihm zu sein. Meredith kennt ihren eigenen Wert nicht, und in der Welt, in der wir leben, wird sie ihn niemals kennenlernen. Mein Vater hat vielleicht nicht meine Hand gehalten oder offen seine Zuneigung für uns zum Ausdruck gebracht, aber er hat Callie und mich gelehrt, dass wir einen Wert für uns selbst haben, dass wir vollständige Wesen sind, auch ohne einen Jungen an unserer Seite. Dafür werde ich ihm ewig dankbar sein.

Ich gehe ins Haus zurück und versuche, auf der Veranda zu lesen, aber die drückende Hitze und meine eigene Rastlosigkeit verbünden sich gegen mich. Bishop ist immer noch nicht zu Hause, als ich kurz vor Mitternacht ins Bett falle, und ich hoffe, er gibt sich nicht selbst die Schuld für das, was heute geschehen ist. Vielleicht hat Meredith recht, und es war nicht Bishops Entscheidung, aber es tut mir nicht leid, dass er sie getroffen hat. Und ich will auch nicht, dass es ihm leidtut. Mein einziges Bedauern gilt der Tatsache, dass mir das nicht als Erster eingefallen ist.

Ich erinnere mich nicht daran, eingeschlafen zu sein, aber das Geräusch der Dusche weckt mich. Ich stütze mich auf die Ellbogen und lausche auf das Geklapper und Ausspucken, als Bishop sich die Zähne putzt. Die Badezimmertür wird geöffnet, und seine dunkle Silhouette bewegt sich im mondbeschienenen Flur.

»Bist du gerade erst nach Hause gekommen?«, rufe ich ihm zu.

Er bleibt in der Tür stehen. Das helle Handtuch um seine

Hüften leuchtet in der Dunkelheit. »Vor ein paar Minuten. Habe ich dich geweckt?«, fragt er leise.

»Ist schon gut.« Ich setze mich auf. »Wo bist du gewesen?«

Er fährt sich mit der Hand durchs Haar und seufzt. »Ich bin einfach rumgelaufen. Es tut mir leid, dass ich nicht Bescheid gesagt habe. Ich musste für ein Weilchen allein sein.«

»Ich habe mit Meredith gesprochen. Sie hat erzählt, Dylan ist operiert worden, und die Operation ist gut verlaufen.«

Darauf antwortet Bishop nicht und verlagert nur leicht sein Gewicht im Türrahmen. Ich kann den frischen Duft von Seife riechen, wenn er sich bewegt, würzig und scharf.

»Er hat ihr gesagt, dass er ein Gesuch unterschreibt, um die Ehe zu beenden.«

Bishop nickt. Ich merke, dass er mich beobachtet, obwohl ich seine Augen nicht sehen kann.

»Was du getan hast, war gut«, füge ich hinzu. Ich zögere, aber er verdient es, alles zu erfahren. »Selbst wenn Meredith es selbst noch nicht glaubt.«

»War es das wirklich?« Seine Stimme klingt uralt. »Kann es jemals gut sein, einem anderen wehzutun?« Er stößt den Atem aus. »Unterm Strich unterscheide ich mich nicht allzu sehr von Dylan, nicht wirklich.«

Ich rutsche im Bett nach vorn, bis ich auf der Kante knie. Ich wünschte, ich wäre ihm näher, damit ich ihn berühren könnte, obwohl es eine schrecklich schlechte Idee ist. »Sag das nicht. Schmerz ist manchmal die einzige Sprache, die gewisse Menschen verstehen. Und du bist durchaus anders als er.« Meine Stimme ist angespannt. »Du würdest mir niemals so wehtun, Bishop. Das weiß ich.«

Lange Zeit sind nur das Ticken der Uhr auf meinem Nachttisch und die gedämpfte Melodie des Wassers zu hören, das vom Duschkopf am anderen Ende des Flurs tropft. Bishops Blick ruht auf mir, und mein Blick ruht auf ihm. Die Spannung zwischen uns ist so stark, als wäre eine dritte Person im Zimmer, ein lebendes Wesen, das Hitze in den Raum hinein atmet.

»Du sagst sonst nie meinen Namen«, bemerkt er endlich. Seine Stimme ist leise und rau.

»Was?« Ich bin so verwirrt, dass ich für einen Sekundenbruchteil zu träumen meine. Ich weiß nicht, was ich von ihm zu hören erwartet habe, aber das war es nicht.

»Gerade eben. Du hast mich Bishop genannt. Das hast du noch nie gemacht.« Er hält inne. »Es gefällt mir, wie es klingt.«

Er hat recht, und es ist mir nicht bewusst gewesen. Ich habe ihn nicht beim Namen genannt, als könnte ich, indem ich unbewusst dieses winzige bisschen Distanz aufrechterhalte, das, was zwischen uns passiert, weniger real machen. Als wäre das vielleicht die Unterlassung, die mich rettet.

Ich bin eine Idiotin.

»Es tut mir leid«, sage ich und zwinge mich, gegen die Tränen anzukämpfen, die in meiner Kehle aufsteigen.

»Es braucht dir nicht leidzutun.« Ich sehe die Umrisse seines Lächelns im Mondlicht. »Sag ihn nur irgendwann noch einmal.«

Ich nicke. Ich werde nicht zulassen, dass ich losheule. »Gute Nacht, Bishop«, flüstere ich.

»Gute Nacht, Ivy«, flüstert er zurück.

Ich knie noch lange, nachdem er weg ist, auf dem Bett, bis meine Beine taub und meine Augen trocken sind, und bis ich überhaupt nichts mehr fühle.

16

Präsident Lattimer wirkt aufrichtig erfreut, mich zu sehen. »Ivy«, sagt er mit einem Lächeln, das die Haut um seine Augen herum in Fältchen legt. »Welchem Umstand verdanke ich das Vergnügen?« Es ist möglich, dass er sich über mich lustig macht, aber das glaube ich nicht. Er reißt die Haustür noch weiter auf. »Komm herein, komm herein.« Die Luft, die aus dem Haus weht, ist kühl und riecht wie immer nach Blumen. Zu süß für meinen Geschmack.

»Können wir uns hier draußen hinsetzen?«, frage ich und deute auf die Veranda. »Es ist so ein schöner Tag.« Es ist nicht wirklich ein schöner Tag. Es ist heiß und schwül, und ich glaube, auf dem Weg hierher habe ich ein Dutzend neue Mückenstiche bekommen, aber ich kann den Gedanken nicht ertragen, mit ihm im Haus eingesperrt zu sein. Ich muss zumindest die Illusion von Freiheit haben, wenn das in der Realität schon nicht so ist.

Präsident Lattimer schaut zur Veranda hinüber. Die schmiedeeisernen Möbel, die an ihrem Rand arrangiert sind, sehen aus, als wären sie aus Stilgründen und nicht wegen ihrer Bequemlichkeit ausgewählt worden. Aber er nickt und lässt mich vor sich hergehen, nachdem er die schwere Tür hinter uns geschlossen hat.

»Ich weiß nicht, ob ich je hier draußen gesessen habe«, bestätigt er meine frühere Vermutung. Aber er nimmt tapfer in einem der Sessel Platz, und ich setze mich neben ihn. Zwischen uns steht ein kleiner eingestaubter Tisch.

»Wie geht es dir, Ivy?«

»Gut.« Seit Bishop und ich hier zu Abend gegessen haben und seit Präsident Lattimer erwähnt hat, dass er meine Mutter kannte, wollte ich herkommen und mit ihm reden. Vor allem nachdem ich meinen Vater danach gefragt habe und klar war, dass er etwas vor mir verbirgt. Aber die Angst hat mich zurückgehalten. Angst, dass ich den Plan torpedieren würde, dass ich im Zorn etwas sagen würde, das uns verrät. Angst vor Präsident Lattimer selbst. Angst vor dem, was ich herausfinden würde. Aber der Drang, es zu erfahren, hat an mir genagt und ist nicht weggegangen, egal wie sehr ich mich bemüht habe, ihn zu ignorieren. Doch ich weiß nicht recht, wo ich anfangen soll, also platze ich einfach mit der Frage heraus. »Wie haben Sie meine Mutter kennengelernt?«

Präsident Lattimer seufzt und kneift sich in den Nasenrücken. »Ich hatte so ein Gefühl, dass du das nicht auf sich beruhen lassen würdest.« Er lässt die Hand sinken und sieht mich an. »Es wäre wahrscheinlich besser gewesen, wenn ich nichts gesagt hätte.«

»Aber Sie haben etwas gesagt«, rufe ich ihm ins Gedächtnis.

Er bedenkt mich mit einem kurzen Lächeln. »Das ist

richtig.« Er zeigt auf die andere Straßenseite, auf das große Haus schräg gegenüber. Es ist ein graues Schindelhaus und schwer zu sehen, versteckt hinter alten Eichen, von denen die eine Hälfte abgestorben ist und die andere immer noch lebt. »Ich bin in diesem Haus hier aufgewachsen, Ivy. Und deine Mutter direkt dort drüben.«

Mir stockt der Atem, wie ein Splitter, der sich in einem Tuch verfangen hat, ein scharfer, plötzlicher Stich. Natürlich habe ich gewusst, dass meine Mutter in dieser Hälfte der Stadt aufgewachsen ist, aber ich wusste nicht genau, wo. Für mich hat sie immer in einer Art Zwischenwelt existiert. Ich konnte sie mir nie so recht als lebende, atmende Person vorstellen, geschweige denn eine, die gegenüber von Bishops Vater aufgewachsen ist.

Präsident Lattimer beugt sich vor, stützt die Ellbogen auf die Knie und schaut auf seine Hände. In diesem Moment hat er große Ähnlichkeit mit seinem Sohn. »Was weißt du über deine Mutter?«, fragt er mich.

»Ich weiß, dass Sie sie getötet haben«, antworte ich tonlos. Manchmal überrascht mein Hang zur Selbstzerstörung sogar mich selbst.

Er stößt einen bebenden Atemzug aus und legt die Stirn auf seine gefalteten Hände. »Wie grausam, so etwas zu sagen.« Es vergeht ein langer Moment, dann hebt er den Kopf und schaut auf das Haus, in dem meine Mutter aufgewachsen ist. »Aber ich nehme an, in jeder Hinsicht, die zählt, ist es auch wahr.«

Ich bin froh, dass er es zugegeben hat, dass wir uns nicht zu verstellen brauchen. Es ist anstrengend, um die Wahrheit herumzutanzen. »Wollen Sie mir von ihr erzählen?«, frage ich und erwarte halb, dass er mir ins Gesicht lacht, nach dem, was ich gerade zu ihm gesagt habe. Aber er nickt nur.

»Wir haben uns geliebt«, sagt er schlicht. »Seit wir noch ganz jung waren.«

Ich wusste, was er sagen würde, habe es von dem Moment an gewusst, als ich den Ausdruck auf seinem Gesicht gesehen habe, mit dem er mir ihr Haus zeigte, aber mein Magen sackt mir trotzdem in die Kniekehlen, und etwas Massives und Schweres wie Eisen nimmt seinen Platz ein. Der Tag ist so heiß wie vorher, aber mir ist plötzlich kalt.

»Sie war ziemlich eigensinnig, deine Mutter. Sie hatte die gleichen Augen wie du, die gleichen schönen Haare.« Seine Mundwinkel zucken bei der Erinnerung in die Höhe. »Sie hat Dinge getan, ohne nachzudenken, hat sich immer erst im Nachhinein Gedanken über die Konsequenzen gemacht.« Er sieht mich mit hochgezogenen Augenbrauen an.

»Das kommt mir bekannt vor«, räume ich ein, und er lacht.

»Aber sie war voller Energie, Leben und Wärme. Ihretwegen war ich glücklich, am Leben zu sein, auch wenn die Welt dunkel und beängstigend war. Ich konnte ihr alles erzählen.«

Ob ich will oder nicht, mir gefällt das Bild, das er von meiner Mutter zeichnet, und ich hoffe, dass ich ihr so ähnlich bin, wie er glaubt.

Er sieht mich an. »Es hat nie jemand anderen gegeben, für keinen von uns.«

Ich habe immer gewusst, dass meine Eltern nicht aus Liebe geheiratet haben. Wie hätten sie das auch tun können, wenn ihre Ehe für sie arrangiert worden ist? Aber so wie mein Vater über meine Mutter spricht, weiß ich, dass er sie am Ende doch geliebt hat. Mir zerreißt es das Herz bei dem Gedanken, dass die Zuneigung vielleicht nur einseitig war.

»Was ist passiert?«, frage ich. »Zwischen meiner Mutter und Ihnen.«

»Sie glaubte, wir würden heiraten. Kinder bekommen. Sie dachte, weil ich der Sohn des Präsidenten war, könnte ich das ermöglichen.« Er schaut mich an, seine blauen Augen voller Trauer. »Und ich nehme an, das hätte ich auch tatsächlich. Ich wollte es so sehr. Aber das wäre nicht fair gewesen. Ich kann nicht erwarten, dass alle anderen eine arrangierte Ehe eingehen und das Gleiche nicht selbst tun. Westfall ist aufgeblüht, weil wir die Bedürfnisse der Gemeinschaft über die Wünsche des Individuums stellen. Wenn wir anfangen, Ausnahmen zu machen, stürzt das ganze Gebäude in sich zusammen.« Er klingt, als versuchte er immer noch, sich selbst davon zu überzeugen, sogar nach all dieser Zeit.

»Also haben Sie stattdessen Mrs Lattimer geheiratet?«, frage ich.

»Ja. Ich habe alle Persönlichkeitstests absolviert und die Interviews über mich ergehen lassen. Erin war diejenige, die am besten zu mir gepasst hat. Also habe ich sie geheiratet. Und trotzdem war es keine schlechte Verbindung, wie du denken könntest. Wir haben einen wunderbaren Sohn. Wir ergänzen uns. In gewisser Weise war es eine viel einfachere Ehe, als die mit deiner Mutter es je gewesen wäre.«

Was sich so anhört, als wäre diese Ehe weit entfernt von

Liebe, aber was weiß ich schon von der Liebe? Ich bin da kaum eine Expertin.

»Aber an dem Tag, an dem ich Erin geheiratet habe, brach ich deiner Mutter das Herz«, fährt Präsident Lattimer fort. Er lehnt sich in seinem Stuhl zurück. »Und im Gegenzug hat sie meins gebrochen.«

»Als sie meinen Vater heiratete?«

»Nein.« Er schüttelt den Kopf. »Das habe ich ihr nie zum Vorwurf gemacht. Damit hat sie nur getan, was richtig war. Was von ihr erwartet wurde. Ich war froh, dass sie sich ein eigenes Leben aufgebaut hat. Dann kam Callie zur Welt ... und dann du. Ich dachte, sie wäre endlich glücklich. Oder sie hätte zumindest einen Weg gefunden, uns hinter sich zu lassen.«

»Wie hat sie dann ... Wie hat sie Ihnen das Herz gebrochen?« Ich will es nicht wissen. Ich will es nicht wissen.

Er streckt erneut die Hand aus, und diesmal zeigt er mit einem zitternden Finger auf die einzelne Eiche, die in seinem Vorgarten steht. An ihrem Fuß blühen gelbe Rosen. »Sie hat sich genau dort erhängt.«

Ich sehe, wie er die Lippen zusammenpresst, um ein Schluchzen zurückzudrängen. »Es ist mehr als fünfzehn Jahre her, und ich sehe sie immer noch jedes verdammte Mal dort, wenn ich zur Haustür hinausgehe.«

Ich schaue zu dem Baum hinüber, aber ich kann ihn nicht scharf sehen. Die ganze Welt um mich herum ist ein einziger tosender Wirbel. Was er gesagt hat, kann nicht wahr sein. Es kann nicht.

»Sie lügen«, flüstere ich.

»Nein, das tue ich nicht«, sagt er, und ich höre die Wahrheit in seiner Stimme. »Ich wünschte, es wäre gelogen.« Er starrt zum Baum. Seine Stimme klingt wie aus weiter Ferne, als wäre sie zurückgekehrt in eine Zeit, als meine Mutter noch lebte. »Gelb war ihre Lieblingsfarbe.«

Ich lege den Kopf zwischen die Knie und halte mir die Ohren zu. Ich kämpfe mit schierer Willenskraft gegen die schwarzen Punkte an, die vor meinen Augen erscheinen. Mein Vater hat fast nie über unsere Mutter gesprochen. Wenn er es doch tat, dann war es die Peitsche, mit der er mich auf dem Weg zu halten suchte, auf dem er mich haben wollte. Und dieser Mann neben mir hat ihr zu Ehren Blumen gepflanzt, obwohl ihr Anblick ihn jeden Tag ein wenig martern muss. Am liebsten würde ich mir die Haut herunterreißen, um seinen Worten zu entkommen, mich zu einer Kugel zusammenrollen und sterben. Ich will etwas töten und es schreien hören.

Präsident Lattimer legt mir eine Hand auf den Rücken, und ich schlage sie weg. Ein hoher Klagelaut dringt aus meinem Mund. »Nicht«, keuche ich. »Fassen Sie mich nicht an.«

»Es tut mir leid, Ivy«, murmelt er. Er klingt verwirrt. »Ich dachte, du wüsstest, wie sie gestorben ist.« Ich bin auf den Beinen und renne los, bevor er auch nur noch ein Wort sagen kann. Ich stolpere die Stufen der Veranda hinunter und beachte ihn nicht mehr, als er mir etwas hinterherruft. Mein Atem geht in kurzen, scharfen Stößen, während ich vor der Wahrheit über den Tod meiner Mutter flüchte. Ich laufe durch die Stadt, als hieße stehen bleiben sterben. Menschen starren mich an, als ich vorbeijage, manche rufen meinen Namen, aber ich werde nicht langsamer, bahne mir einen Weg um Hindernisse herum. Donner kracht über meinem Kopf, und Blitze reißen gezackte Linien in den Himmel. Meine Beine schmerzen, und meine Lungen schreien, doch ich heiße jeden Schmerzensstich willkommen wie einen lange verschollenen Freund.

Mein Vater und Callie sitzen beide am Küchentisch, als ich hereingestürmt komme, die Reste des Abendessens stehen noch zwischen ihnen. Sie starren mich an, und mein Vater macht Anstalten, von seinem Stuhl aufzustehen.

»Ivy?«, sagt er. »Alles in Ordnung? Was ist passiert?«

»Ich weiß jetzt ...« Meine Stimme ist rau, als hätte ich Glas geschluckt und würde an den Scherben ersticken. »Ich weiß, was mit Mom passiert ist. Du hast mich belogen.« Ich gehe zu meinem Vater und versetze ihm einen harten Stoß gegen die Brust. Er packt meine Handgelenke, bevor ich ihn noch einmal anfassen kann. »Du hast mich *belogen!*«, schreie ich.

»Callie.« Er sieht über meine Schulter hinweg zu meiner Schwester. Seine Stimme ist fest.

Hinter mir höre ich Callie aufstehen, die Hintertür zumachen und abschließen. Sie zieht die Vorhänge über der Spüle mit einem Ruck zu. Ich reiße den Kopf herum und fange Callies Blick auf. Eine Sekunde genügt, und ich will nicht länger kämpfen. Ich sacke in den Armen meines Vaters zusammen. »Du hast Bescheid gewusst?«, frage ich. »Du hast es gewusst, und du hast es mir nie erzählt?«

»Es war besser so«, antwortet Callie. »Du wärst nicht damit fertiggeworden. Sieh dich doch jetzt mal an.«

»Callie, hör auf damit«, weist sie mein Vater scharf zurecht. So spricht er selten mit Callie. Er lässt meine Handgelenke los und legt mir einen Arm um die Schultern. »Komm und setz dich. Wir müssen reden.«

Ich folge ihm auf gefühllosen Beinen ins Wohnzimmer. Callie kommt langsam hinter uns her, aber an der Tür sieht mein Vater sie über meinen Kopf hinweg an, und sie geht in die Küche zurück.

»Komm«, sagt mein Vater und führt mich zur Couch. Ich lasse mich in das vertraute weiche Polster sinken, und er setzt sich neben mich. Unsere Knie berühren sich. Ich habe tausend Stunden in diesem Zimmer verbracht, kenne seine braunen Wände und den Holzboden in- und auswendig, aber jetzt kommt es mir hier vor wie im Haus eines Fremden.

»Ich weiß nicht genau, was er dir erzählt hat«, sagt mein Vater. »Es war doch Präsident Lattimer, der dir davon erzählt hat, oder nicht?«

Ich nicke.

»Dieser Dreckskerl«, murmelt mein Vater.

»Hier geht es nicht um ihn!« Ich schreie praktisch. »Du hättest schon vor langer Zeit ehrlich zu mir sein sollen.«

»Das stimmt«, entgegnet mein Vater. »Aber du hast das Recht, auch meine Version zu hören.« Er macht einen tiefen, bebenden Atemzug. »Ich war nicht glücklich über die arrangierte Heirat. Ich wollte kein Mädchen heiraten, das ich noch nie gesehen hatte, und habe sogar daran gedacht, mich zu weigern. Aber ich sah nicht, wie mich das weiterbringen würde – man hätte mich nur aus der Stadt verstoßen. Also habe ich mitgemacht. Und als deine Mutter bei der Zeremonie auf mich zukam …« Er schüttelt den Kopf. »Es ist ein solches Klischee, Ivy, dass ich es beinahe nicht glauben konnte. Aber bei mir war es Liebe auf den ersten Blick.« Er lacht, doch es ist ein freudloses Lachen.

»Aber nicht für sie«, sage ich, um es ihm zu ersparen, es selbst zu sagen.

»Nein. Denn ihr Herz gehörte bereits ihm.« Mein Vater wendet den Blick ab, und seine Halsmuskeln zucken. »Doch wir haben uns gut verstanden. Sie *mochte* mich.« Er spricht die Worte mit einer Bitterkeit aus, die offenbart, wie weh es tut, von der Person, die man liebt, nur gemocht zu werden. »Und ich dachte, als ihr beiden Mädchen geboren wurdet, die Dinge würden sich ändern. Denn was immer zwischen ihr und mir fehlte, euch beide hat sie geliebt. Sehr geliebt.«

»Aber nicht genug, um bei uns zu bleiben«, erwidere ich, jetzt selbst bitter.

»Oh, Ivy.« Mein Vater seufzt. »Ihr Herz war gebrochen, und wie sehr ich mich auch bemüht habe, wie sehr sie sich auch bemüht hat, das konnten wir nicht in Ordnung bringen.«

Mein eigenes Herz tut mir weh, als ich ihn ansehe. Wie sehr es ihn geschmerzt haben muss, eine Frau zu lieben, die seine Liebe nie erwidern konnte. Und ich denke an Erin Lattimer, die in der gleichen Lage ist. Ich weiß, warum Präsident Lattimer glaubte, das Richtige zu tun, indem er meine Mutter nicht heiratete, aber er war im Unrecht. Liebe kann man nicht mit Gesetzen regeln. Liebe besteht aus mehr als aus Tabellen und Grafiken und übereinstimmenden Interessen. Liebe ist unordentlich und kompliziert, und es ist ein Fehler, ihre willkürliche Magie zu leugnen.

»Aber warum hast du mich belogen?«, frage ich ihn. »Warum hast du mir erzählt, er habe sie getötet?«

Mein Vater nimmt meine verkrampften Hände in seine. Seine Knöchel sind groß und voller Narben, und ich kann gar nicht zählen, wie oft ich mir als Kind gewünscht habe, er würde meine Hand halten. »Wir hätten dir die Wahrheit sagen sollen, du hast recht. Aber das Wesentliche bleibt. Er hat sie getötet.« Er muss den ungläubigen Ausdruck in meinen Augen bemerken, denn er drückt meine Hände noch fester. »Er *hat* es getan.«

»Sie hat sich umgebracht«, widerspreche ich tonlos. »Sie hat sich an diesem Baum erhängt, weil sie mit ihm verheiratet sein wollte, nicht mit dir.« Ein rachsüchtiger Teil von mir genießt den Schmerz, der über sein Gesicht läuft.

»Sie hat sich umgebracht, weil er sie hat glauben lassen, sie würden am Ende zusammenkommen. Aber dann hat er sie gezwungen, jemanden zu heiraten, den sie sich nicht selbst aussuchen konnte. Genau wie er dich gezwungen hat, Bishop zu heiraten. Genau wie er Hunderte andere Mädchen gezwungen hat.« Er neigt den Kopf zur Seite, um mich anzusehen. »Und er wird es weiter tun, bis wir ihn aufhalten.«

»Interessierst du dich überhaupt wirklich für die arrangierten Ehen? Oder für den Zaun? Oder für sonst irgendetwas«, frage ich ihn. »Oder sind das nur bequeme Worte, damit du von mir bekommst, was du willst?«

»Natürlich nicht«, erwidert er und drückt meine Hände.

»Warum dann?« Ich hasse es, dass meine Stimme bricht. »Du hast mir immer noch nicht gesagt, warum du mich belogen hast.«

»Für mich war es keine Lüge«, antwortet mein Vater. »Ich glaube immer noch, dass er sie getötet hat. Vielleicht nicht mit seinen eigenen Händen, aber er hat ihr das Seil gereicht.«

»Das ist nicht …«

»Und ich habe gelogen, weil ich Angst davor hatte, dir die Wahrheit zu sagen«, fährt mein Vater fort. »Du siehst deiner Mutter so ähnlich. Die halbe Zeit verhältst du dich genau wie sie. Stürzt dich kopfüber in Dinge hinein.« Er klopft mit einem Finger auf die Narben an meinem Arm, und ich würde am liebsten schreien. Solange ich lebe, werde ich diesen Hundebiss nicht hinter mir lassen können. »Ich wollte nicht, dass du denkst … ich wollte nicht, dass du denkst, es wäre dir bestimmt, genauso zu enden wie sie.«

Bei seinen Worten öffnet sich eine kleine kalte Stelle in meiner Brust, und ich kann nicht mehr sprechen, alles in mir ist plötzlich erstarrt. Mein Leben lang habe ich ein Vakuum in mir gespürt, eine Leere, die niemals gefüllt werden kann, wie sehr ich mich auch darum bemühe. Ist es das, was auch meine Mutter in sich trug? Ist es das, wovor mein Vater sich fürchtet, dass mir die Welt eines Tages zu viel wird und ich aufgebe? Hat er so wenig Vertrauen in meine Kraft?

»Du hältst mich für schwach«, murmle ich mit dumpfer Stimme.

»Nein!«, protestiert mein Vater. »Ich habe dich nie für schwach gehalten. Du wärst mit der Wahrheit fertiggeworden, und wir hätten sie dir zumuten sollen. Wir wissen, dass du stark bist. Wenn wir es nicht wüssten, hätten wir dich nie gebeten zu tun, was du nun tust.«

Aber vielleicht bin ich doch schwach, denn der Gedanke

daran, Bishops Leben zu beenden, wird langsam zu mehr, als ich ertragen kann. »Daddy«, flüstere ich mit brechender Stimme. »Ich will ihn nicht töten.«

»Natürlich willst du das nicht«, sagt er sanft. »Wenn du es wolltest, würde ich mir Sorgen um dich machen.«

»Er glaubt nicht an die arrangierten Ehen, Dad. Er will Menschen helfen, will es besser machen. Auch er will, dass Menschen sich entscheiden können.«

Mein Vater nickt. »Ist das wirklich das, was er will, Ivy, woran er glaubt? Oder ist das nur das, was er dir erzählt? Denk daran, sein Vater spielt auch dieses Spiel.« Er hält inne. »Aber wenn du es nicht tun kannst, kannst du es nicht.«

Ich schaue zu ihm hoch, und Hoffnung durchflutet mich.

»Aber wie viele Frauen müssen dann noch so enden wie deine Mutter, bevor sich etwas ändert? Ist Freiheit das alles nicht wert? Die Chance, unsere eigenen Entscheidungen zu treffen?« Er berührt meine Wange, streicht mir das Haar hinters Ohr. Mein Herz bricht ein kleines bisschen angesichts seiner Zärtlichkeit. So liebevoll war er noch nie zu mir, und es ist immer noch unerträglich für mich, denn ich kann nicht länger erkennen, was Wahrheit ist und was nur eine weitere Lüge.

»Triff noch keine Entscheidung. Die Uhr ist noch nicht abgelaufen«, fährt er fort. »Nimm dir etwas Zeit und denk wirklich darüber nach. Darüber, wem dein Wohl am Herzen liegt. Wir sind deine Familie. Und das Ganze funktioniert nicht ohne dich. *Wir* funktionieren nicht ohne dich.«

Ich begreife langsam, dass das, worum er mich bittet, falsch und krank und hässlich ist, doch die Wärme seiner

Worte breitet sich in mir aus. Sie brauchen mich. Sie können ohne mich nicht erfolgreich sein. Ich habe einen Platz in dieser Familie, den kein anderer einnehmen kann.

»Callie«, ruft mein Vater, und sie betritt den Raum so schnell, dass sie die ganze Zeit über draußen vor der Tür herumgelungert haben muss. Sie setzt sich auf meine andere Seite und küsst mich aufs Haar, wie sie es früher getan hat, als ich noch klein war und sie mich abends ins Bett brachte. Ich schließe die Augen und versuche, gegen den plötzlichen Stich in meinen Rippen anzuatmen. »Es tut mir leid, was ich vorhin gesagt habe«, murmelt sie dicht an meinem Haar. »Und auch das mit Mom tut mir leid. Ich wollte es dir schon hundertmal erzählen. Aber ich wollte dir auch nicht wehtun.« Sie hält inne. »Ich wollte nicht, dass du an dir selbst zweifelst.«

»Du hast mir mehr wehgetan, indem du mich belogen hast.« Ich befreie mich aus ihrer Umarmung.

»Das weiß ich jetzt«, antwortet sie. »Ich war im Unrecht.« Ihre Worte sind sanft, aber ihr Blick ist hart. Ich habe sie enttäuscht. Es ist mir egal. Sie hat mich auch enttäuscht.

»Wir waren beide im Unrecht«, sagt mein Vater. »Aber wir werden nichts mehr vor dir geheim halten.« Er schaut von Callie zu mir, und seine Augen blitzen. »Stell dir nur all die Veränderungen vor, die wir erreichen können. Die Möglichkeiten, die ihr Mädchen haben werdet. Wir können das Leben der Menschen so sehr verbessern. Denk darüber nach, Ivy. Versprichst du mir das?«

»Ich verspreche es.« Ich brauche nicht darüber nachzudenken, um zu wissen, dass mein Vater, ganz gleich welche Gründe er haben mag, Präsident Lattimer zu stürzen, der bessere Anführer wäre. Er würde nie jemanden wegen eines geringfügigen Verbrechens verstoßen. Er würde uns wieder unsere freien Entscheidungen ermöglichen. Die Menschen hätten ein Mitspracherecht in der Regierung. Nach allem, was geschehen ist, glaube ich immer noch fest an das Ziel meines Vaters. Ich stolpere nur über seine Methoden. Wenn ich Bishop töte, kommt meine Familie an die Macht, aber Bishop ist tot, und was bin dann ich? Eine Mörderin. Ein Mädchen, das einen Jungen getötet hat, der nichts getan hat, wofür er den Tod verdient hätte. Einen Jungen, der meine Hand gehalten hat, der mich hat reden lassen und nicht ein einziges Mal versucht hat, mich zum Schweigen zu bringen. Ich werde diejenige sein, an deren Händen Blut klebt, und ich weiß nicht, ob ich es jemals wieder wegwaschen könnte.

Als ich das Haus meines Vaters verlasse, regnet es richtig, aber ich lehne sowohl den Schirm ab, den Callie mir hinhält, als auch ihr Angebot, mich nach Hause zu bringen. Ich will allein sein, und der Regen ist eine Wohltat auf meiner überhitzten Haut. Ich habe keine Ahnung, wie spät es ist, aber die Sonne ist bereits untergegangen, und auf den regennassen Straßen ist niemand mehr unterwegs. Meine Turnschuhe sind durchgeweicht, als ich in den Weg zu unserem Haus einbiege, und Wasser fließt in kleinen Bächen von meinem Haar und meinen Rücken hinunter.

Ich sehe Bishop erst, als ich die Veranda fast erreicht habe. Er sitzt in der Dunkelheit auf den Stufen, und der

Überhang des Daches schützt ihn vor dem Regen. Sein Gesichtsausdruck ist ernst. Ich halte mitten im Gehen inne und sehe, wie er aufsteht, ein Handtuch in den Händen. In der einen Sekunde stehe ich still da und in der nächsten laufe ich auf ihn zu. Ich weiß selbst nicht, wann meine Beine beschlossen haben, sich zu bewegen. Ich fliege die drei flachen Stufen hinauf und schlinge die Arme um seinen Hals. Er ist stark und warm und nach einem Zögern von nur einer Sekunde drückt er mich an sich. Ich schluchze; all die Tränen, die ich schon seit einer Ewigkeit weinen will, überfluten mich und vermischen sich auf seinem Hals mit Regenwasser.

Er hält mich im Arm und lässt mich weinen. Er versucht nicht, mir meinen Kummer auszureden wie mein Vater oder mir zu sagen, ich soll mich zusammenreißen, wie Callie, die bei Gefühlen immer ungeduldig wird. Bishop steht einfach nur da und hält mich in den Armen, und ich fühle seinen Atem an der Schläfe. Mir war bis zu diesem Moment nicht klar, wie sehr ich mir gewünscht habe, dass er derjenige ist, der meine Tränen sieht. Er legt mir die linke Hand in den Nacken, streicht mir mit dem Daumen über die Haut.

Ich brauche länger, als ich gedacht hätte, bis ich mich wieder etwas beruhige, und ich bin danach ganz atemlos und erschöpft. Ich trete einen halben Schritt zurück und nehme die Arme von seinem Hals. »Ich wollte nicht … ich sollte nicht …« Es kommt als Schluckauf heraus.

»Psst«, murmelt er. »Alles ist gut, Ivy. Alles ist gut.« Er nimmt die Hände von meinem Rücken und drückt mir das Handtuch auf den Kopf, wischt mir mit dem trockenen Tuch über die Stirn und über die Haut unter meinen immer noch überquellenden Augen. »Mein Vater hat mir erzählt, was passiert ist«, sagt er. »Ich habe mir Sorgen um dich gemacht.« Er lächelt kläglich. »Ich habe schon befürchtet, ich muss die ganze Nacht hier draußen sitzen.«

»Hast du …« Ich hole tief Luft. »Hast du es gewusst?«

»Nein. Oder zumindest nicht alles. Ich habe im Laufe der Jahre immer mal hier und da etwas gehört, aber ich wusste nie, dass sie dabei von deiner Mutter sprechen.« Er streicht mir das Haar zur Seite und trocknet die tropfenden Spitzen mit dem Handtuch. »Dein Vater hat dir nie etwas über sie erzählt?«

»Nicht wirklich«, antworte ich. »Er hat so getan, als wäre es für ihn zu schmerzhaft, darüber zu sprechen.«

»Vielleicht war es das ja auch«, meint Bishop.

Aber ich bin noch nicht bereit, etwas zur Verteidigung meines Vaters zu hören. »Er hat mir lauter Lügen aufgetischt.« Es ist ein Verrat an meinem Vater, Bishop das zu sagen, aber in diesem Moment ist es mir gleich. »Er hat mir erzählt, dein Vater habe meine Mutter getötet.«

Bishop hört nicht auf, mein Haar zu trocknen, zieht sich auch nicht im Zorn zurück, so wie ich es vielleicht erwartet hätte. »Und du hast ihm geglaubt?«, fragt er sanft.

»Er ist mein Vater!«, rufe ich und ersticke beinahe an einem erneuten Schluchzen. »Vertraust du deinem Vater denn nicht?«

»Ganz ehrlich?« Bishop schüttelt den Kopf. »Nicht vollkommen. Ich vertraue den meisten Menschen nicht.« Er lässt das Handtuch fallen. »Mit Ausnahme von dir.«

Plötzlich droht hysterisches Gelächter mich zu überwältigen. Callie würde einen Siegestanz aufführen, wenn sie ihn hören könnte, aber ich empfinde bloß Entsetzen. »Warum ich?«, frage ich.

»Weil jeder jemanden braucht, an den er glauben kann«, antwortet Bishop. »Sonst ist das Leben zu einsam. Und ich glaube an dich.« Er hebt mein nasses Haar von meinem Hals, umfasst es mit den Händen und lässt es mir wieder über den Rücken fallen. Der Regen prasselt auf das Pflaster hinter mir und rauscht wie ein Miniaturwasserfall aus den Regenrinnen der Veranda. Bishop streichelt mir mit dem Daumen über den Wangenknochen. »Wenn ich das mit deiner Mutter gewusst hätte«, sagt er leise, »hätte ich es dir erzählt.«

Ich glaube ihm. Er hätte es mir erzählt. Er hätte mir die Wahrheit gesagt. Gerade er hätte darauf vertraut, dass ich sie auch verkrafte. »Bishop«, murmle ich. Wir stehen so dicht voreinander, dass unsere Oberkörper sich berühren. Sein Shirt ist durchnässt von meinem. Ich streichle mit einer Hand über seine Brust, drücke den feuchten Stoff an seine Haut. Er schnappt nach Luft, und sein Herzschlag stottert trunken unter meinen Fingern. Seine Haut ist warm, selbst durch das kühle Gewebe hindurch.

Ich bin von Natur aus niemand, der andere ständig anfasst, deshalb sind mir die Konturen seines Körpers unter meiner Hand fremd. Ich hätte mit Berührungen vielleicht weniger Schwierigkeiten, wenn meine Mutter nicht gestorben oder mein Vater ein anderer Typ Mann gewesen wäre. Wie die Dinge lagen, war Callie die Einzige, die mich je gestreichelt hat, und das normalerweise auch nur dann, wenn sie etwas von mir wollte. Ich schätze, Bishop ist ebenfalls kein geborener Anfasser, wenn man bedenkt, welche Frau ihn aufgezogen hat. Aber ich glaube, dass wir, bekämen wir die Chance, es vielleicht zusammen lernen, dass wir einander über unvertrautes Gelände führen könnten. Doch diese Chance bekommen wir nicht, keine Chance, die auf Ehrlichkeit und Vertrauen fußt. Unsere Geschichte wurde bereits vor langer Zeit geschrieben und sie hat kein Happy End. Bishop hat seinen Glauben in die falsche Person gesetzt.

Ich lasse die Hand sinken.

Vielleicht hatte mein Vater recht damit zu argwöhnen, dass ich zu zart für diese Welt bin. Ich habe mich jedenfalls noch nie zerbrechlicher gefühlt als in diesem Augenblick. Ich fühle mich wie eine Maus, mit der eine Katze spielt, eine Maus, die herumgewirbelt wird, bis sie jeden Orientierungssinn verloren hat. Ich glaube immer noch an die Sache meines Vaters, aber als ich jetzt neben Bishop stehe, bin ich mir in nichts mehr sicher, außer darin, wie sehr ich will, dass er weiterlebt. Ich erkenne, dass ich direkt am Abgrund einer Katastrophe stehe, obwohl ich mir nicht vorstellen kann, dass noch irgendetwas in mir ist, das brechen könnte. Und auf irgendeine losgelöste, kalte, neugierige Weise würde ich gerne über die Kante treten, nur um zu sehen, wie tief ich falle.

Bishop beugt sich vor, und sein Atem bewegt die winzigen Härchen auf meinem Hals. Er riecht nach Regenwasser und Seife und lang zurückliegendem Sonnenschein. »Ivy«, flüstert er. Sein Mund ist unter meinem Ohr, als er meinen Namen haucht, und seine Lippen streifen federzart die empfindliche Haut dort. Die wunde, hohle Stelle in mir reißt kurz auf und singt jetzt vor Verlangen. Ich habe noch nie im Leben etwas so sehr gewollt, wie ich ihn in diesem Moment will – die Anerkennung meines Vaters, die Bewunderung meiner Schwester sind im Vergleich dazu blasse Schatten.

Bevor er mich noch einmal berühren kann, reiße ich mich los. »Es tut mir leid«, stoße ich mit erstickter Stimme hervor. »Ich kann nicht …«

Als er die Hand nach meinem Arm ausstreckt, stürme ich an ihm vorbei. Ich stolpere ins Haus und den Flur entlang, bis ich sicher im kühlen weißen Badezimmer bin und den Rücken gegen die verschlossene Tür presse. Er klopft an, und ich zähle meine Atemzüge – ein, aus, ein, aus –, bis ich höre, dass seine Schritte sich entfernen. Bis das einzige verbliebene Geräusch ein dröhnendes Schweigen in meinem Kopf ist.

17

»Wie kommt es, dass mein Mittagessen nie so gut aussieht wie das, was Sie bestellen?«, frage ich Victoria. Ich stochere an einem Stückchen Huhn herum, das mehr Ähnlichkeit mit einem verschrumpelten Wurm hat. »Ich bin mir nicht einmal sicher, ob das hier essbar ist.«

Victoria lacht, aber ihr Blick wandert mit etwas zu großem Interesse über mein Gesicht. »Harte Nacht gehabt?«, fragt sie.

Ich greife mir verlegen an die Augen, die immer noch verquollen vom Weinen und zu wenig Schlaf sind. »Allergie«, murmle ich.

»Ach.« Ihr Ton macht mir deutlich, dass sie mir kein Wort glaubt, aber sie bedrängt mich nicht, wofür ich ihr dankbar bin. Es war schwer genug, heute Morgen Bishop am Frühstückstisch gegenüberzusitzen, während seine Augen besorgt blickten und sein Kiefer angespannt war. Am liebsten hätte ich den Abstand zwischen uns überwunden, die Arme um ihn gelegt und seine um mich herum gespürt, aber stattdessen habe ich fast schweigend in meiner Hafergrütze gerührt und bin, sobald ich konnte, zur Arbeit geflohen.

»Nun, heute ist Ihr Glückstag, denn wir haben einen relativ lockeren Nachmittag vor uns«, sagt Victoria. »Sie können früher nach Hause gehen, wenn Sie sich nicht wohlfühlen.«

»Nein«, antworte ich etwas zu schnell. »Es geht mir gut.«

Victoria bedenkt mich mit einem traurigen Lächeln. »Eine Ehe kann harte Arbeit sein.«

Ich öffne den Mund, um zu protestieren, aber Täuschungsmanöver kosten mehr Energie, als ich heute zur Verfügung habe. »Ja«, sage ich. »Ich glaube, Bishop wäre mit einem anderen Mädchen besser dran.« Ich wusste nicht, dass ich das sagen würde, bis es mir über die Lippen kommt.

»Ach, ich weiß nicht.« Victoria grinst mich an. »Ich glaube, er ist ziemlich glücklich mit der, die er bekommen hat.«

»Warum sagen Sie das?«, frage ich, noch während mein verrücktes, selbstzerstörerisches Herz in meiner Brust einen Stepptanz vollführt.

»Ich bin ihm ein paarmal über den Weg gelaufen, seit Sie geheiratet haben. Bishop ist kein leicht zu durchschauender Junge, aber er hat so einen speziellen Gesichtsausdruck, wenn er von Ihnen spricht.« Victoria zuckt die Achseln. »Ich weiß nicht, ist nur so ein Eindruck.«

Meine Wangen brennen, und ich senke den Kopf, um meinen Salat genau zu studieren. Ich will, dass Victoria recht hat, und zur gleichen Zeit weiß ich, dass ich hoffen sollte, dass sie sich irrt. Ich will nicht mehr über Bishop und mich sprechen. Es ist ein Minenfeld mit einer Million Möglichkeiten, mich zu ruinieren.

»Sind Sie verheiratet?«, frage ich Victoria. Sie trägt keinen Ring und spricht nie von einem Ehemann, aber das muss nichts bedeuten. Ringe sind schwer zu kriegen; viele Menschen haben keine. Wir haben nicht die Ressourcen, um Schmuck anzufertigen, deshalb sind die einzigen verfügbaren Ringe diejenigen, die man irgendwo gefunden hat oder die einem aus der Zeit vor dem Krieg weitergegeben worden sind. Und vielleicht ist ihr Mann gestorben oder sie mag ihn nicht oder sie will ihr Privatleben nicht mit der Arbeit vermischen. Es gibt eine Vielzahl triftiger Gründe, warum sie möglicherweise nicht über ihn sprechen will.

»Ich war mal verheiratet«, sagt sie. »Es hat nicht geklappt.«

»Was ist passiert?« Es ist wahrscheinlich unhöflich zu fragen, aber Victoria wird mir nicht antworten, wenn sie nicht möchte. Ich male mir eine Ehe wie die Merediths aus, obwohl ich mir nicht vorstellen kann, dass Victoria sich mit der Faust ins Gesicht schlagen lässt, ohne sofort zurückzuschlagen.

Victoria nimmt einen großen Schluck Wasser und zerkaut einen Eiswürfel, bevor sie antwortet. »Er kam aus Ihrer Hälfte der Stadt. Kevin.« Sie sagt seinen Namen, als schmerzte es sie, ihn auszusprechen. »Wir waren zehn Jahre lang verheiratet. Aber ich konnte nicht schwanger werden.« Sie dreht den Kopf weg, um aus dem schmierigen Cafeteriafenster zu schauen. »Am Ende habe ich ihn gehen lassen.«

Ich lege die Stirn in Falten. »Wie meinen Sie das?«

»Er wollte Kinder. Und ich konnte ihm keine geben. Ich habe ihm hundertmal erklärt, dass ich das Gesuch zur Beendigung der Ehe unterzeichnen würde. Ich wusste, dass Präsident Lattimer zustimmen würde, wenn mein Vater ihn darum bittet. Aber Kevin wollte nicht. Doch beim hundertundersten Mal hat er schließlich eingewilligt.« In ihren Augen glänzen ungeweinte Tränen.

»Haben Sie ihn geliebt?«, frage ich, obwohl ihr die Antwort bereits ins Gesicht geschrieben steht.

»Nicht gleich von Anfang an. Aber sie haben ihre Sache gut gemacht, als sie die Partner zusammengestellt haben. Wir waren sehr gute Freunde, fast sofort. Und von da an ist die Liebe gewachsen.«

Das ist die Seite der arrangierten Ehen, von der Bishop gesprochen hat, als er meinte, dass sie manchmal funktionieren würden. Victoria und Kevin. Stephanie und Jacob. Das sind die Ehen, die in Liebe münden und das Potenzial haben, auf lange Sicht gut zu gehen. Es ist wahrscheinlich ungefähr der gleiche Prozentsatz wie die Ehen, die halten, wenn die Menschen selbst wählen dürften. Nicht besser, nicht schlechter. Aber zumindest lag bei dem altmodischen System die Entscheidung in den Händen derer, die heirateten. Und sie waren, wenn sie den Bund fürs Leben schlossen, nicht noch halbe Kinder.

»Hat er wieder geheiratet?«, frage ich.

Victoria nickt, den Blick auf ihren Teller gerichtet. »Er hat ein Mädchen aus Ihrer Hälfte der Stadt geheiratet. Eines, das in ihrem Jahr keinen Ehemann bekommen hat.« Sie zögert. »Vor ein paar Jahren haben sie Zwillinge bekommen.«

Zwillinge sind selten. Ein einziger lebender Säugling mit

allen nötigen Fingern und Zehen ist Grund genug zum Feiern, aber Zwillinge? Das ist eine ganz andere Art von Planerfüllung. Und ich weiß jetzt, von wem sie spricht. Seinen Namen kannte ich bisher nicht, aber ich habe ihn manchmal mit seiner Frau stolz den Zwillingskinderwagen über den Markt schieben sehen. Ein großer, schlaksiger Mann, mit einem Schopf roter Haare und einem trotteligen Grinsen. Nicht in tausend Jahren hätte ich mir Victoria an seiner Seite vorgestellt.

»Sehen Sie ihn manchmal noch?«

»Nein.« Victoria legt mit energischen Bewegungen den Abfall auf ihr Tablett. »Anfangs haben wir uns noch getroffen, aber es war zu schwierig.«

»Das tut mir leid«, sage ich. »Es ist nicht fair.«

Darüber muss Victoria lachen, ein kleiner, verwundeter Laut. »Nein, das ist es nicht. Aber heutzutage ist vieles nicht fair.« Sie hält in ihren Aufräumarbeiten inne und sucht meinen Blick. »Wir tun alle unser Bestes. Bishop und sein Vater eingeschlossen.«

»Glauben Sie das wirklich?«, frage ich. Ich senke die Stimme. »Was Präsident Lattimer betrifft?«

»Da gibt es keine einfachen Antworten, Ivy. Vielleicht wäre die Zukunftsvision Ihres Großvaters besser gewesen. Vielleicht wäre sie schlechter gewesen. Das lässt sich unmöglich herausfinden. Und Präsident Lattimer und sein Vater haben mehr Menschen am Leben erhalten, als wir uns je erträumt hätten. Wir leben in Sicherheit, haben die meiste Zeit genug zu essen, unsere Bevölkerungszahl wächst langsam, und niemand zwingt uns mit Waffengewalt, nach seiner Pfeife zu tanzen.«

»Was ist mit den Ehen?«, werfe ich mit gepresster Stimme ein. »Das fühlt sich für mich schon ziemlich nach Zwang an.«

»Vielleicht für Sie«, räumt Victoria ein. »Aber die meisten der Menschen auf der Bühne waren glücklich darüber, dort zu sein, das Gelübde zu sprechen und den Frieden aufrechtzuerhalten. Für sie ist es eine Tradition, keine Pflicht.«

»Ich glaube nicht, dass alle so empfinden«, entgegne ich leise. »Die Menschen haben einfach Angst. Niemand will Staub aufwirbeln. Aber so wie die Dinge jetzt stehen, trifft noch immer jemand anders ihre Entscheidungen für sie. Das ist keine Freiheit.«

»Vielleicht wird Freiheit überbewertet.« Victoria steht auf. »Vor dem Krieg hatten wir Freiheit. Und sehen Sie sich an, wohin uns das geführt hat.«

Als ich am Ende des Tages durch unsere Haustür komme, bin ich auf niemanden weniger vorbereitet als auf Erin Lattimer. Sie hockt auf der Sofakante, als wäre es unter ihrer Würde, sich in die Kissen sinken zu lassen und es sich bequem zu machen.

Am liebsten würde ich sie fragen, wie sie überhaupt hereingekommen ist, aber ich setze ein Lächeln auf. »Hallo. Was tun Sie denn hier?«, erkundige ich mich, eine Hand noch auf der Türklinke.

Sie steht auf und streicht sich mit beiden Händen ihren taubengrauen Rock glatt. Wie immer ist sie wie aus dem Ei gepellt, als hinge ihr Leben davon ab. »Wir haben einen Schlüssel«, erklärt sie.

Ich mache die Tür hinter mir zu und lasse meine Tasche auf den Boden fallen. Ich hasse den Gedanken, dass sie ohne meine Erlaubnis mein Haus betritt. »Ach so«, erwidere ich. »Vielleicht könnten Sie beim nächsten Mal draußen warten? Oder uns wissen lassen, dass Sie vorbeikommen?« Ich finde, dass ich sehr vernünftig klinge, aber Mrs Lattimer schürzt die Lippen, als hätte ich sie beleidigt.

»Na schön«, sagt sie.

»Was kann ich denn für Sie tun?«

Mrs Lattimer kommt um den Couchtisch herum auf mich zu. »Präsident Lattimers Geburtstag steht bevor.«

Ich sehe sie verständnislos an.

»Und wir veranstalten immer eine große Party.« Sie legt den Kopf schräg und sieht mich an. »Du hast in der Vergangenheit wahrscheinlich nicht daran teilgenommen, aber ich dachte, du wüsstest davon.«

Ich zucke die Achseln. »Ich habe davon gehört, aber wir waren nie eingeladen.«

»Wie dem auch sei, du wirst ein Kleid brauchen«, erklärt Mrs Lattimer mit energischer Stimme.

»Ich habe ein Kleid«, entgegne ich. »Ich hatte es an dem Tag an, an dem ich Bishop geheiratet habe.« Ich habe nicht die geringste Lust, es noch einmal zu tragen, aber ich will auch ihre Wohltätigkeit nicht.

»Nicht so ein Kleid, Ivy. Etwas Eleganteres.« Sie betrachtet mich kurz. »Etwas, das passt.«

»Mir gefällt das Kleid«, sage ich, halsstarrig angesichts ihrer Penetranz.

»Nein, tut es nicht«, widerspricht sie. »Ich habe gesehen, wie du die ganze Zeit daran herumgezupft hast. Es ist zu kurz.« Sie geht zur Haustür, öffnet sie und bedeutet mir, mitzukommen. »Du repräsentierst jetzt die Lattimers und du wirst auch so aussehen.« Sie braucht nicht hinzuzufügen *ob es dir gefällt oder nicht*; ich höre es trotzdem. »Die meisten Mädchen wären begeistert, ein neues Kleid zu bekommen.«

»Ich bin nicht die meisten Mädchen«, murre ich, während sie mich aus dem Haus führt.

»Ja«, antwortet sie hinter mir knapp. »Dessen bin ich mir bewusst.«

»Wohin gehen wir?«, frage ich sie, als wir auf dem Gehweg sind und sie sich nach links Richtung Stadtzentrum wendet.

»Ich habe eine Schneiderin, die für mich arbeitet. Sie hat sich bereitgefunden, sich heute mit uns zu treffen.« Mrs Lattimers Absätze klappern laut über das Pflaster.

»Habe ich auch noch irgendein Mitspracherecht?«

»Natürlich.« Mrs Lattimer mustert mich von Kopf bis Fuß. »Wenn du einen guten Geschmack hast.« Ihr Gesichtsausdruck verrät mir, dass sie das für höchst unwahrscheinlich hält.

Wie sich herausstellt, bin ich jeden Tag auf dem Weg zur Arbeit und zurück an dem Ladenfenster des Geschäfts vorbeigekommen, aber es ist mir nie wirklich aufgefallen. Es hängt kein Schild davor, und in den Schaufenstern ist nichts ausgestellt. Mrs Lattimer muss auf einen Klingelknopf drücken, bevor wir eingelassen werden.

»Sehr exklusiv«, bemerke ich, als wir hineingehen.

Mrs Lattimer reagiert nicht, aber ihre Fingerspitzen pressen sich ein wenig fester als notwendig in meinen Rücken, als sie mich vorwärts in den kühlen, dunklen Laden schiebt. An den Wänden lehnen Stoffballen, und vor dem Ladenfenster stehen zwei bequem aussehende Sessel. Die hintere Wand besteht aus Spiegelglas, abgesehen von einer mit einem Vorhang verdeckten Tür ganz rechts. Die Frau, die jetzt durch diese Tür kommt, ist jünger, als ich erwartet habe. Angesichts Mrs Lattimers ziemlich strengen und förmlichen Kleiderstils habe ich mir eine verhutzelte alte Frau mit knotigen Fingern und einem hexenhaften Kichern vorgestellt.

Aber diese Frau ist in den Vierzigern, schätze ich, mit kurzem schwarzem Haar und einem freundlichen Lächeln. Erst als sie auf uns zukommt, bemerke ich, dass sie einen Fuß nachzieht, was ihr einen schwankenden Gang verleiht, der mich bei jedem ihrer Schritte fürchten lässt, dass sie hinfällt.

»Das ist also Ihre neue Schwiegertochter«, sagt sie streckt beide Arme aus und umarmt mich. Ich stehe starr vor ihr und bin nicht sicher, wie ich reagieren soll. »Ich bin Susan«, stellt die Frau sich vor, »es freut mich, Sie kennenzulernen.«

»Hallo«, sage ich und versuche, mich so behutsam wie möglich von ihr zu lösen.

Susan tritt von mir weg auf Mrs Lattimer zu und begrüßt sie genauso herzlich. Obwohl Mrs Lattimer lächelt, habe ich den Verdacht, dass sie von der Umarmung genauso begeistert ist wie ich.

»Wie ich Ihnen schon gesagt habe, sie ist groß gewachsen«, bemerkt Mrs Lattimer, und beide Frauen drehen sich um und mustern mich.

»Sehr groß gewachsen«, bestätigt Susan. Sie legt den Kopf schräg und inspiziert mich genauer.

»Sie könnte etwas Dramatisches tragen«, fährt Mrs Lattimer fort. »Sie hat die richtige Figur dafür. Vielleicht etwas Trägerloses?« Sie sieht Susan nach Bestätigung heischend an.

»Nichts Trägerloses«, werfe ich ein. Ich würde den ganzen Abend an dem Oberteil herumzupfen und in der Angst leben, dass es mir bis zur Taille herunterrutscht.

Mrs Lattimer sieht mich missbilligend an. »Hast du sonst noch etwas beizutragen, Ivy?«

Wenn ich den Mund halte, wird mich das wahrscheinlich nicht weiterbringen. Das liegt mir ohnehin nicht besonders. »Ich mag Lila.«

Mrs Lattimer nickt, als bedürfte meine Lieblingsfarbe ihrer Billigung. Zugegeben, das ist wahrscheinlich auch so. »Vielleicht etwas Fliederfarbenes, Susan?«

»Ja, daran habe ich auch schon gedacht.« Susan bedeutet mir, ihr zu folgen, und während ich das tue, zieht Mrs Lattimer die Blenden vor dem Fenster zu. »Ziehen Sie alles bis auf BH und Slip aus«, sagt Susan sachlich, »und stellen Sie sich genau hier hin.« Sie positioniert mich vor der riesigen Spiegelwand.

Ich habe mich nie für besonders schüchtern gehalten, aber es verunsichert mich, mich vor Bishops Mutter bis auf die Unterwäsche auszuziehen. Sie muss mein Zögern spüren, denn sie schnippt mit den Fingern. »Ach, um Himmels willen. Es ist nichts, was wir nicht schon gesehen hätten.«

Ich schlüpfe wortlos aus meinen Schuhen, öffne den

Reißverschluss meiner Hose und streife sie hinunter, dann ziehe ich mir mein T-Shirt über den Kopf. Mein schwarzer BH und die Unterhose sehen sehr dunkel auf meiner blassen Haut aus. Mit hocherhobenem Kinn drehe ich mich zum Spiegel und kämpfe gegen die heiße Röte an, die meinen Hals hinauf in meine Wangen steigt.

Susan hält einen Finger hoch und weist mich so an zu warten, dann verschwindet sie hinter dem Vorhang im hinteren Teil des Raums. Ich versuche, nicht herumzuzappeln, aber Mrs Lattimer beobachtet mich im Spiegel, und ihr Blick macht mich nervös. Ich kann mich des Gefühls nicht erwehren, dass sie mich taxiert, um zu sehen, ob ich gut genug für ihren Sohn bin. Susan kehrt schließlich mit einem hellen lilafarbenen Stoff im Arm zurück. Sie hält ihn mir an die Brust und nickt. Mrs Lattimer tritt näher, nimmt mein Haar zusammen und zieht es nach hinten. »Ich denke, diese Farbe ist perfekt für sie«, stellt sie fest.

»Ganz meine Meinung«, sagt Susan. »Vielleicht ein knöchellanger Rock und« – sie drapiert den Stoff über meiner Schulter – »eine Schulter frei?«

»Woher haben Sie diesen Stoff?«, frage ich. Er ist prächtiger und weicher als der schlichte Stoff, der auf dem Markt verkauft wird.

»Überbleibsel aus der Zeit vor dem Krieg«, antwortet Susan. »Ist er nicht wunderschön? Wir haben Dutzende von Ballen in verschiedenen Farben hinten im Laden. Ich darf gar nicht an den Tag denken, an dem alles aufgebraucht ist. So etwas Hübsches haben wir kaum noch da.«

»Wirklich sehr schön«, sage ich, weil beide Frauen mich ansehen. Kaum dass sie nach hinten gehen, um über den

Schnitt des Kleides zu reden, blende ich ihre Stimmen aus. Jetzt, da ich mich vor einem trägerlosen Kleid in Sicherheit weiß, ist es mir egal, was sie aushecken. Deshalb brauche ich eine Sekunde, um zu begreifen, dass Mrs Lattimer mit mir spricht.

»Du bist wirklich sehr hübsch«, eröffnet sie mir, den Blick auf den Stoff im Spiegel gerichtet.

Bin ich das? Darüber habe ich nie viel nachgedacht. Ich meine, ich weiß, dass ich nicht unattraktiv bin; dafür haben mir schon genug Jungen hinterhergeguckt. Aber bei uns zu Hause wurde Schönheit nicht wertgeschätzt. Niemand hat mir je Komplimente für mein Aussehen gemacht, wenn man von Callie absieht, von der ich immer wegen meiner Größe und Kurven aufgezogen wurde. Die geringe Konzentration auf die körperliche Erscheinung war in vielerlei Hinsicht eine gute Sache. Aber es ist schon traurig, wenn einem der eigene Vater nie sagt, dass man hübsch ist, und man nie weiß, ob es wirklich stimmt.

»Danke«, murmle ich, als Susan mit dem fliederfarbenen Stoff wieder hinter dem Vorhang verschwindet.

Mrs Lattimer sieht mich im Spiegel an. Sie fährt mit ihren dünnen Fingern über mein Haar und dreht meinen Kopf herum, während sie an einer widerspenstigen Locke zerrt, bis ein paar helle Haare zu Boden schweben. »Du hast das Haar deiner Mutter. Es sieht genauso aus wie ihres. Die Farbe von frischem Honig.« Aus ihrem Tonfall ist schwer herauszuhören, ob sie mir ein Kompliment macht oder mich mit einem Fluch belegt.

Ich bin die ständigen Vergleiche mit meiner Mutter in der letzten Zeit langsam leid. Sie lassen mich doppelt dankbar für Bishop sein, der, wenn er mich anschaut, nur mich sieht, nicht den Schatten einer längst toten Erinnerung.

»Sie haben meine Mutter auch gekannt?«, frage ich.

Mrs Lattimer lächelt, aber es liegt keine Freude darin. »Eine kluge Frau kennt ihre Konkurrenz.«

Nun, das beantwortet die Frage, was eigentlich Mrs Lattimer über die Beziehung zwischen ihrem Mann und meiner Mutter wusste. Hat ihr Herz an dem Tag, an dem man meine Mutter an dem Baum hängen sah, jubiliert, weil sie ihre Rivalin endlich los war? Oder hat es ihr das Herz gebrochen, weil sie wusste, dass ihr Mann von diesem Tag an niemals wirklich frei von meiner Mutter sein würde?

»Sie hassen es, dass er ausgerechnet mich geheiratet hat, oder?«, frage ich.

Mrs Lattimer seufzt. »Ich hasse es, dass ich, wann immer ich dich anschaue, sie sehe. Aber was du auch von mir denken magst, ich bin fair genug, um zu wissen, dass das nicht deine Schuld ist.« Sie befingert die Perlen an ihrem Hals, ihre Augen sind wie Eissplitter. »Ich will, dass mein Sohn glücklich ist. Und wenn du ihn glücklich machen kannst, dann haben wir auch kein Problem miteinander.«

Mir fällt auf, dass mein Glück in ihrer Rechnung keine Rolle spielt. Und eines weiß ich ganz bestimmt: Wenn Mrs Lattimer auch nur die leiseste Ahnung von meinen Plänen für ihren Sohn hätte, würde sie keine Sekunde zögern, mich zu vernichten. Sie ist wahrscheinlich die Skrupelloseste von uns allen.

Susan kehrt mit einer Schachtel Perlen zurück, die sie Mrs Lattimer zeigt. Es gibt eine kleine Diskussion darüber, ob daraus eine Kette werden soll, die in mein Haar geflochten wird.

»Alles aufstecken?«, fragt Susan und beäugt meine Mähne.

»Nein, ich denke nicht«, sagt Mrs Lattimer. »Das ist zu streng für sie. Es steht ihr, wenn ihr ein paar Strähnen ins Gesicht fallen.«

Ich betrachte sie im Spiegel und glaube, in ihren Augen etwas nachgeben zu sehen, als sie mich anschaut. Etwas wird ein kleines bisschen weicher. Aber als ich versuche, ihr meinerseits ein klitzekleines Lächeln zu schenken, wird ihr Gesicht streng. »Halt still, Ivy«, befiehlt sie. »Wir sind noch lange nicht fertig.«

18

Während der Hochsommer langsam in den Herbst übergeht, nimmt mein Leben einen neuen, jetzt schon vertrauten Rhythmus an. Ich wache früh auf und frühstücke vor der Arbeit mit Bishop. Abends drehen wir den Ablauf um und essen zusammen, bevor Bishop beginnt, an irgendetwas herumzuwerkeln, das im Haus repariert werden muss. An manchen Abenden ziehe ich mich auf die Veranda zurück und lese. An anderen Abenden sitze ich einfach da und beobachte ihn bei der Arbeit; er geht effizient, aber nicht hastig zu Werke. Bishop ist nie in Eile, er scheint nie etwas anderes zu tun zu haben als das, was er genau in diesem Moment tut. Allein seine Nähe beruhigt bereits meine rasenden Gedanken.

Wir gehen unbefangener miteinander um als zu Anfang. Wir reden über ungefährliche Themen – meinen Job, den kommenden Winter, die Pläne für das Geburtstagsfest für seinen Vater. Wir berühren einander nicht. Der Mangel an Körperkontakt bringt nicht die Erleichterung, die ich erwartet habe.

Ich weiß, dass meine Tage mit ihm gezählt sind. Mein Vater hat mir die versprochene Zeit gegeben. Zeit, mich mit dem abzufinden, was er von mir verlangt und erwartet. Aber er kann es sich nicht leisten, ewig zu warten, und ich kann meine Entscheidung nicht weiter hinausschieben. Das Dreimonats-Ultimatum läuft bald ab. Wenn ich Callie im Geiste vor mir sehe, steht sie mit verschränkten Armen da und tippt ungeduldig mit den Füßen auf den Boden. *Leg einen Zahn zu, Ivy.* Schon bald werde ich einen Weg in den Waffentresor finden müssen, und dann gibt es kein Zurück mehr.

Aber für heute Abend sehne ich mich einfach nur nach etwas Gutem zu essen und einem ruhigen Gespräch, sehne mich danach zu beobachten, wie Bishops Augen aufleuchten, wenn er lächelt. Doch als ich durch die Haustür trete, wehen mir keine Essensgerüche aus der Küche entgegen. Im Haus brennt kein Licht, und in den Zimmern herrscht schummriges Zwielicht.

»Ich bin hier draußen«, ruft Bishop von der Veranda.

Ich gehe durch die Küche und finde ihn auf dem Boden neben dem quadratischen Tisch zwischen den Rattansofas vor. Auf dem Tisch liegt eine alte Tischdecke, die so lang ist, dass sie sich auf dem Boden bauscht. Auf ihr stehen eine Vielzahl von Fleisch- und Käsesorten, frische Früchte, geschnittenes Gemüse und Brot. Dazu gesellen sich ein paar noch nicht angezündete Kerzen und ein Wasserkrug.

»Was ist das alles?«, frage ich.

»Es ist kein Eis geliefert worden«, sagt Bishop. »Ich dachte, wir könnten uns genauso gut den Magen vollschlagen, bevor das Essen schlecht wird.« Er betrachtet die efeubewachsene Veranda. »Ein Picknick halb drinnen, halb draußen.«

Ich lächle, schlüpfe aus meinen Schuhen und setze mich ihm gegenüber an den mit Köstlichkeiten beladenen Tisch.

»Lass es dir schmecken«, sagt er mit einem Grinsen. Wir halten uns gar nicht erst mit Tellern auf, sondern stellen kleine Sandwiches mit gestapeltem Fleisch und Käse direkt auf der Tischdecke zusammen. Bishop schiebt mir den ganzen Karton Erdbeeren hin, und obwohl ich halbherzig protestiere, habe ich sie am Ende alle aufgegessen. Als wir fertig sind, haben wir das meiste aufgegessen, und was übrig ist, hätte ohnehin keinen Platz mehr in meinem Magen.

»Puh, ich bin pappsatt«, bemerke ich und lehne mich auf dem Sofa zurück.

»Das war die Idee«, sagt Bishop.

»Wofür sind die Kerzen?«, frage ich und nicke zum Tisch.

»Ich dachte, wir könnten sie anzünden und so tun, als wären wir im Ferienlager.«

Ich kann seinem Gesicht nicht entnehmen, ob er mich aufzieht oder nicht. »Ich war nie in einem Ferienlager.«

»Nie?«

Ich schüttle den Kopf. Meinem Vater gefiel es nicht, dass Callie und ich so lange von ihm getrennt waren. Ein weniger großzügiger Mensch würde vielleicht sagen, dass es ihm nicht gefiel, wenn wir uns seinem Einfluss entzogen. So oder so, ich durfte nie in ein Ferienlager im Wald für Kinder zwischen zehn und vierzehn Jahren, nicht einmal für eine einzige Nacht.

»Also, dann müssen wir sie jetzt anzünden«, stellt Bishop klar. Er kniet sich neben den Tisch und zündet die Kerzen an, drei dicke Stumpenkerzen und zwei hohe, schlanke Kerzen. Sobald sie brennen, rutscht er zurück, lehnt sich gegen das mir gegenüberstehende Sofa, und seine langen Beine liegen beinahe direkt an meinen, seine Zehen fast an meiner Hüfte.

»Was habt ihr im Lager gemacht?« Meine Stimme klingt etwas atemlos, ich bin mir nicht sicher, warum. Ich will nicht über das Warum nachdenken.

»Größtenteils bescheuerte Sachen. Du weißt schon …« Bishop hält inne und bedenkt mich mit einem schiefen Grinsen. »Ach so, wahrscheinlich weißt du es nicht.«

Ich verdrehe die Augen.

»Abends haben wir am Lagerfeuer gesessen und uns Gruselgeschichten erzählt. Manchmal haben wir versucht damit durchzukommen, Flaschendrehen zu spielen, aber das wollten die Betreuer nicht so gern. Sie waren keine Fans von diesen nervtötenden Beziehungen.« Es ist das erste Mal, dass ich Bishop darüber sprechen höre, wie weit die Erwachsenen gehen, um zu verhindern, dass Kinder vor der Heiratszeremonie irgendwelche romantischen Bindungen eingehen. Es macht die arrangierten Ehen erheblich leichter, wenn die zukünftigen Ehepartner nicht schon in andere verliebt sind. Bishops Vater und meine Mutter sind das beste Beispiel für das Chaos, das daraus erwachsen kann.

Ich sehe ihn nicht an, als ich frage: »Hattest du eine Beziehung mit irgendjemandem?«

»Nein«, antwortet Bishop. »Ich habe manchmal mit Flaschendrehen gespielt. Aber es gab nie ein spezielles Mädchen, von dem ich gehofft habe, dass die Flasche auf sie zeigen würde.« Das letzte bisschen Sonnenlicht schwindet am Himmel, und die Kerzen verjagen nur die Ränder der Dunkelheit auf der Veranda und tauchen die Hälfte seines Gesichtes in Schatten. Wir sehen einander an, und ich weiß, ich sollte weiterfragen oder etwas sagen, *irgendetwas*, um das Schweigen zu brechen, aber mir bleiben alle Worte im Hals stecken, und mein Herz trommelt gegen meine Rippen.

»Mein Lieblingsspiel war Wahrheit oder Pflicht«, sagt Bishop schließlich.

»Was ist das denn?«, frage ich. Ich nehme einen Schluck Wasser aus meinem Glas auf dem Tisch, um meinen Hals zu befeuchten.

»Du hast noch nie Wahrheit oder Pflicht gespielt?« Bishops Augenbrauen laufen Gefahr, in seinem Haar zu verschwinden.

»Ich habe ziemlich viel noch nie gespielt«, informiere ich ihn. »Meine Familie stand nicht besonders auf Spiele.«

»Es ist ganz einfach«, sagt Bishop. »Wenn du dran bist, sagst du, ob du Wahrheit oder Pflicht willst. Wenn du dich für Pflicht entscheidest, dann gebe ich dir eine Aufgabe, die du ausführen musst, oder du verlierst. Wenn du Wahrheit wählst, stelle ich dir eine Frage, und du musst wahrheitsgemäß antworten oder du verlierst.« Er grinst mich an, und seine Augen tanzen. »Spielst du mit?«

Oh Mann, das ist in jeder Hinsicht eine schlechte Idee, aber als ich den Mund öffne, kommt »Ja« heraus anstelle von »Nein«. »Aber du fängst an.«

»Also schön.« Bishop schaut zur Decke hoch, als wägte er seine Möglichkeiten ab. »Wahrheit.«

Wahrheit. Ich kann ihn alles fragen, und theoretisch muss er mir die Wahrheit sagen. Es gibt eine Million Dinge, die ich über ihn wissen will, und eine Million Arten, wie diese Antworten mir wehtun können. Ich sollte eigentlich einen Vorwand finden und reingehen, aber ich habe meine Neugier, was ihn betrifft, schon so lange im Zaum gehalten. Meine Sehnsucht ihn kennenzulernen, besiegt alles andere, selbst meinen gesunden Menschenverstand. Ich sollte mich aber zumindest an belanglose Fragen halten.

»Wie viele Mädchen hast du beim Flaschendrehen geküsst?«, frage ich. Ich lache, als wäre es ein Scherz, aber es klingt gezwungen.

»Nicht sehr viele.« Er wirkt belustigt. »Reden wir über einen richtigen Kuss? Oder ein Küsschen auf die Wange?«

»Über einen richtigen Kuss.« Ich erzähle ihm nicht, dass das für mich das Gleiche ist, wenn man bedenkt, dass ich noch nie etwas anderes geküsst habe als die Wangen meines Vaters und Callies.

Sein Gesicht ist ernst, sein Blick auf meine Augen gerichtet, als versuchte er herauszufinden, was hinter der Frage steckt. »Ich habe in meinem Leben drei Mädchen geküsst. Eine, als ich dreizehn war, eine Begegnung beim Flaschendrehen. Dann noch eine im Lager, als ich vierzehn war, ein Kuss, der die übereifrige Benutzung von Zunge einschloss.«

Ich lache, diesmal aufrichtig. »Deine Zunge oder ihre?«

Bishop hebt in gespielter Kapitulation beide Hände. »Ich verweigere die Aussage.«

Jetzt lache ich richtig, und Bishop hat einen ganz seltsamen Ausdruck auf dem Gesicht. Als hätte er die besten

Neuigkeiten der Welt gehört, geht in seinem Gesicht ein breites Lächeln auf wie die Sonne.

»Was ist?«, frage ich unter verebbendem Gekicher.

Er lächelt immer noch. »Nichts.«

»Du hast noch nichts über den dritten Kuss erzählt«, rufe ich ihm ins Gedächtnis.

»Das war vor zwei Jahren. Unmittelbar bevor ich deine Schwester heiraten sollte. Es war ein Mädchen aus der Schule. Und es war mehr als nur ein Kuss.«

»Haben diese Küsse auch zu viel Zunge beinhaltet?«

»Nein. Die waren viel besser.«

Seine Worte treffen mich sehr, obwohl ich weiß, dass dafür eigentlich kein Grund besteht. Er kannte mich damals nicht einmal, und selbst wenn er mich gekannt hätte, sollte es keine Rolle für mich spielen, was er für irgendein anderes Mädchen empfunden hat. »Mochtest du sie?«, frage ich und würde mir am liebsten sofort einen Tritt verpassen.

Bishop zögert nur einen Moment, bevor er antwortet: »Nicht so, wie ich dich mag.« Seine Stimme ist tief und gleichmäßig, der Blick fest. Nicht verlegen. Nicht nervös. Sicher und geradeheraus. Und da ist sie. Die Sache, die ich jetzt schon seit Wochen von ihm hören wollte, und die eine Sache, die ich absolut nicht ertragen kann.

»Bishop ...«

»Du darfst nur eine Frage stellen, und du hast mir ungefähr hundert gestellt«, fällt er mir ins Wort. »Jetzt kommst du auf den heißen Stuhl. Wahrheit oder Pflicht.«

»Wahrheit«, sage ich, obwohl ich weiß, dass ich Pflicht sagen sollte. Meine verwegene Seite zieht sich einen Sessel heran und nimmt bei dieser Party Platz.

Ich mache mich auf eine Frage gefasst, die ich nicht wahrheitsgemäß werde beantworten können. Etwas über meinen Vater oder darüber, wie meine Familie wirklich zu seiner steht. Aber stattdessen grinst er und fragt mich, wie viele Jungs ich geküsst hätte.

Es ist eine einfache Frage, wenn man die Alternativen bedenkt, aber es fällt mir überraschend schwer, mich zu einer Antwort durchzuringen. Ich denke darüber nach, zu lügen, aber bei all den anderen Lügen und Auslassungen zwischen uns scheint es mir das einzig Richtige, wenn ich, wann immer möglich, ehrlich bin. »Gar keinen«, sage ich. Ich halte den Kopf hoch, aber meine Wangen überziehen sich mit einer Röte, von der ich hoffe, dass sie im Kerzenlicht nicht zu erkennen ist.

Bishop lacht nicht und er zieht mich auch nicht auf. Er nickt nur. »War es ein Mangel an Gelegenheit oder an Verlangen?«

»Beides, schätze ich.« Auf keinen Fall kann ich ihm sagen, dass der einzige Junge, an dessen Kuss ich jemals auch nur im Entferntesten interessiert war, mir direkt gegenübersitzt.

Bishop öffnet den Mund, um etwas zu erwidern, aber ich komme ihm zuvor. »Du hast gesagt, nur eine Frage, erinnerst du dich? Also, Wahrheit oder Pflicht?«

»Ich würde Pflicht sagen, aber ich habe Angst, dass du mich zwingen wirst, mich nackt auszuziehen und gackernd wie ein Huhn umherzulaufen oder so etwas.«

Ich nehme gerade einen Schluck aus meinem Glas, und Wasser droht mir aus dem Mund zu spritzen. »Das sind die Pflichten, die ihr euch im Lager ausgedacht habt?«

Bishop zuckt die Achseln. »So in etwa. Wir waren schließlich erst dreizehn.«

»Also noch mal Wahrheit?«

»Das ist wahrscheinlich sicherer.«

Ha. Sicherer. Ich nehme mir eine Sekunde Zeit, um darüber nachzudenken, was ich wissen will. Es gibt so vieles. Angefangen von Wichtigem – was er wirklich von den arrangierten Ehen hält, wie er zu mir steht, was er sich von seinem Leben erträumt – bis hin zu Profanem – seine Lieblingsfarbe, sein Lieblingsessen, wie er sein Haar so weich hinbekommt. Dumme, sinnlose Fragen. »Wie war es so, in eurem Haus aufzuwachsen?«, frage ich schließlich, denn wie sehr ich mich auch bemühe, ich kann mir nicht vorstellen, wie Bishop durch diese dunklen Flure gestreift ist. Vielleicht ist eine Kindheit in diesem Haus der Grund, warum er sich so gern im Freien aufhält, warum er ewig der Sonne durch die Bäume nachjagt.

»Einsam«, antwortet er, ohne zu zögern. Mein Herz krampft sich zusammen. Nicht weil ich ihn bemitleide, sondern weil ich ihn verstehe. Ich habe eine Schwester, aber ich war mein Leben lang einsam.

»Mein Vater ist immer beschäftigt, immer auf die Außenwelt konzentriert, darauf, was in Westfall geschieht. Und meine Mutter ist …«, er fährt sich mit einer Hand durchs Haar, »… schwierig. Ich glaube, sie hat gehofft, dass ich etwas in Ordnung bringen könnte, das zwischen ihr und meinem Dad fehlt, und als ich das nicht konnte …« Seine Stimme bricht ab und sie klingt müde und traurig. »Ich bin sicher, dass sie mich liebt, aber ich habe diese Liebe nie gespürt. Was die Hölle für ein Kind ist, weißt du? Du versuchst ständig, dir die Liebe zu verdienen, statt sie einfach zu bekommen. Als ich noch jünger war, hat es mich wütend gemacht, bis ich begriffen habe, dass das nichts ändert. Irgendwann habe ich aufgehört, es zu versuchen.«

»Ja, ich weiß«, erwidere ich. Ich wünschte, er könnte mir den Trick beibringen, damit aufzuhören. Stattdessen bin ich in einer Endlosschleife gefangen: Ich brauche die Zuneigung meines Vaters, will aber nicht tun, was notwendig ist, um sie mir zu verdienen.

Bishop sieht mich an, und etwas passiert zwischen uns, etwas, das sich zwischen uns in der stillen, feuchten Luft aufbaut. Ich habe Angst davor, Angst vor ihm, aber ich kann es diesmal auch nicht über mich bringen, davor wegzulaufen.

»Wahrheit«, flüstere ich, weil ich meiner Stimme nicht traue.

»Hattest du am ersten Abend Angst vor mir?«, fragt Bishop. Seine Frage überrascht mich, ebenso wie die Falte zwischen seinen Brauen, der Ernst in seinen Augen.

»Ja.« Es hat keinen Sinn zu lügen.

Ein Schatten gleitet über seine Züge. »Ich hätte nicht … ich hätte dich nicht angefasst, Ivy. Dich gezwungen.«

»Das weiß ich«, antworte ich. »Jetzt.«

»Ich war auch noch nicht bereit dafür«, erklärt er. Und nun ist es an ihm, verlegen dreinzuschauen, seine Wangen röten sich im Halbdunkel. Ich habe ihn noch nie zuvor unsicher erlebt, diesen Jungen, der immer so verschlossen ist. »Nur weil ich ein Mann bin, heißt das nicht …« Er schaut zu Boden. »Hast du immer noch Angst vor mir?«

Ich schlucke. Es fühlt sich so an, als steckte in meiner

Kehle ein scharfkantiger Stein. »Nein«, sage ich. Was nicht die ganze Wahrheit ist. Ich habe keine Angst mehr, dass er mich anfasst. Ich habe Angst, weil ich will, dass er es tut.

Seine Augen sind dunkel im Kerzenlicht und sie bohren sich in meine. Ich könnte mir vorstellen, dass er sich zu mir beugt, um den Abstand zwischen uns zu überwinden. Ich weiß nicht, ob ich dafür bete oder mich davor fürchte. Um uns herum knistert die Luft wie elektrisch, aber er bewegt sich nicht.

»Ich glaube, ich bin dran«, sagt er. Seine Stimme ist tief und rau, als steckte auch ihm etwas in der Luftröhre. »Wahrheit.«

»Schon wieder?« Ich versuche zu lächeln, aber es ist bestenfalls ein wackeliger Versuch. »Wir stehen offensichtlich beide nicht besonders auf Pflichten, oder?«

»Die Wahrheit ist am interessantesten«, entgegnet er. »Einen Tanz als nacktes Huhn kann jeder vorführen.«

»Warum hast du mich gewählt statt meiner Schwester?« Mir war nicht bewusst, wie sehr diese Frage an mir genagt hat, bis ich sie nun endlich stelle.

Bishop bedenkt mich mit einem schiefen Grinsen. »Es überrascht mich, dass du so lange gebraucht hast, mich danach zu fragen.«

Ich verschränke die Arme vor der Brust. Sie sind wie eine Rüstung. »Und?«

»Meine Mom arbeitet ehrenamtlich im Krankenhaus. Zwei Tage die Woche. Sie hilft aus, wo immer sie gebraucht wird.« Ich muss ungeduldig wirken, denn er hält eine Hand hoch und fügt hinzu: »Geduld. Es ist für die Geschichte relevant, das verspreche ich dir.«

Ich mache eine Handbewegung, die besagt: *Sprich weiter*, und er lächelt. »Ich bin manchmal mit ihr hingegangen, vor allem, als ich noch jünger war. Eines Tages, da war ich ungefähr vierzehn, habe ich mal den Vormittag mit ihr dort verbracht. Die Tür ging auf, und ich konnte zwar nicht richtig erkennen, was vor sich ging, aber ich kriegte mit, dass etwas los war. Jemand weinte und schrie und rief nach einem Arzt. Als ich hinschaute, sah ich ein Mädchen ungefähr in meinem Alter mit langem dunklem Haar um Hilfe rufen. Eine der Krankenschwestern hat mir auf die Schulter getippt und gesagt: ›Das ist das Mädchen, das du eines Tages heiraten wirst. Callie Westfall.‹«

Bei seinen Worten durchfährt ein Schmerz meine Brust. Ich hasse den Gedanken, dass er fast meine Schwester geheiratet hätte. Sie wäre nicht die Richtige für ihn gewesen. Sie würde ihn nicht verstehen. Sie würde sich nicht mal die Mühe machen, es zu versuchen. Bishop stellt ein Bein auf und stützt sich mit dem Unterarm darauf. »Ich weiß noch, wie ich sie ansah und versuchte, mir meine ganze Zukunft mit ihr vorzustellen. Dann trat sie zur Seite, und da stand ein anderes Mädchen, jünger, mit gewelltem honigfarbenen Haar und riesigen grauen Augen.« Seine Mundwinkel zucken in die Höhe, aber seine Augen bleiben ernst. »Ihr Gesicht war tränenüberströmt, und Blut floss an ihrem zerfetzten Arm runter.« Sein Blick wandert zu meinem vernarbten Unterarm.

»Ich«, hauche ich. Natürlich war ich es, wer sonst hätte es sein sollen?

»Du«, bestätigt Bishop. Das Wort wirbelt einem Versprechen gleich durch die Luft. Wie etwas, an dem ich mich festhalten kann, wenn ich nur den Mut aufbringe, es aufzufangen. »Ich will nicht lügen und behaupten, es wäre Liebe auf den ersten Blick gewesen«, fährt er fort. »Aber es war Faszination. Du warst verletzt. Du hattest Angst. Aber du warst dennoch trotzig. Deine Augen haben geblitzt, als du über den Hund gesprochen hast. An deinem Gesicht war genau abzulesen, was du empfunden hast, aber was du empfunden hast, war etwas Unerwartetes. Wie an dem Tag, an dem wir geheiratet haben und du vor mir zurückgewichen bist.« Er lächelt mir kurz zu. »Mit geballten Fäusten.« Bishop sieht mich an, und sein Blick gleitet über mein Gesicht. »Wenn ich schon heiraten musste, wollte ich jemanden heiraten, den ich gerne kennenlernen wollte. Man kann zwar leicht in dir lesen, Ivy, aber das ganze ›Buch Ivy‹ ist kompliziert. Das war der Grund, warum ich dich heiraten wollte und nicht deine Schwester.«

Mein Magen hat sich von innen nach außen gestülpt. Mir bricht das Herz, aber seine tausend Splitter fliegen in den Himmel. Ich kann nicht atmen, doch ich kann immer noch fühlen, und jedes Nervenende in meinem Körper ist in höchster Alarmbereitschaft. Wenn er mich jetzt berührt, löse ich mich wahrscheinlich auf. Oder fliege zu den Sternen.

»Du hast mich an dem Abend fasziniert«, spricht Bishop leise weiter, »und das tust du immer noch.«

Mein Leben lang war dieser verdammte Hundebiss die eine Sache, von der ich mir wünschte, ich könnte sie ungeschehen machen. Ein wenig Selbstbeherrschung und ich wäre am Ende nicht gebissen worden, statt für immer von meiner Impulsivität gezeichnet zu sein. Diese silbrigen Narben sind eine bleibende Erinnerung daran, was für eine Enttäuschung ich sein konnte. Aber Bishop sieht darin etwas ganz anderes. Für ihn ist die Narbe ein Ehrabzeichen, ein Beweis für meine Stärke, Quelle der Faszination. Er verdammt meine Verwegenheit nicht oder die Unfähigkeit, meine Gefühle zu verbergen. Meine schlimmsten Charaktereigenschaften verwandelt er in meine besten.

»Pflicht«, sage ich. Ich bewege mich, bevor der Gedanke auch nur mein Gehirn erreicht, finde mich kniend auf dem harten Boden neben ihm wieder, ohne wirklich zu wissen, wie ich da hingekommen bin. Mein Gesicht ist nur Zentimeter von seinem entfernt. Ich stütze mich mit einer Hand auf das Rattansofa neben seinem Kopf, um nicht das Gleichgewicht zu verlieren.

»Was tust du?«, fragt er leise.

»Sei still.« Aus meiner Kehle kommt ein trockenes Klicken beim Schlucken. »Wenn ich mich nicht konzentriere, kneife ich.«

Seine Augen glitzern vor Belustigung. »Ich habe dir noch keine Pflicht aufgegeben.«

Ich hole tief Luft. »Ich habe mir selbst eine aufgegeben.« Und dann küsse ich ihn. Seine Lippen sind weicher, als ich es mir vorgestellt habe, die Bartstoppeln auf seiner Oberlippe rauer. Für einen Sekundenbruchteil reagiert er nicht, und ich habe genug Zeit zu glauben, dass ich einen gewaltigen Fehler gemacht habe. Reue und Scham steigen in mir auf wie Blut, das an die Oberfläche einer Wunde schießt. Aber gerade als ich mich zurückziehen will, hebt er die Hand, greift mir ins Haar und zieht mich näher zu sich heran.

Es ist kein sanfter Kuss, nicht zaghaft, wie ich mir meinen ersten Kuss vorgestellt habe, mit keuschem Mund und trockenen Lippen. Er ist wild, gierig und nass. Es ist, als wäre dieses Aufflackern von Hitze, das ich während der letzten Wochen in seinem Beisein jedes Mal erlebt und ignoriert oder von dem ich mich abgewandt habe, nicht so sehr verschwunden, wie ich eigentlich dachte. Es ist in mir lebendig geblieben, hat gebrannt und ist gewachsen. Jetzt explodiert es, ist zu gewaltig, als dass ich es zurückhalten könnte. Mein verzweifeltes Verlangen wäre mir peinlich, wenn er nicht auch so verzweifelt wirken würde.

Er drückt mich nach hinten auf den Boden, und das Holz kratzt über meinen Rücken, da, wo mein Shirt hochgerutscht ist. Bishops Gewicht ruht auf mir, sein langer Körper zwischen meinen Beinen, und jetzt sind seine beiden Hände in meinem Haar vergraben. Ich küsse ihn, bis ich nicht mehr atmen kann, bis ich mich zurückziehen oder sterben muss, und ich kann mich trotzdem kaum entscheiden.

Er atmet genauso schwer wie ich, und sein Gesicht ist dicht über meinem. Ich hebe eine Hand und zeichne mit einem Finger die Linie seiner Augenbrauen nach, lasse die Hand weiter hinunterwandern und streiche über seinen vom Küssen geschwollenen Mund.

»Tut mir leid«, murmelt er dicht an meiner Haut. »Die möglicherweise übereifrige Benutzung von Zunge. Anscheinend habe ich meine Lektion im Sommerlager doch nicht gelernt.«

Ich lache, und er lacht auch und legt sein Gesicht in die Kuhle an meinem Hals. Sein Atem streicht mir federleicht über die Haut. Ich berühre seinen Hinterkopf und lasse sein kurzes Haar durch meine Finger gleiten. »Das war nicht übereifrig«, erwidere ich. »Ich bin nicht gerade eine Expertin, aber das Verhältnis von Zunge zu Lippe schien mir perfekt zu sein.« Er lacht wieder, und ich bekomme eine leichte Gänsehaut.

»Ich … ich wollte das schon lange tun«, flüstere ich. »Dich küssen.« Es ist einfacher, die Worte herauszubekommen, wenn er mich dabei nicht ansieht.

Er hebt den Kopf. »Ich auch.« Er küsst mich noch einmal, diesmal sanfter, und er hat eine Hand hinter meinen Nacken geschmuggelt, wo seine Finger mich sacht streicheln. Ich strecke mich seiner Berührung entgegen. »Ich auch«, wiederholt er an meinen Lippen.

Die Küsse gehen weiter und weiter, dringen wie eine Droge in mein Blut ein, statt es zu entflammen. Aber das Endergebnis ist dasselbe. Er ist mir so nah wie nur möglich, sein Herz schlägt gegen meine Brust, seine Beine sind um meine geschlungen, und für mich ist das immer noch nicht nah genug. Ausnahmsweise einmal ruhen meine widerstreitenden Gedanken. Es gibt nur noch die flackernden Kerzen und den Duft von frisch gemähtem Gras von draußen, einen leichten Wind in den Bäumen und seinen Mund auf meinem.

19

Victoria hätte sich keinen besseren Tag aussuchen können, um mir den Nachmittag freizugeben. Zerrissen zwischen schierer Erschöpfung und Gedanken an die vergangene Nacht mit Bishop auf der Veranda, konnte ich mich den ganzen Vormittag nicht konzentrieren. Ich war nach Mitternacht endlich ins Bett gefallen, nach einigen weiteren Küssen im Flur, lag dann die halbe Nacht wach und war mir nur allzu deutlich bewusst, dass er auf der anderen Seite meiner Schlafzimmerwand schlief.

Auf dem Heimweg beschließe ich Präsident Lattimers Bibliothek einen Besuch abzustatten, um mir ein paar neue Bücher zu holen. Ich weiß, dass im Rathaus eine Ratssitzung stattfindet, deshalb sollte ich eine Begegnung mit Bishops Vater eigentlich vermeiden können, und Erin wird sich rarmachen, wenn sie Wind davon bekommt, dass ich mich in ihrem Haus aufhalte. Ich bezweifle, dass sie erpichter darauf ist, mir über den Weg zu laufen, als mir umgekehrt daran liegt, mit ihr zusammenzustoßen.

Mit dem Code, den Bishop mir neulich gegeben hat, trete

ich durch die Haustür. Wie immer ist der Flur vorn dunkel und still. Ich schließe die Tür und warte ab, höre nichts. *Schritt Nummer vier, suche die Codes,* wispert Callies Stimme. Ich habe diesen Schritt hinausgezögert, aber da das Haus um mich herum wie ausgestorben ist, habe ich keine gute Ausrede mehr. Vor Präsident Lattimers Büro ist ein Tastenfeld. Mein Herz schlägt so schnell, dass ich ganz benommen bin und tief durchatmen muss, um mich zu beruhigen, bevor ich leise durch den Flur gehe. Ich kenne den Code für das Büro nicht, aber vielleicht ist es der gleiche wie der an der Haustür. Ich hebe gerade die Hand, um es zu versuchen, als ich aus dem Büro Stühle über den Boden scharren und Männerstimmen höre. Ich lege den Kopf schräg und lausche. Eine der Stimmen klingt wie die von Bishop. Ich trete zurück, drehe mich um und laufe auf Zehenspitzen durch den Flur zur Bibliothek, schlüpfe hinein und lasse die Tür einen Spaltbreit offen stehen.

Ich kann nichts sehen, aber ich höre, wie eine Tür geöffnet wird, dann die dröhnende Stimme eines Mannes, die ich nicht erkenne. Er sagt: »Und, wirst du deinen Dad bald zum Grandpa machen?«

Bishops Antwort klingt unbeschwert, aber ich kann heraushören, dass er durch zusammengebissene Zähne spricht. »Wir sind noch nicht einmal drei Monate verheiratet.«

Der Mann lacht. »Wenn ich mich recht erinnere, waren drei Monate reichlich Zeit, als ich achtzehn war.« Ein weiteres lautes Lachen. »Stimmt's, Mr President?«

»Ich bin mir sicher, dass sie daran arbeiten«, sagt Präsident Lattimer. Es folgt ein Geräusch, als würde gerade jemandem auf die Schultern geklopft. Ich hoffe, es ist nicht

Bishop; er hasst das. Von diesem Spezi seines Vaters umso mehr. Sie haben die Ratsversammlung offensichtlich hierherverlegt, statt sie im Rathaus abzuhalten.

Die Haustür wird geschlossen. Sind sie weggegangen? Ich rücke lautlos ein bisschen vor, da ergreift Präsident Lattimer erneut das Wort. »Mike hat nicht unrecht«, erklärt er. Ihre Stimmen entfernen sich von mir. »Deine Mutter würde sich über ein Enkelkind schrecklich freuen.«

Es folgt eine Pause. Sie sind wahrscheinlich stehen geblieben. »Sie ist erst sechzehn«, sagt Bishop. Er klingt ärgerlich. Ich brauche einen Sekundenbruchteil, um zu begreifen, dass er von mir spricht.

»Das ist der Sinn der Sache, Bishop. Je jünger die Eltern, desto besser das Ergebnis. Das weißt du doch. Deine Mutter und ich waren erst siebzehn, als du geboren wurdest.« Ich kann ihn beinahe lächeln hören. »Und du bist perfekt.«

Bishop seufzt. »Ich bin nicht perfekt, Dad.«

Präsident Lattimer lacht leise. »Nahe genug dran, dass es zählt.«

Ich weiß, dass Bishop unter der Last der Erwartungen seines Vaters leidet, so wie ich unter den Erwartungen meines Vaters leide. Sein Vater hält ihn für perfekt. Mein Vater hält mich für mangelhaft. Aber wir tragen damit ähnliche Bürden. Bishop muss ständig einem unmöglichen Ideal gerecht werden. Ich muss ständig beweisen, dass ich mehr bin als eine Enttäuschung. Ist er das Ganze auch so leid wie ich?

Präsident Lattimer spricht nun leise, und ich muss mich vorbeugen, um ihn zu verstehen. »Ihr versucht es doch, oder? In dieser Hinsicht ist alles okay?« Er klingt verlegen, und ich würde vielleicht darüber lachen, wenn ich nicht so wütend wäre. Am liebsten würde ich in den Raum stürmen und ihm sagen, dass es ihn verdammt noch mal nichts angeht.

»Es ist alles bestens«, antwortet Bishop ungeduldig. »Aber vielleicht sind wir noch nicht bereit für Kinder.« Ich höre, dass die Haustür geöffnet wird. »Ivy hat dabei auch ein Wörtchen mitzureden, weißt du. Es geht auch darum, was sie will.«

»Aber natürlich tut es das.« Mit Worten pflichtet Präsident Lattimer ihm bei, aber der Tonfall passt nicht dazu.

»Außerdem«, fährt Bishop fort, »haben wir jede Menge Zeit.«

»Weniger, als du denkst.« Präsident Lattimers Stimme klingt traurig. »Man hat immer weniger Zeit, als man denkt, Bishop. Also verschwende sie nicht.«

Die Tür wird geschlossen, und ein Paar Füße kommt in meine Richtung. Ich presse mich an die Wand, aber die Schritte verhallen, bevor sie die Bibliothek erreichen. Eine weitere Tür wird geschlossen.

Er ist zurück in sein Büro gegangen. Ich schleiche mich aus der Bibliothek, den Flur entlang und zur Haustür hinaus, bevor noch jemand auftaucht.

Ich mache einen Umweg nach Hause und arbeite das überschüssige Adrenalin ab, das durch meine Adern fließt. Mir wäre wahrscheinlich eine Ausrede eingefallen, wenn man mich vor Präsident Lattimers Büro erwischt hätte, aber das Beinahe-Malheur hat mir trotzdem Angst eingejagt. Schon bei dem bloßen Gedanken, dass ich es bald wieder versuchen muss, kriege ich feuchte Hände.

Es ist still im Haus, als ich dort ankomme, und ich glaube schon, dass Bishop vielleicht noch irgendwo anders hingegangen ist. Aber leises Wasserspritzen aus dem Garten lockt mich auf die Veranda. Bishop kniet auf dem Rasen und wäscht in der alten Metallwanne Wäsche. Wie immer hat er zu viel Seife ins Wasser gegeben, und Schaum quillt über die Ränder des Zubers und dekoriert den Rasen wie mit winzigen Schneeverwehungen. Ich sehe ihm ein paar Sekunden lang zu, dann trete ich hinaus auf die Treppe. Es ist ein wunderschöner Tag, nicht mehr so heiß, aber die Sonne steht hoch an einem hellblauen Himmel, der mit weißen Wolkenstreifen bemalt ist. An Tagen wie diesem ist es schwer zu glauben, dass wir die Welt vor nicht allzu langer Zeit um ein Haar zerstört hätten.

»Du arbeitest schwer.«

Er erschrickt, und seine Hand schlägt gegen den Rand des Metallzubers. Er schaut auf und schüttelt die Handgelenke. Ich lächle ihn schüchtern an, während ich mit einer Hand die Augen gegen die Sonne beschirme. Ich weiß nicht, warum ich so nervös bin. Doch alles scheint verändert zu sein, seit wir uns geküsst haben. Ich weiß jetzt, wie er schmeckt, wie sich seine Haut unter meinen Händen anfühlt. Es sollte keinen so großen Unterschied machen, aber das tut es. Wir sind jetzt mehr als bloße Hausgenossen. Mehr als zaghafte Freunde.

»Du bist früh zu Hause«, bemerkt er.

»Bei Gericht war nicht viel los. Victoria meinte, ich könne die tote Zeit genauso gut ausnutzen.«

Er lächelt mich an. »Na, dann komm her und nutz deine tote Zeit.«

Ich schlüpfe aus meinen Schuhen und lasse sie auf der Treppe stehen. »Hast du die Sachen schon ausgespült?«

»Yep. Du brauchst sie nur noch aufzuhängen.« Er hält meinen BH hoch und ich reiße ihn ihm mit roten Wangen aus der Hand. »Ich wasche jetzt die Bettlaken«, sagt er mit einem mühsam unterdrückten Lachen, und ich versuche, ihm einen strengen Blick zuzuwerfen, der von meinem Grinsen vollkommen ruiniert wird. »Gute Idee«, antworte ich.

Bishop ist beim letzten Laken, als ich neben ihn trete, um ihm zu helfen, eine Wäscheklammer zwischen den Lippen und eine in der Hand. »So«, sage ich, sobald ich sie befestigt habe. Ich streiche das Laken mit beiden Händen glatt, was ein frisches, klatschendes Geräusch erzeugt. Wir befinden uns zwischen den beiden Wäscheleinen, auf denen links und rechts von uns je ein Laken hängt, wie in einem Kokon. Eine Festung aus Bettwäsche.

Er steht vor mir, nah genug, dass ich jedes Fleckchen dunkleres Grün in seinen Augen sehen kann. »Komm her«, sagt er. Die Intensität in seiner Stimme überrascht mich. Er sieht ebenso atemlos aus, wie ich mich fühle, und so unfassbar schön, dass es mir in der Brust wehtut.

Ich strecke die Hand aus, er nimmt sie und zieht mich an sich. Meine Arme finden den Weg um seinen Hals. Ich bin groß genug, dass ich mich nicht auf die Zehenspitzen stellen muss, als wir uns küssen; ein leichtes Heben meines Kopfes, und seine Lippen sind da.

Mein Körper vibriert an seinem wie eine gezupfte Saite,

doch mein Mund ist nicht ganz so nachgiebig wie gestern Nacht. Bishops Hand verkrampft sich kurz auf meinem Rücken und wird dann wieder lockerer. Er überlässt es mir, ob ich mich zurückziehen will. Ich weiß, dass ich es tun sollte. Einen Augenblick lang scheint beides möglich, aber dann drücke ich mich noch enger an ihn und öffne die Lippen, und er umgreift meinen Nacken noch fester. Ein winziger Seufzer kommt aus meinem Mund, und Bishop fängt ihn mit seinem auf.

Diese Küsse im hellen Tageslicht und aufrecht stehend, statt nebeneinander liegend, müssten sich eigentlich weniger intensiv anfühlen. Aber sie tun es nicht. Umgeben von den Laken des Bettes, in dem ich noch immer allein schlafe, die unerbittliche Sonne auf unseren Schultern, fühlt sich die Berührung intimer an, als sie das in der Dunkelheit der mit Fliegengitter umgebenen Veranda getan hat. Vielleicht weil wir langsam anfangen uns kennenzulernen.

Als er sich von mir löst, halte ich die Augen weiter geschlossen, und die Sonne leuchtet durch meine Lider wie ein warmer goldener Nebel. Er umfasst mein Gesicht mit beiden Händen, streicht mit den Daumen über meine Wangenknochen. »Was ist mit diesem Rock?«, flüstert er. »Und mit deinem Oberteil? Vielleicht sollten wir sie ebenfalls in die Wäsche tun? Du weißt schon, damit wir kein Wasser verschwenden.« Er lässt die Hände langsam hinuntergleiten, um sanft meine Hüften zu umfassen, und ein Finger sucht nackte Haut unter dem Saum meiner Bluse.

Ich öffne die Augen und weiß, ohne in den Spiegel zu schauen, dass ihr graues Licht strahlt. Ich lege die Stirn in die Kuhle an seinem Hals, während Gelächter in mir aufsteigt. Das friedliche Brummen von ganz unten aus Bishops Brust kann ich eher fühlen als hören. Er neigt den Kopf und drückt mir die Lippen aufs Haar. Ich bin ganz damit zufrieden, so stehen zu bleiben, und er scheint es ebenfalls zu sein. Also tun wir das. Ein Junge und ein Mädchen, die sich zwischen den Laken umarmen.

20

Ich träume jetzt von ihm. Fast jede Nacht. Keine guten Träume, in denen er mich zum Lachen bringt, mich küsst oder mich mit seinen starken Händen berührt. Träume, in denen ich ihm ein Messer in die Brust stoße oder eine Kugel in den Kopf schieße oder ihn im Schlaf ersticke. Jede denkbare Variation von Grauen, die ich ihm möglicherweise zufügen werde. Ich erwache mit nassen Wangen und einem wild klopfenden Herzen. In diesen dunklen Nachtstunden, wenn das Haus um mich herum still ist und er jenseits meiner Schlafzimmerwand schläft, weiß ich tief in meiner Seele, dass ich ihn nicht töten kann. Dass ich lieber selbst sterben würde, als diejenige zu sein, die ihm das Leben nimmt. Aber ich weiß auch nicht, ob ich ihn retten kann.

Es waren mindestens ein Dutzend Anproben nötig, während derer Erin Lattimer mir im Nacken gesessen hat, aber das Kleid für die Geburtstagsfeier des Präsidenten ist endlich fertig. Ich bin aus einer ganzen Reihe von Gründen nervös, wenn ich an die Party denke. Das Kleid ist dabei nur für einen kleinen Teil meiner Ängste verantwortlich. Ich weiß, dass ich als die neue Schwiegertochter des Präsidenten zur Schau gestellt werde, dass alle genau hinsehen werden, was ich tue, wie ich mich Bishop gegenüber benehme. Und mein Vater und Callie werden ebenfalls dort sein. Alle werden darauf warten, dass ich irgendeinen Fehler mache. Obwohl sie mich seit dem Abend, an dem ich vom Selbstmord meiner Mutter erfahren habe, nicht mehr besucht haben, weiß ich, dass sie die Kombination für den Waffentresor haben wollen. Bis zum Ablauf der Frist sind es nur noch wenige Wochen, und eine trubelige Party im Präsidentenhaus ist wahrscheinlich die beste Gelegenheit für mich, die Zahlenkombination zu finden.

Doch abgesehen von all diesen Sorgen habe ich auch den schlichten Wunsch, in meinem Kleid hübsch auszusehen, Bishops Gesicht zu beobachten, wenn ich in den Raum komme. Es ist Zeitverschwendung, aber ich kann nicht aufhören, mir den Augenblick auszumalen. *Du machst dich lächerlich, Ivy,* sage ich mir, bevor ich mich fünf Minuten später beim selben Tagtraum wieder erwische.

Der Tag der Party bricht warm und regnerisch an. Ich weiß, dass das Fest vor allem auf der Terrasse und im Garten des Präsidentenhauses stattfinden soll, aber ich kann mir nicht vorstellen, dass sich Erin ernsthafte Sorgen um das Wetter macht. Sie ist die Art Frau, die erwartet, dass die Dinge sich ihrem Willen fügen. Deshalb überrascht es mich nicht im Geringsten, als die Gewitterwolken weiterziehen und am späten Nachmittag die Sonne hervorkommt. Ihr Wunsch ist dem Wetter anscheinend Befehl.

Bishop verschwindet nach dem Mittagessen aus dem Haus, und fast sofort danach trifft eine Frau ein, der ich noch nie begegnet bin und die mir mitteilt, sie sei gekommen, um mir zu helfen, mich anzukleiden und mein Haar zu richten. Normalerweise würde ich Einwände erheben, aber ich weiß, dass das sinnlos wäre. Ich muss meine Kräfte sorgfältig einteilen, und dieser Konflikt ist es nicht wert. Außerdem will ich hübsch aussehen, aber das würde ich niemals laut sagen. Zu niemandem.

Die Frau, sie heißt Laura, erlaubt mir nicht, mich anzuschauen, bevor sie fertig ist. Aber sie hört auf mich, als ich sage, dass ich mein Haar nicht ganz aufgesteckt haben will. Oder zumindest hört sie auf das, was Erin ihr vorher aufgetragen hat. Das Kleid ist ein richtiges Kunstwerk, und ich bin mir nicht sicher, ob ich es wirklich tragen kann. Aber sobald ich es anhabe, faltet Laura die Hände vor dem Mund und lächelt. »Perfekt«, sagt sie.

Mit den Händen auf meinen Schultern dreht sie mich um und tritt dann beiseite, damit ich mich im Spiegel betrachten kann. Ich habe mir Sorgen gemacht, dass ich mich selbst nicht wiedererkennen würde, aber ich sehe immer noch aus wie ich. Allerdings wie eine elegantere Version von mir. Vorn ist mein Haar hochgekämmt, aber der Rest fällt mir bis auf den Rücken, seine normalerweise wilden Wellen sind glatt und glänzend. Aber es ist das Kleid, das wirklich meine Aufmerksamkeit fesselt. Es liegt enger an, als ich erwartet habe, aber es ist nicht hauteng, und der Rock fällt an meinen Hüften bis zum Boden. Meine rechte Schulter ist nackt, meine linke teilweise mit fliederfarbenem Stoff bedeckt. Ich hatte noch nie ein Kleid, das für meinen Körper gemacht worden ist und nicht für den meiner Schwester. In diesem Kleid bin ich dankbar dafür, so groß zu sein, und ausnahmsweise einmal schäme ich mich nicht für meine Größe und meine Figur oder versuche, sie zu verbergen. Heute Abend sehe ich ein hübsches Mädchen im Spiegel, eines, das sich in seiner Haut wohlfühlt, und ich hoffe, dass Bishop sie ebenfalls sehen wird.

Ich merke gar nicht, dass Laura den Raum verlassen hat, bis ich ihre Stimme aus dem vorderen Teil des Hauses höre und Bishops tiefe Stimme, die antwortet. Unsicher wende ich mich vom Spiegel ab. Soll ich bleiben, wo ich bin? Ihm entgegengehen? Ich atme zu schnell, und meine Handflächen sind feucht. Ich stelle mir vor, dass sich so wohl eine richtige Braut an ihrem Hochzeitstag fühlen muss, was meine Nervosität nur verschlimmert.

Bishop erspart mir eine Entscheidung, indem er in der Schlafzimmertür erscheint. Er hält inne, als er mich sieht, und lehnt sich mit einer Schulter lässig an den Türpfosten. Sein Blick wandert von oben bis unten über meinen Körper, bevor er seine Augen wieder nach oben lenkt. Er trägt einen schwarzen Anzug und eins der heiß begehrten weißen Hemden, das er nicht bis oben hin zugeknöpft hat. Keine Krawatte. Ich erinnere mich an den Tag, an dem wir uns kennengelernt haben – wie ich ihn angeschaut und seine Gesichtszüge so objektiv katalogisiert habe. Mir war klar, dass er gut aussieht, genauso wie ich einen hübschen Sonnenuntergang oder eine schöne Blume erkenne, wenn ich sie sehe. Aber seine Schönheit hat mich nicht berührt. Wenn ich ihn jetzt anschaue, sehe ich nur Bishop.

Und er raubt mir den Atem.

Er löst sich vom Türpfosten und kommt zu mir. Ich habe die Hände vor dem Bauch verschränkt. Er nimmt sie in seine und streicht über meine verkrampften Finger, bis sie sich entspannen. »Also, ist das das Kleid, mit dem meine Mutter dich verrückt gemacht hat?«

Ich nicke. Er nickt ebenfalls. »Erinnere mich daran, ihr dafür zu danken«, sagt er. Er lässt eine meiner Hände los und berührt meine Wange, dann senkt er den Kopf und küsst mich auf den Hals direkt unterhalb meines Ohres. »Du bist wunderschön«, flüstert er, »aber das ist für mich nichts Neues.«

»Du siehst selbst auch nicht übel aus«, antworte ich und fühle sein Lächeln auf meiner Haut. Ich schiebe einen Finger in seinen offenen Kragen und ziehe sachte daran. »Keine Krawatte?«, necke ich ihn.

Er tritt einen Schritt zurück, um mich anzusehen, und legt mir die Arme um die Taille. »Die hasse ich«, sagt er mit einem Grinsen.

»Deine Mutter wird nicht glücklich sein.«

»Sie kommt darüber hinweg.« Er nimmt mich fester in den Arm. »Wir könnten aber auch einfach zu Hause bleiben und sie wirklich sauer machen.«

Ich lache und schüttle den Kopf. »Auf gar keinen Fall.«

Er wendet sich seufzend zur Tür und hält dabei fest meine Hand. »Man kann einem Mann keinen Vorwurf dafür machen, dass er es versucht.«

Erin hat uns angewiesen, frühzeitig zu erscheinen, aber am Ende gehören wir zu den Letzten, die ankommen, und gehen die Einfahrt zusammen mit ein paar anderen Nachzüglern hinauf. Bishop wirkt unbesorgt, aber ich will Erin keine zusätzliche Munition gegen mich liefern.

Kerzen in kleinen Papiertüten flackern am Rand der Einfahrt und auf der Treppe, die zur Haustür hochführt. Wie aus Solidarität flimmern Glühwürmchen über dem Gras. Als ich jünger war, gab es Sommer, in denen man sie sich ohne größere Mühe händeweise aus der Luft fangen konnte, genug, um ein Glas für eine nächtliche Laterne zu füllen oder sich einen leuchtenden Ring zu machen, wenn es einem nichts ausmachte, ihnen die leuchtenden Schwänze auszureißen. Ich konnte das nie, aber Callie hat es immer für mich gemacht. Daraus ließe sich bestimmt eine Lehre ziehen, wenn ich darüber nachdächte.

Aus dem Augenwinkel kann ich den massiven Schatten des Baumes sehen, an dem meine Mutter gestorben ist. Ich drehe nicht den Kopf, um hinzuschauen, aber Bishop muss spüren, woran ich denke, denn er drückt mir tröstend die Hand. Wir haben irgendwie den Punkt erreicht, an dem wir uns ohne Worte verständigen, und ich bin mir nicht sicher, wann das passiert ist. Noch etwas an Bishop Lattimer, das sich heimlich an mich angeschlichen hat.

Bishops Eltern begrüßen uns, kaum dass wir durch die Tür kommen. Sein Vater umarmt mich und gibt mir einen Kuss auf die Wange, erklärt mir, dass ich glänzend aussähe. Erin ist ganz die Alte und reserviert wie immer, aber ich erhasche ein anerkennendes Aufblitzen ihrer Augen, als sie mich mustert. »Sehr nett«, sagt sie zu mir. Das ist wahrscheinlich das Äußerste, was ich von ihr zu hören bekomme, und es ist mir genug.

»Ihr seid spät dran«, sagt sie mit geschürzten Lippen zu Bishop.

»Das liegt an mir«, werfe ich ein, bevor Bishop die Schuld auf sich nehmen kann. »Probleme mit dem Kleid.«

Erin lächelt höflich. »Besser spät als nie.«

Bishop führt mich durch den vorderen Flur hinaus auf die Terrasse hinterm Haus. Hier zeigt sich das gleiche funkelnde Wunderland wie vorn, gesäumt von Kerzen und erfüllt mit ausgelassenem Gelächter. Am anderen Ende der Terrasse ist eine Bar aufgebaut, und Bishop deutet mit dem Kopf in diese Richtung. »Willst du etwas zu trinken?«

»Gern«, sage ich. Es wäre schön, eine Beschäftigung für meine nervösen Hände zu haben. Ich kann die Blicke der anderen Gäste auf uns spüren; jeder will den Sohn des Präsidenten und die Tochter des Gründers sehen. Ich fühle mich wohler, wenn wir allein sind, in unserem kleinen Haus, sicher vor neugierigen Augen.

»Ich bin gleich wieder da«, verspricht Bishop. Ich sehe ihm nach, als er sich von mir entfernt. Er überragt alle anderen. Sein schlanker Körper arbeitet sich durchs Gewühl. Ich gebe mir große Mühe, mich nicht so befangen zu fühlen, während Menschen um mich herumschlendern, von denen einige mir im Vorbeigehen ein freundliches Lächeln zuwerfen. Falls mein Vater und meine Schwester hier sind, habe ich noch keine Spur von ihnen gesehen.

Bishop wartet in der Getränkeschlange und schaut über seine Schulter. Unsere Augen treffen sich. Er lächelt mich ebenso sanft wie intensiv an, und mir wird ganz heiß. Ich wende den Blick nicht von ihm ab, selbst als jemand sich neben mich schiebt.

»Na also, ihr zwei scheint euch ja näher gekommen zu sein«, ertönt Callies Stimme.

Ich reiße den Blick von Bishop los und schaue zu meiner Schwester. Sie trägt ein gelbes Kleid, das ihren Teint fahl erscheinen lässt, aber ihr Gesicht ist trotzdem schön. »Er kann dich gar nicht aus den Augen lassen«, bemerkt sie und lässt nun ihrerseits den Blick über mein Kleid wandern.

»Ich hätte gedacht, du würdest das gut finden«, entgegne ich verärgert.

»Würde ich tatsächlich. Aber du kannst ihn auch nicht aus den Augen lassen.«

Ich wende mich von ihr ab. Ich will sie von Bishop ablenken. »Wo ist Dad?«

Callie deutet mit ihrer halb leeren Champagnerflöte über den Rasen. »Da drüben.«

Ich kann gerade eben das Profil meines Vaters in einer Gruppe von Männern ausmachen, die um einen hohen, mit weiteren Kerzen geschmückten Tisch herumstehen. Er lacht und wirft dabei den Kopf in den Nacken, als wäre er völlig sorgenfrei.

»Er will die Kombination zum Waffentresor haben«, erklärt Callie mit gedämpfter Stimme.

»Er hat gesagt, er gibt mir etwas Zeit«, entgegne ich, ohne sie anzusehen.

»Das hat er bereits getan.« Sie tippt mir mit ihrem Glas auf den Unterarm. »Die Zeit ist abgelaufen.«

Ich starre sie wütend an, und sie legt den Kopf zur Seite, als studierte sie ein besonders faszinierendes Insekt, das aber letztlich doch zerquetscht werden muss. »Ich habe ihm gesagt, dass du es nicht durchziehen würdest, bestimmt tausendmal. Dass wir am Ende doch alles allein machen müssen, weil du damit nicht klarkommst. Du bist zu weich, Ivy. Bist es immer gewesen.«

»Halt den Mund, Callie«, sage ich und balle die Fäuste. »Ich habe versprochen, den Code zu besorgen, und das werde ich auch tun. Also halt einfach den Mund.« Ich drehe mich heftig weg, bevor ich noch etwas tue, das ich bereue, wie etwa sie anzuschreien oder ihr das Feixen aus dem Gesicht zu schlagen.

Ich drängle mich durch die Menge und zurück ins Haus. Ich weiß nicht einmal, wo ich hingehe, solange mein Weg mich von Callie wegführt.

»Hey, wo willst du hin?«

Ich drehe mich um, und da steht Bishop mit unseren Drinks in den Händen und einem verwirrten Ausdruck auf dem Gesicht. Er führt mich zu einem freien Fleckchen am Fuß der Treppe. »Ich habe dich mit deiner Schwester sprechen sehen. Was ist passiert?«

Ich zwinge ein Lächeln auf mein Gesicht und bin mir dabei nicht sicher, wie erfolgreich diese Bemühung ist. »Eine typische Sache unter Geschwistern«, antworte ich so lässig ich kann. »Manchmal ist es ein Segen, ein Einzelkind zu sein.«

Er sieht mir forschend in die Augen. Dann reicht er mir eine Champagnerflöte und nimmt meine freie Hand. »Komm mit.« Er führt mich die Treppe hinauf und durch einen dunklen Flur, der von geschlossenen Türen gesäumt ist.

»Wohin gehen wir?«

»In mein altes Zimmer.« Bishop bleibt mit einer Hand auf der Klinke vor der letzten Tür stehen. »Du siehst aus, als könntest du eine Pause gebrauchen.«

»Deine Mutter kriegt einen Anfall, wenn sie herausfindet, dass wir uns hier oben verstecken«, wende ich ein.

»Das macht es nur umso schöner«, erwidert er und öffnet die Tür.

Sein Zimmer ist groß und geht nach vorne hinaus. Durch die durchscheinenden Vorhänge sehe ich die flackernden Kerzen entlang der Einfahrt. Er schaltet das Deckenlicht nicht ein, sondern nur eine kleine Lampe auf seinem Schreibtisch, sodass der größte Teil des Raums im Dunkeln bleibt. Dem Schreibtisch gegenüber steht ein Doppelbett, auf dem eine Patchworkdecke in Blau- und Grautönen liegt. In der anderen Ecke stehen ein Sessel und ein kleines Bücherregal. Der Raum ist makellos sauber und wirkt unpersönlich. Er erzählt nichts von Bishops Liebe zur freien Natur oder von seinem Traum vom Meer. Mit einem einzigen Blick weiß ich, dass seine Mutter dieses Zimmer eingerichtet hat und dass sie nicht im Mindesten versteht, wer ihr Sohn ist.

»Ah, viel besser«, murmelt er und lässt sich auf das Bett sinken. Ich lehne mich an die Kante seines Schreibtisches und fingere nervös am Stiel meiner Champagnerflöte.

»Ich habe mir immer einen Bruder oder eine Schwester gewünscht«, erklärt Bishop. »Darunter habe ich mir jemanden vorgestellt, der immer bei mir ist und der mich versteht. Einen automatischen besten Freund.« Er fängt meinen Blick quer durch den Raum auf. »Aber ich schätze, so ist das nicht immer.«

»Vielleicht bei manchen Menschen«, antworte ich. »Aber nicht bei Callie und mir.« Er sieht mich ohne etwas zu erwidern an, und ich weiß, dass er auf mehr wartet. »Wir sind einfach … sehr verschieden. Unsere Persönlichkeiten. Das Leben wäre einfacher, wenn ich mehr wäre wie sie.« Tränen schießen mir in die Augen, und ich blinzle sie hektisch weg.

»Hey«, murmelt Bishop sanft. »Einfacher für wen? Für sie?« Er steht auf und kommt auf mich zu. »Das ist ihr Problem. Vielleicht ist sie diejenige, die mehr sein müsste wie du. Oder vielleicht muss sie einfach akzeptieren, wer du bist.« Er stützt sich links und rechts von meinen Hüften auf den Schreibtisch und beugt sich zu mir vor. Seine Lippen sind warm und fest, und sein Mund schmeckt nach Champagner.

Er macht Anstalten, sich von mir zu lösen, und ich grabe meine Hand in sein Haar und halte ihn fest, lege meine Stirn an seine. Unser Atem vermischt sich, unsere Lippen sind einen Herzschlag voneinander entfernt.

»Du bist mein bester Freund«, flüstere ich. Mir ist nicht bewusst, dass diese Worte darauf gewartet haben, ausgesprochen zu werden, bis sie meinen Mund verlassen. Sie offenbaren zu viel, und doch sind sie das Mindeste, was ich ihm sagen will.

»Ivy«, flüstert er zurück. »Mach die Augen auf.«

Ich tue es, und er sieht mich an, sein Blick ist ernst und unlesbar. Ich habe Angst vor dem, was er sagen könnte, vor Worten, die sich nie wieder zurücknehmen oder vergessen lassen. Worte, die zu hören mich umbringen. Also presche ich vor und bringe ihn mit meinem Mund zum Schweigen. Tief aus seiner Kehle dringt ein frustrierter Laut, aber er nimmt die Hände vom Schreibtisch, legt sie mir um die Taille und zieht mich fester an sich.

Es klopft, und gleichzeitig wird die Tür geöffnet, weshalb wir keine Gelegenheit haben, auseinanderzuspringen, um vorzugeben, wir hätten etwas anderes getan als das, was wir tatsächlich getan haben. Was Bishop betrifft, versucht er es nicht einmal. Er lässt die Arme um mich liegen, seine Lippen an meiner Schläfe, selbst als seine Mutter in der offenen Tür steht.

Sie starrt uns mit eisiger Missbilligung an. »Die Leute fragen schon nach euch«, stellt sie fest. »Das ist eine Party zu Ehren deines Vaters. Nicht um sich hier oben zu verstecken … und weiß Gott was zu treiben. Ich erwarte euch in fünf Minuten unten.« Sie dreht sich um und verschwindet unter dem Klackern ihrer hohen Absätze. Mir wird bewusst, dass ich vor allem dieses Geräusch mit ihr verbinde.

»Erwischt«, murmelt Bishop. Ich muss lachen und vergrabe das Gesicht an seiner Schulter.

Wir halten uns an Erins nicht allzu verschleierte Drohung und gehen innerhalb des Fünf-Minuten-Ultimatums nach unten. Ich bezweifle nicht, dass sie zurück nach oben kommen und uns an den Ohren runterzerren würde, falls wir nicht gehorchen. Die Eingangshalle hat sich geleert, da fast alle im Garten sind, wo auf langen Tischen ein Buffet aufgebaut worden ist.

»Hungrig?«, fragt Bishop.

Tatsächlich habe ich einen Bärenhunger, aber es gibt etwas, das ich zuerst erledigen muss. Die Codes finden. Ich habe immer noch Callies Stimme im Ohr, dass mir der

Wille fehle, meine Mission zu erfüllen. Sie war so überzeugt davon, dass ich nicht stark genug bin. »Wie wär's, wenn du uns etwas zu essen holst«, sage ich zu ihm. »Ich gehe eben zur Toilette. Bin gleich wieder da.«

Ich warte, bis er weg ist, bevor ich mich schnell in den vorderen Teil des Hauses begebe. Ich gehe jedoch am Badezimmer vorbei, und ohne viel darüber nachzudenken, tippe ich den Code in das Tastenfeld vor Präsident Lattimers Büro ein. Ich bin mir immer noch nicht sicher, ob es der gleiche ist wie der an der Haustür, aber bei den allgemein laxen Sicherheitsvorkehrungen nehme ich an, dass es so ist.

Wie erwartet öffnet sich das Schloss mit einem leisen Klicken. Ich schlüpfe ins Zimmer, dann schließe ich leise die Tür hinter mir. Mein Herz schlägt mir bis zum Hals, ich habe das Gefühl zu ersticken und befehle mir, mich zu beruhigen. Zu atmen.

Im Raum ist es dunkel, und ich weiß, dass ich ein Risiko eingehe, wenn ich Licht mache, aber ich muss sehen können, was ich tue. Glücklicherweise sind die schweren Vorhänge zugezogen, und die Fenster öffnen sich zur Längsseite des Hauses. Ich muss einfach hoffen, dass niemand von draußen das Licht bemerkt.

Ich versuche, nicht darüber nachzudenken, was ich tue und was es bedeutet. Ich sage mir, dass ich meiner Familie helfe. Ich helfe den Mädchen, die nach mir kommen werden. Aber ich sehe immer nur Bishops Gesicht vor mir. *Was tust du da, Ivy?*

Ich hocke mich hinter Präsident Lattimers Schreibtisch und ziehe eine große Schublade auf. Sie ist voller Akten, alle Gott sei Dank säuberlich beschriftet. Ich fahre mit den

Fingern über die Reiter, aber da steht nichts über den Waffentresor, Waffen oder Verteidigung. Ich muss mich beeilen. Bishop wird jede Sekunde nach mir suchen kommen, und ich habe absolut keinen guten Grund, in diesem Raum zu sein, geschweige denn wie eine Diebin am Schreibtisch zu hocken. *Vielleicht willst du erwischt werden. Vielleicht würde das alles einfacher machen.* Aber ich dränge den Gedanken beiseite und wende mich der nächsten Schublade zu.

Bingo. Die Akten in dieser Schublade sind genau das, wonach ich suche. Meine zitternden Finger fliegen über die Registerreiter, bis sie bei WAFFEN landen. Ich ziehe die Akte heraus und schlage sie auf dem Boden auf. Seite um Seite Inventurblätter, wie es aussieht. Alle Waffen in jeder Ausführung, die die Regierung besitzt. Liebend gern hätte mein Vater diese Akte, aber es ist zu riskant, sie einfach mitzunehmen, und auf keinen Fall kann ich die Informationen auswendig lernen. Ich blättere die Seiten durch, den Blick auf die Akte gerichtet, aber die Ohren in Richtung der Tür gespitzt. *Beeil dich. Beeil dich.* Wenn der Code nicht hier ist, dann werde ich es fürs Erste aufgeben und es später noch einmal versuchen.

Ich will es gerade vergessen und die Akte zurück in die Schublade schieben, als ich die Seite mit dem Code zum Waffentresor finde. Der Code ist säuberlich getippt. Es ist eine Aktennotiz von Ray für Präsident Lattimer. 21-13-6-18-57. Der gleiche Code sowohl für die Außentür als auch für den Tresor. Ziemlich nachlässig, aber für meine Zwecke umso besser. Und dann stehen noch diese Worte am unteren Rand der Aktennotiz: »Die letzte Ziffer erhöht sich jeden Monat um drei, bis an Neujahr die ganze Serie ersetzt wird.« Die Notiz stammt vom 1. Januar diesen Jahres. Wir haben jetzt Anfang August. Also achtundsiebzig. 21-13-6-18-78. Ich schließe die Augen und präge mir die Zahlen ein.

Plötzlich ist mir speiübel, und ich habe den fast unwiderstehlichen Drang, mich zu übergeben. Ich lehne die Stirn an den Schreibtisch und halte mir mit einer Hand den Mund zu. Bin das wirklich ich? Ein Mädchen, das alles für seine Familie tut? Ein Mädchen, das einen unschuldigen Jungen opfert, um zu beweisen, dass es nicht zu weich ist? Ich weiß es nicht. Ich weiß gar nichts mehr.

Im Flur sind plötzlich Schritte zu hören. Ich schiebe die Akte zurück in die Schublade und hoffe, dass sie ungefähr auf demselben Fleck liegt wie vorher, dann mache ich die Schublade zu. Ich schalte die Lampe aus und gehe im Dunkeln durch den Raum zur Tür, lehne den Kopf an das kühle Holz. Nichts anderes als ferne Stimmen sind zu hören. Ich habe keine Möglichkeit genau herauszufinden, was mich auf der anderen Seite erwartet, aber es bringt nichts, noch länger hierzubleiben.

Ich atme tief durch, öffne die Tür und gehe hinaus. Und renne direkt gegen die Brust eines Mannes.

»Ivy?«

Ich schaue in das Gesicht meines Vaters, und Erleichterung durchströmt mich. Er greift hinter mich, schließt die Tür und legt mir dann die Hände auf die Oberarme.

»Ich habe sie, Dad«, flüstere ich. »Die letzte Ziffer erhöht sich jeden Monat um den Faktor drei.«

Mit leuchtenden Augen zieht er mich in die Arme, und ich erwidere seine Umarmung, mein Kinn auf seine Schulter gestützt. Bishop steht am Ende des Flurs und lächelt, als er mich sieht. Ich schließe die Augen, und meine Nase füllt sich mit dem vertrauten Duft meines Vaters, Rauch und Papier. Ich erinnere mich an den Winter, in dem er mir das Lesen beigebracht hat. Und an die Nachmittage danach, die wir – jeder für sich, aber im gleichen Raum – gelesen haben. Wenn ich mich ihm am nächsten gefühlt habe, hatte ich stets ein Buch in der Hand. Ungebeten blitzt Callies Gesicht vor meinem inneren Auge auf. Trotz all ihrer Fehler hat sie mich immer beschützt, selbst wenn ich vielleicht nicht ihre Methoden gewählt hätte. Ich öffne die Augen und sehe durch einen Tränenschleier Bishop auf mich zukommen. Mit seinem tiefen Lachen und seinen starken Händen. Der Junge, der vom Meer träumt und Menschen hinter dem Zaun etwas zu essen gibt. Was bin ich jedem Einzelnen von ihnen schuldig? Was bin ich mir selbst schuldig?

21-13-6-18-78. Ich drehe den Kopf und presse die Lippen dicht ans Ohr meines Vaters. »Einundzwanzig … dreizehn … sechs … achtzehn«, flüstere ich. Zögere. Bishop erscheint am Rand meines Gesichtsfelds. »Siebenundachtzig«, sage ich und löse mich von meinem Vater.

Es ist ein bedauerlicher Fehler. Ein Fehler, der jedem passieren könnte. Der mir Zeit verschafft herauszufinden, was ich tun soll, bevor sie merken, dass ich etwas tue.

21

Auf dem Heimweg bin ich sehr still. Ich halte Bishops Hand und mache *hm-hm*, während er redet, aber im Geiste bin ich anderswo. Immer noch in der Umarmung meines Vaters, in dem Moment, als ich vor zwei Alternativen stand. Und ich habe den Jungen gewählt, der jetzt neben mir hergeht, statt meiner eigenen Familie.

»Ach ja, ich habe mit dem Vorsitzenden des Eheanbahnungsausschusses gesprochen«, berichtet Bishop. »Er hat mir erzählt, dass Dylan und Meredith beide ihren Namen für nächstes Jahr wieder in den Pool gegeben haben.«

»Na toll«, murmle ich. »Jetzt kann Dylan einem anderen Mädchen das Leben zur Hölle machen.«

Bishop drückt meine Hand. »Das glaube ich nicht. Ich habe angedeutet, man könne vielleicht dafür sorgen, dass er keine Partnerin findet.«

Ich stoße einen kleinen Seufzer der Erleichterung aus. »Ich kann nicht glauben, dass Meredith das noch einmal durchmachen will. Aber ich schätze, es ist ihre Entscheidung.«

»Das ist es«, erwidert Bishop. »Vielleicht hat sie dieses Mal mehr Glück.«

»Viel schlimmer kann es nicht werden«, sage ich, und Bishop lächelt.

Ich stolpere über eine unebene Stelle des Gehsteigs, und er streckt seine freie Hand aus, um mir Halt zu geben. »Hoppla.« Er schaut auf meine Füße hinunter. »Warum ziehst du die nicht aus?«

Seine Worte katapultieren mich zu dem Tag zurück, an dem wir uns kennengelernt, dem Tag, an dem wir geheiratet haben und er genau das Gleiche über meine hochhackigen Schuhe gesagt hat. Seither haben wir einen weiten Weg zurückgelegt. Weiter, als ich je zu träumen gewagt hätte. Weiter, als ich je gehen wollte. Ich halte mich an ihm fest, während ich aus meinen Schuhen schlüpfe. Diesmal nimmt er sie mir ab und hängt sich die Riemen über die Finger.

»Was ist?«, frage ich, als er nicht weitergeht.

Er lässt meine Hand los, um mir eine Haarlocke über die Schulter zu streichen. »Du siehst jetzt hübscher aus als vor der Party. Du gefällst mir mit nackten Füßen. Und mit offenen Haaren.«

Selbst bei dem Chaos in meinem Kopf kann ich mir ein Lächeln nicht verkneifen.

»Ich bin froh, dass du Gelegenheit hattest, deinen Vater wiederzusehen«, bemerkt er, sobald wir uns erneut in Bewegung gesetzt haben.

Ich schaue ihn an und ringe mit dem, was ich darauf erwidern soll. »Es war schön, ihn zu sehen. Seit dem Tag, an dem ich das von meiner Mutter erfahren habe, habe ich nicht mehr mit ihm gesprochen.«

»Bist du ihm immer noch böse?«

»Ja.« Ich glaube nicht, dass ich meinem Vater jemals ganz verzeihen kann, dass er mir nicht die Wahrheit über den Tod meiner Mutter gesagt hat. Denn diese Lüge war der Katalysator für so viele meiner Entscheidungen, für so viele Abzweigungen und Kurven auf der Straße, die ich genommen habe. Ich hätte vielleicht einen anderen Weg gewählt, hätte ich von Anfang an die Wahrheit gekannt. Die Mission meines Vaters wäre dann vielleicht nicht so leicht zu meiner eigenen geworden.

»Ich kann verstehen, warum du vielleicht für eine Weile etwas Abstand von ihm haben möchtest«, sagt Bishop. »Aber ich will nicht einer der Gründe dafür sein.«

»Wovon sprichst du?«

Bishop lässt den Daumen über meine Hand gleiten. »Ich weiß, dass unsere Väter sich nicht immer besonders gut verstanden haben. Ich will nicht, dass unsere Ehe einen Keil zwischen dich und deine Familie treibt.«

»Das wird sie nicht.« Ich wusste es bereits, aber seine Worte beweisen es: Bishop ist ein guter Mensch. Ein besserer Mensch als der ganze Rest von uns. Er weiß gar nicht, was er für eine Seltenheit ist, dass alle anderen direkt unter der Oberfläche jeder Interaktion nach etwas anderem angeln. Er ist der einzige Mensch, dessen Motiven ich vollkommen vertraue.

Ich hebe den Kopf zum Himmel, während wir weitergehen. Die Sterne blinken über uns und schimmern schwach in der feuchten Luft. Es heißt, vor dem Krieg habe man sie bei Nacht kaum sehen können wegen der Lichter Tausender Städte. Jetzt liegen sie über uns wie ein riesiger Teppich, leuchten von einem pechschwarzen Himmel. Bei aller Vernichtung und Not, die der Krieg gebracht hat, tut es mir nicht leid, dass ich heute die Sterne sehen kann.

Auf der Veranda nehme ich ihm meine Schuhe ab. »Ich habe mich heute Abend gut amüsiert«, sage ich ihm, aber es kostet mich einige Anstrengung, meinen Mund zu einem Lächeln zu zwingen. Ich habe meine Familie verraten und meine eigenen Wünsche über das gestellt, was das Beste für die Gemeinschaft ist. Ich habe beschlossen, dass Bishops Leben mehr wert ist als die Zukunft von hundert Mädchen. Ich bin in eine vollkommen neue Welt abgebogen, und es gibt so leicht kein Zurück mehr.

Mein elegantes Kleid endet als zerknitterter Haufen in der Ecke des Schlafzimmers, und ich werfe die Schuhe obendrauf. Dann krieche ich in einem Tanktop und Unterwäsche ins Bett und lausche, während Bishop sich die Zähne putzt und seine Kleidung an die Badezimmertür hängt, damit er mich nicht stört, indem er sie hier im Schrank verstaut. Seine Gewohnheiten sind für mich so vertraut geworden wie meine eigenen.

»Bishop?«, rufe ich, als sein Schatten an der Schlafzimmertür vorbeigleitet.

»Ja?«

Ich drehe mich auf die Seite. Ich weiß, was ich will, aber ich weiß nicht genau, wie ich darum bitten soll, welche Worte ich benutzen sollte. Es stellt sich heraus, dass es keine Rolle spielt, denn all meine Worte sind mir abhandengekommen. Stattdessen schlage ich die Decke von der leeren Stelle neben mir zurück. Mein Herz schlägt langsam, aber fest wie eine Basstrommel in meiner Brust. Sein

Rhythmus tut schon fast weh. Bishops Blick wandert vom Bett zu meinem Gesicht.

»Ich glaube nicht, dass ich bereit bin für … Sex«, sage ich. Ich räuspere mich, um meinen Worten mehr Gewicht zu verleihen. Tatsächlich habe ich keine Angst vor dem Akt selbst, nicht wirklich. Nicht wenn es um Bishop und mich geht. Und in einer anderen Welt wäre ich wahrscheinlich bereit, mit ihm zu schlafen. Aber hier, in dem verworrenen Netz, in dem ich gefangen bin, habe ich Angst vor dem letzten Schritt, der unsere Körper so aneinander binden würde, wie der Rest von uns bereits verschmolzen ist. Aber ich will auch nicht, dass er weiter auf der anderen Seite der Wand bleibt. »Ich will nicht allein in diesem Bett schlafen«, sage ich ihm.

»Ivy …« Er klingt untypisch nervös, und das macht mich mutig. Er wollte nicht derjenige sein, der darum bittet. Er hat auf mich gewartet.

»Ich will dich neben mir haben«, fahre ich fort.

Er braucht nur vier Schritte bis zum Bett, doch dann zögert er. Er trägt nur Boxershorts, und jetzt werde ich plötzlich nervös. Vielleicht hätte ich das vorschlagen sollen, als er noch angezogen war. *Wem willst du etwas vormachen, Ivy?* Meine Hände brennen darauf, ihn zu berühren; meine Fingerspitzen pochen vor Verlangen.

»Bist du dir sicher?«, fragt er mich.

»Ja.«

Er klettert neben mir ins Bett, die Decke ist bis nach unten zu unseren Füßen gerutscht. Er liegt wie ich auf der Seite, einen Arm unter dem Kissen, auf dem sein Kopf ruht, die Knie gebeugt. Unsere Beine sind so lang, dass wir mit den Knien aneinanderstoßen, und nach einer Sekunde verlegenen Zögerns schiebe ich ein Bein über seine. Er legt seine freie Hand in meine Taille, bevor er sie weiter hinunterschiebt zu der Rundung meiner Hüfte. Sein Daumen gleitet über meine Haut, auf und ab über meinen vorspringenden Hüftknochen.

Ich rutsche zentimeterweise näher an ihn heran. Seine Augen glitzern im Halbdunkel, sein Haar ist zerdrückt vom Kissen. Ich bewege mich noch näher auf ihn zu, bis mein Körper ganz nah an seinem ist. Ich lege ihm beide Arme um den Hals. Schlinge mich um ihn wie mein Namensvetter.

Wir küssen uns, bis ich ganz betrunken davon bin, betrunken von ihm. Er hat die Hände in mein Tanktop verkrallt und es seitlich halb hochgezogen, während mein Bein über seiner Taille liegt. Und es spielt keine Rolle, was wir beide darüber gesagt haben, nicht bereit zu sein. Wenn wir nicht bald aufhören, werden wir gar nicht mehr aufhören können. Es wäre dann wie der Versuch, einen Großbrand mit einem Fingerhut voll Wasser zu löschen.

»Ivy«, flüstert Bishop an meinem Mund. »Es gibt eine feine Linie zwischen Selbstbeherrschung und Masochismus, genau auf dieser Linie befinden wir uns gerade.« Seine Stimme klingt heiser und atemlos, aber es liegt auch Belustigung in ihr.

Ich ziehe ihn leicht an den Haaren. »Mit mir im Bett zu liegen, ist also eine Form von Folter?«, frage ich lachend.

»Wenn wir beide halb nackt sind, schon.«

Eine meiner Hände hat ihren Weg zu seiner nackten Brust gefunden, und meine Finger gleiten spielerisch und leicht über seine Haut. Sie ist warm und glatt, und mir gefällt, wie seine Muskeln sich unter meiner neugierigen Hand bewegen.

»Stopp«, stöhnt er und hält meine Hand fest, als sie zu seinem Bauch wandert, und führt sie an die Lippen. »Jetzt folterst du mich wirklich.«

Ich hätte nicht gedacht, dass eine Berührung wie diese eine solche Wirkung auf ihn haben würde. Aber dann stelle ich mir vor, er würde meine nackte Brust auf die gleiche Weise berühren, und Hitze sammelt sich in meinem Bauch und macht mich schwindelig und atemlos. »Tut mir leid«, flüstere ich.

»Schon gut«, antwortet er und neigt den Kopf, um mich anzusehen. »Es gibt einfach Grenzen bei dem, was ich ertragen kann.«

Ich stütze mich auf die Ellbogen und gebe ihm einen letzten Kuss. Dann drehe ich mich um und ziehe seinen Arm um meine Taille. Ich umfasse seine Hand mit beiden Händen. Wir küssen uns nicht mehr, aber ich bin mir nicht sicher, ob es weniger gefährlich ist, wenn er sich mit der Brust an meinem Rücken an mich presst.

Der Vollmond scheint durch die Vorhänge, und sein kühler Glanz taucht den Raum in Silber. Ich zeichne die langen Linien von Bishops Fingern nach. »Warum hast du nicht aufgehört, es mit mir zu versuchen?« Ich sage mir, dass ich, falls er schläft, nicht noch einmal fragen werde.

Er schläft nicht. »Wie meinst du das?« Sein Atem kitzelt die feinen Härchen an meinem Hals.

»An dem Abend, an dem wir Wahrheit oder Pflicht gespielt haben. Da hast du gesagt, du hättest nach einer Weile aufgehört, zu versuchen, dir die Zuneigung deiner Mutter zu verdienen.« Ich halte inne. »Warum hast du nicht auch bei mir aufgegeben?«

»Du weißt, warum«, sagt er leise. Ich schließe die Augen. Ich weiß es tatsächlich, aber ich bin mir nicht sicher, ob ich schon so weit bin, es mir anzuhören. Doch irgendwie muss ich wohl bereit dazu sein, denn ich hätte die Frage Bishop sonst nicht gestellt, einem Jungen, der einem nie eine einfache Antwort gibt, nur weil die Wahrheit hart ist. Vielleicht will ich es hören, damit ich ein für alle Mal weiß, dass es kein Zurück mehr gibt.

»Weil ich in dich verliebt bin, Ivy«, flüstert er. »Dich aufzugeben, ist keine Option.« Er hebt mein Haar von meinem Nacken und küsst die zarte Haut darunter.

Mein Atem entweicht mir mit einem Beben. Die Stille füllt das dunkle Zimmer aus, und vielleicht war es idiotisch, die Frage zu stellen, aber es tut mir nicht leid. Ich öffne seine Finger und küsse die Innenfläche seiner Hand. Seine Haut ist dort kühl und trocken. Schließlich lege ich seine Hand über mein Herz und bedecke sie mit meiner eigenen.

So schlafen wir ein. Seine Lippen auf meinem Hals. Mein Herz in seiner Hand.

22

Als das Ende kommt, kommt es schnell. Ich bin darauf nicht vorbereitet, obwohl ich es sein sollte. Jede Sekunde meines Lebens hat auf diesen Augenblick hingeführt. Dass er jetzt da ist, sollte mich eigentlich nicht überraschen.

Ich komme gerade nach einem Arbeitstag aus dem Gerichtsgebäude, mit den Gedanken bin ich schon bei Bishop und unserem Zuhause, als sich der Mann vom Marmeladenstand auf dem Markt nähert. Er kommt mir entgegen und schiebt einen Karren mit seinen Waren vor sich her. Ich tue so, als sähe ich ihn nicht, wie ein Kind, das denkt, wenn es nicht in den Schrank schaut, versteckt sich auch kein Monster darin. Aber die Weigerung, ihn anzusehen, rettet mich nicht.

»Marmelade?«, ruft er mir nach, als ich vorbeigehe. »Ma'am, könnte ich Sie für ein Glas Marmelade interessieren?« Seine Stimme ist laut genug, dass ich ihn nicht ignorieren kann, nicht ohne Aufmerksamkeit auf mich zu lenken.

»Nein, danke«, antworte ich über meine Schulter hinweg. »Heute nicht.«

»Aber Ma'am, ich habe Himbeere. Zu einem guten Preis.«

Mir bleibt nichts anderes übrig, als stehen zu bleiben und mich mit einem falschen Lächeln auf dem Gesicht umzudrehen. »Nur ein Glas«, antworte ich.

Er kommt auf mich zu, die Himbeermarmelade in der Hand. Er reicht sie mir, zusammen mit einem kleinen Zettel, und ich gebe ihm ein Bündel zerknitterter Gutscheine. »Danke«, sagt er. »Lassen Sie es sich schmecken.«

Ich stecke die Marmelade in die Tasche, und mit der Notiz in der Hand gehe ich schnell weiter. Ich warte einen Häuserblock und dann zwei, bevor ich stehen bleibe und den Zettel auffalte. *Brücke im Park. Jetzt.* Callies Handschrift.

Es ist nach all den langen Wochen beinahe eine Erleichterung, endlich zur Sache zu kommen. Ich könnte die Aufforderung wahrscheinlich ignorieren, aber das würde lediglich das Unvermeidliche hinauszögern. Also biege ich, statt geradewegs nach Hause zu gehen, an der Ecke links ab und durchquere den Park. Das vertrocknete spätsommerliche Gras knistert unter meinen Füßen.

Callie erwartet mich bereits auf der Brücke. Sie lehnt am Geländer und beugt sich vorsichtig über das trübe Wasser. Da unten schwimmen träge ein paar Enten, aber selbst sie wirken etwas betäubt von der Hitze. Sie wartet mit dem Sprechen, bis ich neben ihr stehe und meine Tasche zwischen uns auf die Brücke gestellt habe.

»Es ist soweit«, sagt sie.

Ich erwidere nichts, sondern hefte den Blick auf das gegenüberliegende Ufer des Teichs. Sie hält mir etwas hin, doch ich weigere mich, den Kopf zu drehen und es anzusehen.

»Du musst ihm das hier ins Essen mischen«, erklärt sie

mir. »Fast alles. Nimm selbst auch ein bisschen zu dir, damit du nicht in den Verdacht gerätst, dass du dahintersteckst. Aber nur wenig. Ein paar Tropfen.«

»Was ist das?« Meine Stimme klingt wie tot, ausdruckslos und trocken.

»Es ist ein Gift, das wie eine Virusinfektion wirkt.«

Damit habe ich nicht gerechnet. Eher etwas Dramatischeres, bei dem scharfe Messer oder aus den Höhlen tretende Augen eine Rolle spielen. Irgendeine Methode, bei der ich gezwungen sein würde, meine Hände zu benutzen, um ihm seinen letzten Atemzug zu rauben.

»Wir werden auch etwas von dem Mittel in Speisen auf dem Markt verteilen.« Ich sehe sie mit großen Augen an. »Nicht genug, um jemanden zu töten, aber genug, damit ein paar Leute krank werden. Alle werden denken, es ist eine Epidemie. Die gibt es oft genug.«

Ich starre sie an. »Und was ist mit der Tatsache, dass nur Bishop stirbt? Da wird niemand Verdacht schöpfen?«

»Ein Verdacht ist noch lange kein Beweis.« Callie zuckt die Achseln. »Und außerdem kann man unmöglich vorher sagen, wie viel die Leute essen. Bishop wird vielleicht nicht der Einzige sein, der stirbt.« Ihre Nonchalance fährt mir wie ein Dolch aus Eis in die Brust.

»Warum müssen wir ihn überhaupt töten?«, frage ich. »Warum ist das die einzige Möglichkeit? Wenn Dad glaubt, eine Demokratie wäre besser, warum können wir die Menschen dann nicht davon überzeugen, sich stattdessen ihm anzuschließen?«

»Weil die Menschen dumm sind«, zischt Callie. »Menschen wählen immer den leichtesten Weg. Das, was sie kennen. Sieh dir doch die Familien an, die sich am Hochzeitstag mit einem Lächeln auf dem Gesicht in die Schlange stellen, während ihre Kinder Fremde heiraten müssen. Niemand würde seinen Hals für Veränderungen riskieren.«

Ich nehme die kleine Phiole aus ihrer Hand entgegen. Die Flüssigkeit darin ist von einem dunkelrötlichen Lila. Die Farbe eines alten Blutergusses. Uraltes Blut. Callie legt ihre Hand auf meine. Ihre Finger sind kalt und knochig. »Denk an unser Ziel, Ivy. Sobald das hier vorbei ist, werden wir die Macht haben. Und du kannst tun, was immer du willst. In einem einflussreichen Job arbeiten. Wieder heiraten, jemanden, den du selbst auswählst. Es wird alles anders.«

Ich schaue ihr in die dunklen Augen. »Was ist, wenn er derjenige ist, den ich wählen würde?«, frage ich. »Wenn ich die Wahl hätte?«

Callie verdreht die Augen. »Verschon mich damit. Wenn du alles noch einmal machen müsstest, würdest du trotzdem mit sechzehn heiraten wollen? Würdest du wollen, dass andere die Entscheidungen für dich treffen?«

Sie hat natürlich recht. Ganz gleich, was ich für Bishop empfinde, ich wünschte, ich wäre nicht verheiratet, wünschte, die Regierung hätte uns nicht dazu gezwungen, bevor wir bereit dazu waren. »Nein«, antworte ich. »Ich will nicht verheiratet sein. Jetzt noch nicht.«

Aber eines Tages würde ich immer noch wollen, dass er es ist.

»Siehst du?« Callies Augen funkeln. »Genau davon spreche ich. Sobald Dad das Sagen hat, haben wir die Wahl. Das wird der Lohn des Ganzen sein.«

»Wenn Dad will, dass Menschen die Wahl haben, warum

will er dann Präsident Lattimers Platz einnehmen? Was ist daran demokratisch? Sollten die Menschen nicht wählen dürfen, so wie früher?«

Callies Gesicht verkrampft sich. »Also hast du jetzt, wo wir uns dem Ende nähern, plötzlich eine Million Zweifel? Dad will tatsächlich eine Demokratie, aber niemand ist besser vorbereitet, Westfall zu führen, als er, das weißt du. Wenn er die Dinge erst wieder auf den richtigen Kurs gebracht hat, werden wir über eine Abstimmung nachdenken. Einen Schritt nach dem anderen, Ivy. Und in diesem Moment befinden wir uns bei deinem Schritt im Plan.«

Die Phiole in meiner Hand brennt sich mir in die Haut. Wie viel ist das Leben eines Einzelnen im Vergleich zum übergeordneten Wohl wert? Kann es jemals richtig sein, eine unschuldige Person zu opfern? Und woher weiß man, was das übergeordnete Wohl überhaupt ist? Bei uns wird niemand gefoltert. Niemand verhungert oder wird in die Sklaverei verkauft. Ist es also die Sache wert, jemanden zu töten, um Verbesserungen einzuführen? Was ist, wenn dieser Tod dazu führt, die Zukunft zahlloser Mädchen zu retten? Wenn er Tausenden von Menschen ihre Willensfreiheit wiedergibt. Am Ende spielen die Antworten auf all diese Fragen jedoch keine Rolle. Denn ich kann einfach nicht tun, was sie von mir verlangt.

Ich kann ihn nicht töten. Ich werde ihn nicht töten.

»Also, was sieht der Plan vor?«, frage ich sie. »Was passiert mit Präsident Lattimer?«

Callie sieht mich lange an, bevor sie antwortet. »Sobald Bishop tot ist, übernehmen wir die Kontrolle über die Waffen, während Präsident Lattimer noch trauert. Danach stirbt er. Wenn die Menschen erst sehen, dass er nicht einmal ihre Sicherheit garantieren kann, dass er seine eigenen Waffen nicht unter Kontrolle hat, werden sie erheblich eher bereit sein, uns mit offenen Armen zu empfangen.«

»Er soll also unter dem Tod seines Sohnes leiden«, sage ich langsam.

»Ja.«

Ich nicke. »Ist das ebenfalls Teil von Dads Plan? Dafür zu sorgen, dass Präsident Lattimer jemanden verliert, den er liebt, so wie wir Mom verloren haben?«

»Ja«, wiederholt Callie. »Und ich finde das nur gerecht.«

Ich schließe die Augen. Die ganze Zeit über war ich motiviert von dem Wunsch, zu sehen, wie sich etwas verändert. Menschen eine Stimme in der Regierung zu geben, ein Mitspracherecht in ihrem eigenen Leben. Und ich glaube immer noch, dass mein Vater ein besserer Anführer wäre als Präsident Lattimer. Doch jetzt habe ich Angst, dass mein Vater sich vielleicht von Rache leiten lässt, von dem Wunsch zuzusehen, wie Präsident Lattimer unter dem Verlust seines Sohnes leidet, während mein Vater sich an Lattimers Schmerz weidet. »Wie werdet ihr Präsident Lattimer töten?«, frage ich. »Ist nicht alles bereits in Gang gesetzt?«

»Nicht direkt«, gibt Callie nach einer Pause zu. »Damit fangen wir an, sobald Bishop tot ist.«

»Warum gab es dann einen Zeitplan? Warum …« Ich verstumme, als ich es endlich verstehe. »Das war ein Test, nicht wahr? Ihr habt mich *auf die Probe gestellt?*«

»Es war nicht direkt ein Test«, widerspricht Callie und hat den Anstand, zumindest ein klein wenig verlegen zu wirken. »Aber wir konnten nicht zulassen, dass du die Dinge verschleppst. Wir wussten immer, dass es schwer für dich sein würde, Ivy. Wir konnten es uns nicht leisten, ewig zu warten. Aber du hast deine Sache großartig gemacht und die Waffen und die Codes gefunden. Du warst besser, als wir je zu hoffen wagten. Jetzt gibt es nur noch eines, was du tun musst.«

Ich lache bellend auf. Wenn sie wüsste, dass der Code, den ich unserem Vater gegeben habe, falsch ist. »Wann?«, frage ich und halte das Fläschchen hoch.

»Der genaue Zeitpunkt liegt bei dir, solange es innerhalb der nächsten Woche passiert.«

Das lässt mir nicht viel Zeit. »Was ist mit Mrs Lattimer?«, frage ich.

»Sobald die beiden Männer tot sind, spielt sie keine Rolle mehr«, antwortet Callie. »Auf sie verschwenden wir keine Energie.«

Ich mache mir keine Illusionen, was die Beziehung zwischen Erin Lattimer und mir betrifft. Sie besteht auf beiden Seiten nicht aus warmen, herzlichen Gefühlen. Aber mir bricht trotzdem ein wenig das Herz, wenn ich mir vorstelle, dass sie zurückbleibt, während Ehemann und Sohn beide tot sind. Ihre ganze Welt wird binnen eines Wimpernschlages zerstört. Die Gleichgültigkeit ihrem Leiden gegenüber ist eine besonders abscheuliche Form von Grausamkeit.

»Unsere Familie wartet seit Jahren darauf, wieder an die Macht zu kommen«, fährt Callie fort. »Und wir lassen uns das von niemandem wegnehmen.«

»Macht worüber? Über einen Haufen eingeschüchterter Menschen, die versuchen so zu tun, als hätte die Welt sich nicht verändert? Die alle zu verängstigt sind, um auch nur zu fragen, was sonst noch da draußen ist? Macht über dieses kleine Fleckchen Land mit zehntausend Menschen, dafür kämpfen wir?« Ich lasse den Blick über den Park schweifen und versuche mir vorzustellen, was hinter diesem winzigen Stück Erde liegt, auf das wir alle Anspruch erheben, als wäre es das Einzige, das noch übrig ist. Und vielleicht ist es auch so. Aber wir wissen es nicht mit Sicherheit. »Ist es das wert?«, frage ich.

»Natürlich ist es das wert!«, ruft Callie aus. »Mehr als das hier gibt es nicht. Und es sollte uns gehören. Ein Westfall hat diese Stadt gegründet und ein Westfall sollte in ihr das Sagen haben.«

Das klingt für mich nicht wirklich nach Demokratie. Ich stecke die Phiole in meine Tasche. »Auf Wiedersehen, Callie«, sage ich. Und bevor sie protestieren oder mich wegstoßen kann, packe ich sie und umarme sie heftig. Trotz allem ist sie immer noch meine Schwester. Ich liebe sie noch immer. Und ich werde es immer tun. Aber mir ist jetzt klar, dass Callie und mein Vater mich mein Leben lang kleingehalten, dass sie mir nie die Freiheit über meine eigenen Gedanken oder Taten eingeräumt haben, aus Angst, sie würden von ihren eigenen Wünschen abweichen. Sie unterscheiden sich nicht sehr von Präsident Lattimer.

Es ist Bishop, der mir geholfen hat, mich zu befreien. Doch er hat mich nicht gerettet. Er hat mir die Freiheit gegeben, mich selbst zu retten, und das ist die allerbeste Art von Rettung überhaupt.

Ich habe jede Möglichkeit ein Dutzend Mal durchgespielt. Habe daran gedacht, Bishop zu erzählen, was mein Vater und Callie planen. Aber auch wenn ich sie unbedingt aufhalten will, so weit kann ich nicht gehen. Ich kann nicht diejenige sein, die sie verdammt, selbst wenn sie es vielleicht verdienen. Und nichts zu tun, ist ebenfalls keine Option. Ich könnte die Phiole zerschmettern und mein Leben weiterleben, aber sie würden trotzdem eine Möglichkeit finden, Bishop zu töten – mit meiner Hilfe oder ohne sie. Ganz gleich, wie ich mich dem Problem nähere, die Tatsache bleibt, dass es am Ende ein Opfer geben muss. Wenn ich nicht zulasse, dass es Bishop ist, und es nicht ertragen kann, dass es meine Familie trifft, dann gibt es nur eine einzige Alternative. Ich muss das Opfer sein.

23

Ich lasse den Brief dort liegen, wo man ihn auf jeden Fall finden wird. Wenn nicht heute Nacht, dann morgen früh, wenn Victoria eintrifft. Sie würde die Notiz nie übersehen; sie macht ihrem Job dafür zu gut. Anschließend gehe ich nach Hause und lege die Phiole in die untere Schublade im Badezimmer hinter die Waschlappen und das Durcheinander von Seifen und Shampoos. Ich weiß nicht, ob sie sich die Mühe machen werden, die Phiole auf Fingerabdrücke zu untersuchen, aber ich wische sie trotzdem sorgfältig sauber, nur um sicherzugehen, dass nur noch meine Abdrücke auf dem Fläschchen sind.

Beim Abendessen lächle ich und versuche, nicht daran zu denken, dass das meine letzte Nacht in diesem Haus ist. Ich höre Bishops Lachen und versuche zu vergessen, dass ich es nie wieder hören werde, dass er mich morgen um diese Zeit hassen wird. Aber er wird leben, und das ist ein fairer Handel. Zumindest so fair, wie wir beide es in diesem Leben wahrscheinlich erwarten dürfen. Zur Schlafenszeit trödle ich nicht im Badezimmer herum, lasse nicht zu, dass sich Panik in mir ausbreitet wie das Gift, das in der Schublade versteckt ist. Ich krieche neben ihn ins Bett und strecke in der Dunkelheit die Hand nach ihm aus. Ich verbiete mir daran zu denken, dass es jede Sekunde an der Tür klopfen könnte, dass jeder Augenblick mit ihm der letzte sein könnte.

»Ivy?«, fragt er. Ich will mir den Klang seiner Stimme einprägen. »Warum weinst du?«

»Mach ich doch gar nicht«, antworte ich und wische mir wütend über die Wangen. Ich presse mich an ihn, rolle ihn auf den Rücken und schwinge mich über ihn, sodass ich rittlings auf ihm sitze. Seine Augen wirken im Mondlicht beinahe durchsichtig. »Wir könnten weggehen«, sage ich, und mein Atem mündet in ein Schluchzen. Ich bin total angespannt, zittere. Es kommt mir vor, als wäre das Einzige, was mich mit der Welt verbindet und in ihr festhält, die Wärme seiner Hände um meine Hüften. »Hinter den Zaun. Nachsehen, was dort draußen ist. Das Meer suchen.«

Er sieht mich mit gerunzelter Stirn an. »Was ist los?«, fragt er schließlich. »Rede mit mir.«

Aber ich kann nicht. Ich schüttle den Kopf. »Vergiss es«, flüstere ich.

Er umfasst meine Hüften fester. »Eines Tages«, sagt er. »Wir werden gemeinsam das Meer sehen, ich verspreche es dir.«

Ich nicke, weil ich den Mund nicht öffnen kann, keine Ahnung habe, was möglicherweise herausströmen könnte. Vielleicht eine andere Art von Meer, ein Meer aus Worten, das uns beide ertränkt. Also stütze ich mich auf dem Kissen hinter seinem Kopf ab und beuge mich vor, um ihn stattdessen zu küssen. Die Weichheit seiner Lippen, der Geschmack seiner Zunge, die Kraft seiner Hände. Ich bewahre sie in mir für die Zeit, wenn sie nicht länger mir gehören werden.

Ich würde ihm so gerne sagen, dass ich ihn liebe. Aber das wäre egoistisch. Ihn mit noch einer Erinnerung zu verlassen, die er später nur infrage stellen kann, eine schwer errungene Wahrheit, an die er sich nur als die schlimmste und letzte Lüge erinnern würde.

Als es endlich klopft, laut und beharrlich, schlafe ich. Bishop schmiegt sich an meinen Rücken, eine Hand hat er unter mein Tanktop geschoben, wo sie flach auf meinem Bauch ruht.

»Bishop.« Ich stoße seinen Arm an. »Da ist jemand an der Tür.« Die ersten diffusen Sonnenstrahlen dringen durch unsere durchsichtigen Schlafzimmervorhänge.

»Hm?«, murmelt er, und sein Atem streicht warm über meine Schulter. Wieder klopft es, diesmal schon lauter. Sie werden nicht mehr lange warten. »Wer zum Teufel ist das so früh?«, fragt er, stemmt sich hoch und wirft die Decke von unseren eng verschlungenen Beinen.

Sobald er den Raum verlassen hat, richte ich mich auf, hole tief Luft und streiche mir das Haar aus dem Gesicht. Ich muss jetzt stärker sein als je zuvor, mutiger, als ich es mir zugetraut habe. Stimmen dringen aus dem Wohnzimmer zu mir, Bishops Stimme, die eines anderen Mannes – und ist das … Erin? Das hier wird noch schlimmer, als ich es mir ausgemalt habe.

Ich schlüpfe in eine Shorts und ziehe mir ein T-Shirt

über mein Tanktop. Ich habe gerade noch Zeit, mir das Haar zu einem unordentlichen Pferdeschwanz zu binden, bevor Bishop und ein uniformierter Mann in der Tür erscheinen. Der Mann ist aufgeregt, sein Gesicht gerötet, und an seinem Hals treten die Adern hervor. Bishop mit seinem vom Schlaf zerzausten Haar und der nackten Brust wirkt einfach nur verwirrt.

»Ivy«, sagt er. »Meine Eltern sind hier. Und die Polizei.« Er deutet mit einem knappen Nicken auf den Mann neben sich. »Sie behaupten, sie hätten einen anonymen Brief bekommen, in dem steht…« Er bricht ab und sieht den Polizisten an. »Das ist doch lächerlich. Ich kann nicht glauben, dass wir dieses Gespräch überhaupt führen.«

»In dem Brief stand, dass Sie planen, ihn zu vergiften«, sagt der Polizist.

»Sie wollen das Haus durchsuchen«, erklärt Bishop mir.

»Nur zu«, sage ich. Ich wünschte, der Rest von mir wäre so betäubt wie meine Stimme.

Der Polizist verlässt das Zimmer, und ein paar Sekunden später höre ich, wie in der Küche Schränke geöffnet werden und der Mann Befehle blafft. Bishop starrt mich an. Wenn ich jetzt den Blick nicht abwende, werde ich noch anfangen zu weinen. Ich setze mich auf die Bettkante und schaue konzentriert auf meine gefalteten Hände.

»Ich verstehe nicht, was sie überhaupt hier machen«, murmelt Bishop. Er setzt sich neben mich, so nah, dass unsere nackten Beine sich berühren. Er reibt sich mit beiden Händen übers Gesicht. »Haben wir nicht vor fünf Minuten noch geschlafen?« Er stößt ein heiseres Lachen aus. »Vielleicht träume ich ja.«

»Das ist kein Traum«, erwidere ich. Meine Stimme klingt selbst in meinen eigenen Ohren, als käme sie aus weiter Ferne, als würde ich durch einen Wolkenvorhang sprechen.

»Nun, dann sollten sie schnellstens wieder verschwinden«, erklärt Bishop. Der Zorn in seiner Stimme verbirgt etwas anderes – Angst vielleicht oder auch Zweifel. Mir sackt das Herz in die Kniekehlen. Ich wünschte, es gäbe eine Möglichkeit, ihm den Schmerz zu ersparen. Aber es ist eine Entscheidung zwischen Schmerz jetzt und Tod später, und er wird über den Schmerz, mich zu verlieren, hinwegkommen. Ich werde es ihm so leicht machen, wie ich nur kann.

Bishop nimmt meine Hand in seine und zeichnet mit dem Zeigefinger die Linien in meiner Handfläche nach, während wir zuhören, wie die Polizei unsere Küche und unser Wohnzimmer auseinandernimmt. Wir tun so, als würden wir es nicht merken, als sie durch den Flur zum Badezimmer gleich vor unserer Tür gehen. Die Anspannung rast wie ein Blitz durch mich hindurch und droht, Funken aus meinen Fingern und Zehen sprühen zu lassen. Ganz gleich, was Bishop zu dem Polizisten gesagt hat, er spürt es ebenfalls. Er vibriert neben mir vor Nervosität.

Es folgt ein Ausruf aus dem Badezimmer, man hört schnelle Schritte, einen weiteren Wortwechsel. Ich konzentriere mich nicht auf diese Geräusche; stattdessen versuche ich, meinen Kopf zu leeren und gleichmäßig zu atmen.

»Wir haben etwas gefunden«, ruft der Polizist aus, und Bishop und ich schauen beide in seine Richtung. Er hält einen Plastikbeutel mit der Phiole darin hoch.

»Was ist das?«, fragt Bishop.

»Das finden wir heraus«, antwortet der Polizist und starrt mich an. »Aber wenn ich raten müsste, würde ich sagen, es ist Gift.«

Wie in Zeitlupe dreht Bishop sich wieder zu mir um, den Blick seiner grünen Augen hat er fest auf meine gerichtet.

»Wir müssen …«, fängt der Polizist an zu sprechen, aber Bishop sieht ihn nicht einmal an. Stattdessen hebt er eine Hand, um ihm das Wort abzuschneiden.

»Ivy«, sagt er. Er schaut mich nicht nur an, er schaut in mich hinein, durchforscht mich mit seinen Blicken. Er glaubt es nicht. Er wartet auf eine Erklärung, wartet auf die Worte, die dieser Phiole einen Sinn geben. Er wirkt nicht einmal besonders besorgt. Er glaubt nicht an die Phiole. Weil er an mich glaubt.

Eine einzelne Träne quillt hervor, läuft mir über die Wange. »Es tut mir leid«, flüstere ich. Jeder Zentimeter von mir tut weh; selbst meine Haut schmerzt. Ich würde so gerne die Arme um ihn schlingen und nie mehr loslassen. Aber ich stehe auf sichereren Beinen, als ich es verdiene, und stelle mich dem Polizisten, der jetzt auf mich zukommt. Ich leiste keinen Widerstand, als er mich am Arm packt, sondern halte den Blick fest auf die gegenüberliegende Wand gerichtet. Ich schaue nicht hin, als Bishop einzugreifen versucht, als er sich dem Polizisten entgegenwirft und meinen Namen ruft, während ich ins Wohnzimmer gezerrt werde, vorbei am erschüttert wirkenden Präsidenten und an Erin, die mich in Stücke reißen würde, wenn sie es nur könnte.

Ich schaue mich nicht um, als ich aus dem Haus geführt

werde. Bishops Stimme bildet hinter mir einen nicht abreißenden wütenden Kontrapunkt. Äußerlich bin ich ruhig, völlig unbewegt, aber innerlich schreien mein Blut, meine Knochen und mein Fleisch nach Bishop. Doch während ich einen Fuß vor den anderen setze, rufe ich mir ins Gedächtnis, dass jeder Schritt ihn weiter in Sicherheit bringt, selbst wenn er mich weiter von ihm wegführt.

24

Man sperrt mich in eine Zelle im Untergeschoss des Gerichtsgebäudes. Sie ist zumindest sauber und liegt abseits der Zellen der anderen Gefangenen. Der Polizist, der die Phiole gefunden hat, stößt mich praktisch hinein, aber David, der ihn an der Tür des Gerichtsgebäudes empfangen hat, ist freundlicher.

»Ich bin mir sicher, das alles wird sich bald aufklären«, sagt er mit einem sorgenvollen Lächeln zu mir. »Setzen Sie sich einfach und warten Sie.«

Die Tür schließt sich mit einem Scheppern hinter ihnen, aber ich setze mich nicht. Ich sinke vielmehr auf die an der Wand festgeschraubte Pritsche und rolle mich zu einer Kugel zusammen, so fest und klein, wie es nur geht. Es ist heiß in der stickigen Zelle, doch trotzdem zittere ich unkontrolliert und beiße die Zähne aufeinander, damit sie aufhören zu klappern.

Ich muss auf das, was als Nächstes geschieht, vorbereitet sein. Ich darf jetzt nicht ins Wanken geraten. Ich sage mir, dass ich bereit bin für die Person, die in meine Zelle kommen wird, wer auch immer sie sein mag. Es könnte mein Vater sein, der Präsident, Bishop selbst. Wer immer es ist, ich werde stark sein.

Ich weiß nicht genau, wie viel Zeit verstrichen ist. Genug, damit das Sonnenlicht schräg durch das winzige Fenster oben in der Zellenwand fällt. Es ist jetzt unerträglich stickig, und winzige Staubflöckchen tanzen in dem hellen Lichtstrahl. Wenn ich sie lange genug anstarre, kann ich so tun, als würde ich mit ihnen schweben, mich irgendwohin weit weg tragen lassen.

»Ivy?«

Ich fahre hoch, und das Blut schießt mir in den Kopf. Victoria steht in der Tür. Sie habe ich nicht erwartet. Sie schließt die Zellentür hinter sich und lehnt sich dagegen. Ihre Augen blicken traurig.

»Ihr Vater und Ihre Schwester sind hier«, berichtet sie. »Sie werden oben verhört. Dann werden sie sich mit den Lattimers treffen. Sie sagen, sie hätten keine Ahnung davon gehabt, was Sie vorhatten.« Es ist keine Frage, aber sie formuliert den Satz als solche, wartet darauf, dass ich sie verrate.

»Sie haben es nicht gewusst«, antworte ich. Meine Zunge ist trocken und fühlt sich mehrere Nummern zu groß für meinen Mund an.

»Ich vermute, dass Sie nicht ohne einen Anwalt mit der Polizei reden wollen. Also werden wir Ihnen heute Nachmittag einen Rechtsanwalt besorgen. Dann können Sie …«

»Nein«, sage ich zu laut. Ich bemühe mich, leiser zu sprechen. »Keinen Anwalt.« Das Justizsystem ist nicht mehr das gleiche wie vor dem Krieg. Wir haben keinen

Anspruch auf einen Rechtsbeistand, keinen Anspruch darauf, die Aussage bei der Polizei zu verweigern. Doch meine Freunde bei Gericht lassen mir eine Sonderbehandlung zuteilwerden, die ich weder brauche noch will. Victoria denkt wahrscheinlich, dass sie mir einen Gefallen tut. »Ich werde mich schuldig bekennen. Keine Gerichtsverhandlung.«

»Ivy«, sagt Victoria und kommt einen Schritt auf mich zu. »Ich weiß nicht, was hier vor sich geht. Aber ich weiß, was passiert, wenn Sie sich schuldig bekennen. Und Sie wissen das ebenfalls.«

Ich nicke. Atme einfach weiter, trotz des Entsetzens, das mir wie ein Felsbrocken auf der Brust liegt. »Ich bekenne mich schuldig. Keine Gerichtsverhandlung.«

Victoria starrt mich für einen Augenblick an, dann greift sie hinter sich und schließt meine Zelle auf. »Kommen Sie mit«, sagt sie.

Ich zögere. »Wohin gehen wir?«

»Kommen Sie«, wiederholt sie. »Beeilen Sie sich.«

Ich will die relative Sicherheit meiner Zelle nicht verlassen, aber Victoria hat mir noch nie Schaden zugefügt. Ich stehe auf und folge ihr aus der Zelle. »Wir werden sehen, was wir tun können, um Ihnen Schuhe zu besorgen«, bemerkt Victoria und schaut auf meine nackten Füße hinunter. »Und etwas anderes zum Anziehen.«

Wir gehen aus dem Zellenblock und durch eine weitere Tür, die Victoria mit einem Schlüssel vom Ring an ihrem Gürtel aufschließen muss. Dahinter wartet David, und seine Augenbrauen zucken in die Höhe, als er uns sieht.

»Ich bringe sie in einen der Verhörräume«, erklärt Victoria.

»In Ordnung.« David wirkt verwirrt, erhebt aber keinen Einspruch.

Victoria führt mich zu einer Tür auf der linken Seite des Flurs, die nicht von den anderen zu unterscheiden ist. Der Raum hinter der Tür ist klein und enthält nur einen Klapptisch und zwei Stühle. »Setzen Sie sich«, sagt Victoria. »Ich bin gleich wieder da.« Bevor sie geht, drückt sie auf einen Knopf an der Gegensprechanlage an der Wand. Dann schließt sie hinter sich die Tür ab.

An der einen Seite des Raums ist eine einfach verspiegelte Glasscheibe, aber ich glaube nicht, dass irgendjemand mich beobachtet. Ich setze mich auf den Klappstuhl aus Metall und verschränke die Arme vor der Brust, versuche mit den Händen wieder etwas Wärme hineinzureiben. Die Gegensprechanlage an der Wand erwacht zum Leben, und ein Rauschen erfüllt den Raum, sodass ich auf meinem Stuhl zusammenschrecke.

»Sie bekennt sich schuldig.« Victorias Stimme kommt aus der Gegensprechanlage. Was geht hier vor?

»Bishop! Hörst du zu? Hast du gehört, was Victoria gesagt hat?« Diesmal ist es Erins Stimme. Die Gegensprechanlage verzerrt die Geräusche und macht alles undeutlich und schwer zu verstehen, aber ich erkenne die Stimmen trotzdem. Ich nehme meinen Stuhl und stelle ihn näher an die Wand.

»Es spielt keine Rolle, was sie gesagt hat.« Das ist Bishop. Er klingt erschöpft. »Sie hat es nicht getan. Sie wollte mich nicht töten.«

»Warum war dann Gift in eurem Haus?«, fragt Erin scharf.

»Ich weiß es nicht«, seufzt Bishop. »Ich habe keine Erklärung dafür, aber ich weiß, dass sie nicht schuldig ist.«

Ich würde so gern durch die Gegensprechanlage greifen und ihn berühren. Es kommt einer Art Folter gleich zu wissen, dass er direkt über mir ist und ich nicht zu ihm kann.

»Aber sie hat sich schuldig bekannt«, wirft Präsident Lattimer ein. Sie sind anscheinend alle da. Mein Vater und Callie auch?

Als hätte der Gedanke sie herbeigerufen, höre ich Callie sprechen. »Ich wollte vorher nichts sagen. Aber jetzt muss ich es wohl tun.«

»Worum geht es?«, fragt Präsident Lattimer.

»Ivy war schon immer … anders«, antwortet Callie. Ich balle auf dem Schoß die Fäuste.

»Anders?« Erins Stimme ist scharf. »Wie meinen Sie das?«

»Labil«, sagt mein Vater, und mit diesem Wort ist mein Schicksal wirklich und wahrhaftig besiegelt. Es ist das, was ich wollte. Es ist das, was passieren sollte. Aber der Verrat meiner Familie zerschneidet mich trotzdem wie ein scharfes Messer. »Wir haben für sie getan, was wir konnten«, fährt mein Vater fort. »Aber sie hatte immer diese Höhen und Tiefen, war vollkommen unberechenbar. Wir haben gehofft, dass sie da irgendwann rauswachsen würde. Dass es kein bleibender Teil ihrer Persönlichkeit ist.«

Für einen Moment herrscht Stille, dann bricht es aus Erin heraus: »Genau wie ihre Mutter. Verrückt wie ihre Mutter!« Ich bin froh, dass wir nicht im selben Raum sind, denn in diesem Augenblick haben meine Fäuste ihren eigenen Willen.

»Erin, hör auf damit!«, blafft Präsident Lattimer.

»Ivy ist nicht verrückt. Und ihre Mutter war es auch nicht«, sagt mein Vater. »Aber … es ist nicht völlig untypisch für sie, etwas Derartiges zu tun.«

»Sie hatte sehr klare Ansichten, was die arrangierten Ehen betraf«, ergänzt Callie. »Sie hielt sie für falsch. Vielleicht hat sie gedacht, das wäre eine angemessene Reaktion darauf. Es lässt sich wirklich unmöglich sagen, was genau in ihrem Kopf vor sich ging.«

Es folgt ein Moment, in dem niemand spricht. »Blödsinn«, sagt Bishop rundheraus in das Schweigen hinein. »Das ist totaler Blödsinn.«

»Bishop!«

Obwohl mir gerade mein ganzes Leben entgleitet, muss ich über Bishops Worte lächeln, über sein absolutes Vertrauen in mich, über die empörte Reaktion seiner Mutter. Nach allem, was geschehen ist, kann er mich immer noch zum Lächeln bringen, wenn ich es am wenigsten erwarte.

»Ich weiß nicht genau, was hier los ist, aber was Sie über Ivy sagen, ist nicht wahr«, fährt Bishop fort. »Entweder kennen Sie sie überhaupt nicht oder Sie lügen. Ich habe jeden Tag mit ihr in einem Haus gelebt, ich bin neben ihr eingeschlafen, und es gibt nichts an ihr, was nicht stimmt. Sie …« Seine Stimme bricht, und ich drehe mich von der Gegensprechanlage weg. Ich weiß, wie sorgfältig Bishop seine Gefühle kontrolliert und sie vor denen verbirgt, die es nicht verdienen, hinter seine Fassade zu blicken. Ich hasse es, dass ich diejenige bin, die ihn dazu zwingt, sich derart zu offenbaren.

»Wir haben auch mit ihr zusammengelebt, Bishop«,

sagt mein Vater. »Und das erheblich länger als Sie. Niemand kennt sie besser als wir.«

»Wie konnten Sie dann zulassen, dass sie unseren Sohn heiratet?«, braust Erin auf. »Obwohl Sie wussten, wie labil sie ist?«

»Das war nicht unsere Entscheidung, wenn Sie sich erinnern wollen«, erwidert mein Vater. »Er sollte Callie heiraten. Aber er hat sich anders entschieden. Es lag nicht an uns.« So selbstgefällig, so sicher, obwohl sein ganzer Plan gerade in Stücke bricht. Auf keinen Fall kann er Bishop jetzt töten, zumindest nicht in naher Zukunft. Nach dem, was ich angeblich getan haben soll, kann mein Vater nicht riskieren, dass so bald wieder ein Verdacht auf unsere Familie fällt.

»Wie dem auch sei, Sie hätten die Pflicht gehabt …«

»Seid still.« Bishops Stimme peitscht aus der Gegensprechanlage, und alle verstummen. »Seid einfach still.« Es folgt eine Pause, und ich höre einen Stuhl, der zurückgezogen wird. Als er wieder spricht, ist seine Stimme lauter. Näher bei Victoria? »Ich will Ivy sehen.«

»Nein«, sage ich, bevor ich mich davon abhalten kann. Ich springe von meinem Platz auf und umklammere die Gegensprechanlage, aber sie können mich nicht hören. »Nein!«

»Ich will sie sehen«, wiederholt Bishop. »Sofort.«

»Geben Sie mir eine Minute Zeit«, sagt Victoria. »Und Sie dürfen nicht in die Zelle.«

»Danke«, erwidert Bishop. Es ist wieder Geraschel und Gemurmel zu hören. Dann ist die Gegensprechanlage tot.

25

Ich habe mich zu einer Kugel zusammengerollt und schaue mit dem Gesicht zur Wand, als er eintritt. Victoria ist nicht wiedergekommen, um mich zu holen, stattdessen hat David mich in meine Zelle gebracht. Ich habe versucht, ihm zu sagen, dass ich keine Besucher will, aber er meinte, das sei nicht seine Entscheidung. Das spätnachmittägliche Licht von dem winzigen Fenster verleiht der Zelle etwas Herbstliches, obwohl der Sommer noch nicht ganz zu Ende ist. Ich schließe die Augen gegen das tieforange Licht, als ich seine Stimme höre.

»Hey«, sagt Bishop leise. »Wir müssen dich hier rausholen. Auf dieser Pritsche ist definitiv kein Platz für uns beide.«

Ich brauche lange, um mich umzudrehen und in eine sitzende Position hochzuziehen. Sein Gesicht ist das letzte, das ich sehen will, das einzige Gesicht, das mich aus der Fassung bringen kann, das mich von unserer allerersten Begegnung an aus der Fassung gebracht hat.

Ich hebe schließlich den Blick zu seinem vertrauten,

schönen Gesicht. »Bishop …« Meine Stimme ist heiser, als hätte ich seit Wochen nicht gesprochen. »Du hättest nicht kommen sollen.«

Er legt die Hände um die eisernen Gitterstäbe, die uns trennen. »Natürlich musste ich kommen. Wo sollte ich denn sonst sein?«

Ich stoße ein ersticktes Lachen hervor. »Überall sonst?«

»Komm her«, fordert er mich auf. »Näher zu mir.«

Ich schüttle den Kopf und umklammere mit weißen Knöcheln den Metallrahmen der Pritsche, als könnte es Bishop irgendwie bewerkstelligen, mich zu sich zu zerren, wenn ich nicht aufpasse. Ich habe Angst, dass seine Berührung mir die Kraft raubt, wo ich doch so dringend stark bleiben muss.

»Was ist hier los, Ivy?«, fragt er. »Ich weiß, dass du mich nicht vergiften wolltest. Warum also nimmst du die Schuld auf dich?« Er hält inne. »War es dein Dad? Hat er dich damit beauftragt?«

»Warum sollte er das tun?«, frage ich, den Blick auf den Boden gerichtet. »Er missbilligt vielleicht die Politik deines Vaters, aber sie haben es jahrzehntelang geschafft, miteinander auszukommen.«

Bishop lässt diese Worte auf sich wirken und mustert mich. »Ich habe ihn vor ein paar Minuten oben gesehen. Mit deiner Schwester. Er meinte, du seist psychisch labil. Callie hat gesagt, sie seien gar nicht so schockiert darüber, dass du etwas Derartiges geplant hast.«

Also hat er, wie ich vermutet habe, nicht gewusst, dass die Gegensprechanlage eingeschaltet war. Ein kleines Geschenk von Victoria. Sie hat wahrscheinlich gehofft, dass ich mit der Sprache herausrücken würde, wenn ich höre, was meine Familie sagt. Und jetzt ist Bishop hier und versucht, mich zu einer Reaktion zu provozieren, die ich ihm nicht geben kann. Ich öffne den Mund, aber ich antworte nicht.

»Warum sagen sie so etwas? Wir wissen beide, dass es nicht wahr ist. Ich habe mit dir zusammengelebt, habe jeden Tag mit dir gesprochen. Du bist die am wenigsten labile Person, die ich kenne.«

»Sie haben länger mit mir zusammengelebt«, entgegne ich und wiederhole damit, was mein Vater gesagt hat.

»Das ist mir egal!« Er brüllt jetzt fast, und ich kann heraushören, wie sehr er sich bemüht, die Kontrolle über sich zu behalten. »Ich muss es wissen«, er senkt die Stimme. »Ich kenne dich.«

Er hat recht. Er kennt mich besser, als irgendjemand sonst das je getan hat. Besser, als irgendjemand mich jemals kennen wird. Ich hätte es verhindert, wenn es mir möglich gewesen wäre. Aber ich habe auf die harte Tour gelernt, dass wir in der Liebe keine Wahl haben. Die Liebe erwählt uns. Liebe schert sich nicht darum, was bequem oder einfach oder geplant ist. Liebe folgt ihren eigenen Plänen, und wir können ihr nur das Feld überlassen.

»Woher hast du das Gift?«, fragt er. »Wenn das *dein* Plan war, wer hat es dir gegeben?«

Ich schüttle den Kopf. »Die Person, die es mir gegeben hat, wusste nicht, wofür ich es haben wollte. Es spielt keine Rolle, woher es gekommen ist.«

»Oh«, sagt Bishop, »na, das ist ja sehr bequem. War die Person, die dir das Gift gegeben hat, vielleicht dieselbe

Person, die rein zufällig einen anonymen Brief auf Victorias Schreibtisch hat liegen lassen? Erstaunlich, wie gut das funktioniert hat.«

»Hör auf zu versuchen, es zu verstehen, Bishop«, antworte ich. »Lass es einfach auf sich beruhen.«

»Ist das dein Ernst? Auf gar keinen Fall werde ich das auf sich beruhen lassen. Das hier ist kein alberner Streit darüber, wer damit an der Reihe ist, das Badezimmer zu putzen. Hier geht es um dein Leben, Ivy!« Seine Stimme wird mit jedem Wort lauter. »Du weißt, was passieren wird, oder? Wenn du dich schuldig bekennst?«

Ich halte den Kopf gesenkt und den Mund geschlossen.

»Herrgott noch mal!«, explodiert Bishop. »Schau mich an! Mein Vater wird dich verstoßen. Hinter den Zaun. Verstehst du das?«

»Ich weiß.« Meine Stimme ist leise.

»Du weißt? *Du weißt?*«

Ich setze ein gequältes Lächeln auf und versuche, ihn anzuschauen, ohne dass mir das Herz in der Brust zersplittert. »Vielleicht komme ich ja ganz gut zurecht. Vielleicht schaffe ich es bis zum Meer.«

Er starrt mich an. »*Vielleicht* kommst du gut zurecht«, wiederholt er schließlich. »Vielleicht schaffst du es ...« Er bricht ab und lehnt die Stirn gegen die Gitterstäbe. »Würdest du bitte mit mir reden«, sagt er mutlos. »Sag mir die Wahrheit, damit wir herausfinden, was wir tun müssen. Was zum Teufel ist los?«

Ich betrachte seinen hängenden Kopf und erinnere mich daran, wie sich sein Haar zwischen meinen Fingern anfühlt. »Ich wollte nicht heiraten. Ich wollte dich nicht heiraten. Und dein Vater hat einfach nicht zugehört. Ihm sind all die Mädchen, die gezwungen werden, Babys zu bekommen, bevor sie dazu bereit sind, oder Jungen zu heiraten, die sie nicht kennen, egal. Wir haben keine Freiheit, nicht einmal die zu entscheiden, wen wir lieben.« Ich hole tief Luft. »Ich wollte, dass er weiß, wie es sich anfühlt, etwas zu verlieren. So wie wir sämtliche Entscheidungsmöglichkeiten verloren haben.«

Lange Zeit bewegt er sich nicht, und ich denke schon, dass ich es vielleicht geschafft und ihn von meiner Schuld überzeugt habe, indem ich die Gründe wiederholt habe, die Callie ihm oben genannt hat. Und sie sind wahr, bis zu dem Punkt, an dem sie zu einer totalen Lüge werden. Er hebt den Kopf und sieht mir in die Augen. »Ich glaube dir nicht«, sagt er.

Warum muss er es mir so schwer machen? Warum kann er nicht das Schlimmste von mir annehmen, wie es so viele andere Menschen tun? Warum gibt er mich nicht einfach auf und wendet sich von mir ab, wie meine Familie es bereits getan hat?

»Willst du mir ernsthaft erzählen, dass alles eine Lüge war? Du hast alles zwischen uns nur vorgetäuscht?« Er schüttelt den Kopf. »So eine gute Schauspielerin bist du nicht. Du kannst deine Gefühle nicht verbergen, selbst wenn du es versuchst. Das ist eins der Dinge, die ich am liebsten an dir mag.«

Ich wende den Kopf ab, und die Tränen, die ich zurückgehalten habe, beginnen zu fließen. Langsam zuerst, dann eine Tränenflut, die aus mir herausströmt. Ich versuche nicht einmal, sie wegzuwischen, sondern lasse sie von meinen Wangen und meinem Kinn tropfen, wo sie wie ein winziger Regenschauer auf den Betonboden fallen.

»Sieh mich an«, wiederholt er, seine Stimme leise und verzweifelt. »Sieh mich an und sag mir, dass nichts davon wahr ist.«

»Tu das nicht.« Meine Stimme bricht. Ich kann ihn nicht ansehen.

»*Sag es*«, verlangt er. Als ich ihn durch einen Tränenschleier ansehe, kann ich erkennen, dass er glaubt, er hätte gewonnen. Er weiß, dass ich ihm nicht in die Augen schauen und sagen kann, ich hätte nichts für ihn empfunden. Und wenn ich das nicht tun kann, wird er wissen, dass die Sache mit dem Gift eine Lüge ist.

Er lässt mich nicht aus den Augen, als ich aufstehe. Ich gehe auf ihn zu und bleibe kurz vor den Gitterstäben stehen. »Es ist alles wahr«, antworte ich unter Tränen. »Jede Sekunde. Die Situationen, in denen ich dir etwas verübelt habe. In denen ich wütend auf dich war. In denen ich Angst vor dir hatte.« Ich hole tief und bebend Luft, meinen Blick auf ihn gerichtet. »Die Male, als ich dich geliebt habe. Es ist alles wahr.«

Ich sehe die Erleichterung, die durch ihn hindurchläuft, den Glanz von Schmerz und Verwirrung in seinen Augen, der der Hoffnung Platz macht. Er öffnet den Mund, um zu sprechen, aber ich beuge mich vor und lege meine Hände um seine auf den Gitterstäben. Die Berührung seiner Haut fühlt sich an wie Elektrizität und hält mich fest.

»Aber das Gift ist ebenfalls wahr, Bishop. Und nichts, was ich gerade gesagt habe, ändert etwas daran.« Ich drücke seine Hände. »Ich wollte dich töten.«

Ich will meine Worte zur Wahrheit machen, obwohl ich weiß, dass sie ein abscheulicher Verrat sind. Ich beiße die Zähne aufeinander und sorge dafür, dass mein Blick fest bleibt. Ich will nicht, dass er eine Lüge findet, wie angestrengt er auch nach ihr sucht. Er schaut mir forschend ins Gesicht, mit einer Intensität, die mir inzwischen so vertraut ist, dass ich sie bis in die Knochen spüre.

»Erinnerst du dich daran, dass du mir gesagt hast, ich würde dich faszinieren? Weil ich bei unserer ersten Begegnung Angst hatte, aber immer noch trotzig war? Weil ich äußerlich leicht zu durchschauen, aber darunter kompliziert bin?« Er antwortet nicht, sein Blick bohrt sich in meine Augen, während er immer noch nach der Lüge gräbt. Und wenn ich ihn nicht bald überzeuge, wird er sie finden. Die Verzweiflung macht mich grausam. »Ich bin trotzdem noch dieselbe«, sage ich ihm. »Das Mädchen, das dich lieben konnte. Und das dich dennoch töten wollte.«

Es folgt ein Moment aufgeladenen Schweigens, während die Akzeptanz langsam wie brackiges Wasser in seine Augen strömt und sie dunkel und trüb macht. Ich lockere meinen Griff um seine Hände. Er reißt sie unter meinen weg und hält sie hoch, als richtete ich eine Waffe auf ihn, während er von den Gitterstäben zurücktritt. Meine Haut kribbelt immer noch, wo sie seine berührt hat.

»Glaubst du mir jetzt?«, frage ich eiskalt. Endlich, nach all der Zeit und als ich es am dringendsten brauche, habe ich Callies Stimme in mir gefunden.

Er glaubt mir.

Das Leben ist eine Aneinanderreihung makaberer Witze,

stelle ich fest. Denn ich finde es ziemlich unfair, dass es so wehtut, endlich genau das zu bekommen, was ich mir gewünscht habe.

26

Die nächsten drei Tage verbringe ich allein, wenn man von Victoria absieht, die in regelmäßigen Abständen vorbeikommt, um mich in einem betont professionellen Ton darüber ins Bild zu setzen, was vor sich geht. Sie verschwindet so schnell wieder, dass sie praktisch über ihre eigenen Füße stolpert. Auch David ist natürlich da, der mir meine Mahlzeiten bringt und mich tatsächlich anlächelt. Es ist ein trauriges, mitleidiges Lächeln, was irgendwie schlimmer ist, als würde er mich böse anstarren oder in mein Essen spucken. Es erinnert mich an die Blicke, mit denen man ein Lamm unmittelbar vor der Schlachtung bedenken würde. Was wahrscheinlich ein passender Vergleich ist.

Mein Vater kommt nicht. Callie kommt nicht. Sie haben sich mit der Situation abgefunden. Und obwohl es mich nicht überrascht, dass sie sich dafür entschieden haben, sich selbst zu retten – es ist schließlich das, was ich wollte –, bricht mir dabei, wie leicht sie sich von mir abgewandt haben, das Herz. Von Anfang an war ich nur eine Schachfigur in ihrem Streben, die Macht zu ergreifen. Der Gedanke, sich für mich zu opfern, ist wahrscheinlich keinem von beiden je in den Sinn gekommen.

Ich bin nicht so selbstlos oder so tapfer, dass ich es in all den endlosen Stunden in meiner Zelle nicht erwogen hätte, die Wahrheit über meine Familie zu sagen. Ich weiß, wie leicht es wäre, mit einem vorwurfsvollen Finger auf sie zu zeigen, und einerseits sehne ich mich danach, genau das zu tun. Aber ich will besser sein als das, was sie mich gelehrt haben. Ich will, dass meine Liebe größer ist als mein Hass, meine Barmherzigkeit stärker als meine Rachsucht.

Bishop besucht mich nicht noch einmal, und ich bin froh darüber; ich konnte es schon beim ersten Mal kaum ertragen. Den Ausdruck auf seinem Gesicht, als er die Hände unter meinen wegriss und sich von mir zurückzog, als wäre ich verseucht. Ich könnte das nicht noch einmal aushalten. Ich würde unter diesem Blick zusammenbrechen und alles gestehen. Also sage ich mir, dass es besser ist, wenn er endlich seinen Glauben an mich verloren hat.

Ich hatte ihn ohnehin nie verdient.

Am Morgen des vierten Tages erscheint Victoria und informiert mich darüber, dass ich an diesem Nachmittag dem Richter vorgeführt werde. Sie bleibt vor der Zelle noch einmal stehen. »Es wird schnell gehen, Ivy«, murmelt sie.

»Okay.« Das ist normal, wenn jemand sich schuldig bekennt.

Sie schaut zur Decke, überallhin, nur nicht in meine Richtung. »Nein, ich meine … nachdem Ihr Schuldeingeständnis akzeptiert worden ist, wird man Sie verurteilen. Heute noch.«

»Oh.« Der Zeitpunkt spielt im Grunde keine Rolle. Dann ist es wenigstens vorbei, aber ich dachte, ich hätte mehr Zeit. »Und wann verstoßen sie mich?«, frage ich.

Wieder schweift ihr Blick überallhin, nur nicht zu mir. »Ich glaube nicht, dass man auf den nächsten Termin warten wird. Mrs Lattimer drängt darauf, Sie sofort zu verstoßen. Sie sagt, Sie seien eine zu große Gefahr, um Sie hierzubehalten. Und man will an Ihnen ein Exempel statuieren. Um zu verhindern, dass dergleichen noch einmal geschieht.«

Ich nicke, obwohl mein Hals vor Angst ganz steif ist. »Danke, dass Sie es mir gesagt haben.«

Victorias Blick trifft endlich auf meinen. »Wenn es irgendetwas gibt, das Sie sagen wollen, wäre jetzt der richtige Zeitpunkt. Es ist nicht zu spät für eine Verhandlung.«

»Nein, keine Verhandlung«, antworte ich, und es kommt mir vor, als hätte ich das schon tausendmal gesagt. »Sie haben die Gegensprechanlage neulich eingeschaltet, nicht wahr?«

»Ja. Ich hatte gehofft, dass ich damit vielleicht die Wahrheit aus Ihnen herauslocken kann. Dass es Ihnen ins Gedächtnis rufen würde, wer es wert ist, von Ihnen geschützt zu werden. Und wer nicht.«

Ich reagiere nicht, und sie seufzt, eher frustriert als enttäuscht. Als wüsste sie bereits, dass sie bei mir nichts erreichen wird.

»Bekomme ich die Möglichkeit …« Ich gerate ins Stocken und räuspere mich. »Bekomme ich die Möglichkeit, mich von meiner Familie zu verabschieden?« Selbst nach allem, was geschehen ist, liebe ich sie immer noch. Sie sind immer noch mein Fleisch und Blut, und obwohl wir einander enttäuscht haben, würde ich sie gern ein letztes Mal sehen, sie in den Arm nehmen und sie zum Abschied auf die Wange küssen.

In Victorias Augen lodert etwas auf, bevor sie den Blick von mir abwendet. »Sie haben nicht darum gebeten, sie zu sehen. Nicht einmal nach der Verurteilung.«

»Oh … okay.« Meine Stimme ist sehr schwach.

»Aber Bishop hat gefragt, ob er …«

»Nein!«, rufe ich. »Nicht Bishop.« Ich habe keine Ahnung, warum er den Wunsch haben sollte, je wieder mit mir im selben Raum zu sein. Er hat einmal gesagt, es sei keine Option, mich aufzugeben, aber ich hoffe bei Gott, dass er seine Meinung diesbezüglich geändert hat. Ich dachte, ich hätte ihn dazu gezwungen. *Vielleicht liebt er dich immer noch*, flüstert eine verräterische kleine Stimme in meinem Kopf. *Vielleicht ist er nicht bereit aufzugeben.* Ein Hoffnungsfunke lodert in mir auf, aber ich lösche ihn aus, ersticke ihn. Eine solche Hoffnung würde uns beide vernichten, und deshalb muss ich sie im Keim ersticken. »Ich will ihn nicht sehen«, erkläre ich Victoria. »Aber können Sie ihm etwas von mir ausrichten?«

»Was soll ich ihm denn sagen?«

»Können Sie ihm sagen, dass es mir leidtut?« Ich halte inne und überlege, wie viel ich sagen kann, ohne alles zu verraten. Aber ich muss das Risiko eingehen. »Und richten Sie ihm aus, dass er vorsichtig sein soll.«

Victoria tritt näher an die Gitterstäbe heran. »Vorsichtig inwiefern?«, fragt sie.

Ich glaube nicht, dass mein Vater noch einmal versuchen wird, Bishop zu töten, nicht nachdem er so kurz davor stand, erwischt zu werden. Er wird sich einen anderen Weg ausdenken, um zu bekommen, was er will. Und die Wahrheit ist, es ist unmöglich, jemanden für immer zu beschützen. Die Welt ist voller Gefahren, sowohl bekannter wie nie bedachter. Aber mehr kann ich nicht tun. »Sagen Sie ihm, er soll vorsichtig damit sein, wem er vertraut«, füge ich hinzu. Ich bringe ein wackeliges Lächeln zustande. »Obwohl sich das mittlerweile wahrscheinlich von selbst versteht.«

Nach einem langen Moment des Schweigens nickt sie knapp. »In Ordnung.« Sie tritt von den Gitterstäben zurück. »Viel Glück, Ivy.«

Ich glaube nicht, dass Glück mir weiterhelfen wird, aber ich lächle sie schwach an. Sie war immer gut zu mir und ist es selbst jetzt noch.

Sobald sie fort ist, rolle ich mich auf der Pritsche zusammen. Meine Standardposition in der Zelle. Ich kenne inzwischen jeden Riss in der Betonsteinwand, kann am Winkel des durch das Fenster über meinem Kopf einfallenden Lichts erkennen, wie lange es noch bis zur nächsten Mahlzeit dauert. Aber so sehr ich mich auch bemühe, ich höre nie etwas anderes von draußen als das Schlagen von Türen und gelegentliche Schritte. Was auch passiert, es wird schön sein, wieder frische Luft zu riechen und den Wind in den Bäumen zu hören.

Ich zeichne mit dem Zeigefinger den rauen Betonstein nach und denke an die Wärme von Bishops Haut unter eben diesem Finger. Ich hoffe, dass er eines Tages dazu fähig ist, sich zu verzeihen, dass er mich geliebt hat. Ich hoffe, dass er ein anderes Mädchen findet, ein besseres als mich, das auf sein Herz aufpasst. Ein Mädchen, das seinen Glauben an sie verdient. Ich hoffe, er kommt ans Meer und schmeckt sein salziges Wasser. Tränen sammeln sich in meinem Ohr und in der Kuhle meines Halses, und ich bin froh, dass niemand hier ist, um das zu sehen.

Bishop hat mich einmal gefragt, wer ich sein wolle, und ich glaube, dass ich die Antwort jetzt kenne. Ich will jemand sein, der stark und mutig genug ist, schwere Entscheidungen zu treffen. Aber ich will auch gerecht und liebevoll genug sein, um die richtigen zu treffen. Nach allem, was geschehen ist, kann ich es nicht bedauern, dass ich Bishop liebe. Und es tut mir auch nicht leid, ihn gerettet zu haben, auch wenn ich mich dabei selbst geopfert habe. Es war meine Entscheidung, und ich bin stolz darauf. Wenn mich das weich macht, dann ist es eine Weichheit, mit der ich endlich leben kann.

Man kettet mich mit Handschellen an eine Bank in einem Nebenflur an, wo ich warte, bis ich zu meiner Anhörung in den Gerichtssaal gebracht werde. Ich schaue starr geradeaus und gebe mir alle Mühe, an nichts zu denken, als mein Vater um die Ecke kommt und sich neben mich setzt.

»Dad?«, frage ich und bin nicht ganz sicher, ob er nicht nur eine Ausgeburt meiner Fantasie ist.

»Wir haben nicht lange«, hebt er an. »Der Wachposten hat gesagt, nur fünf Minuten.« Er streichelt mir über die Wange.

»Ich bin so froh, dass du gekommen bist«, erwidere ich und versuche zu lächeln.

»Oh Ivy«, seufzt er mit brechender Stimme, »was hast du getan?«

Bei seinen Worten schnürt es mir die Kehle zusammen. »Das, was ich tun musste, Dad.« Wir sprechen in einer Art Code, weil wir uns nicht sicher sind, ob jemand zuhört. Aber es fühlt sich an, als hätten wir immer auf diese Weise kommuniziert, nie fähig dazu, ein Thema offen zu diskutieren. Immer haben wir die Wahrheit umkreist.

Er schüttelt den Kopf und lässt die Hand sinken. »Sie verstoßen dich.«

»Es tut mir leid, Dad«, flüstere ich. »Ich hab dich lieb.«

Eine Träne rollt über seine Wange. Ich habe meinen Vater noch nie weinen sehen. »Ich habe dich auch lieb«, sagt er.

»Aber nicht genug, um mich zu retten«, antworte ich. Meine Stimme ist kälter, als ich es erwartet habe.

Mein Vater steht auf und starrt auf mich herunter. »Du hast deine Entscheidung getroffen, Ivy.«

»Ja.« Ich schaue ihm in die Augen. »Und du deine.«

Der Gerichtssaal ist gerammelt voll von Menschen, als man mich dem Richter vorführt. Alle Anwesenden verrenken sich den Hals, um einen Blick auf die Verräterin zu werfen. Einige Leute zischen mich an, als ich vorbeigehe, aber ich halte den Blick geradeaus gerichtet und das Kinn hoch erhoben. Normalerweise ist ein Verbrechen heutzutage kein Zuschauermagnet mehr, aber ich bin da wohl eine Ausnahme.

Man führt mich zum Tisch der Verteidigung, und nachdem ich meinen Platz eingenommen habe, treten die beiden Wachposten links und rechts von mir zurück. Jack Stewart, Victorias Kollege, sitzt bereits am Tisch. Er war einmal unten in meiner Zelle, um mir mitzuteilen, dass er mich verteidigen wird. Victoria hat meine Bitte, ohne Anwalt vorzugehen, offensichtlich ignoriert. Es spielt jedoch keine große Rolle. Sein Job sollte kurz und schmerzlos sein. Er bedenkt mich mit einem ernsten Lächeln, bevor er sich wieder nach vorn dreht. Hinter uns ist das Getuschel der Zuschauer zu hören, aber ich achte nicht weiter darauf. Ich bezweifle, dass ich hören will, was sie sagen.

Der Gerichtssaal mit seiner dunklen Kirschholzvertäfelung und der hohen Decke verleiht dem Verfahren eine gewisse Förmlichkeit, noch bevor es überhaupt begonnen hat. Jedwede Illusion, die ich vielleicht darüber hatte, dass mein Schicksal heute nicht besiegelt wird, verfliegt angesichts der Strenge des Gerichtssaals. Meine Zukunft liegt in der Hand des Richters, der hinter der hohen Richterbank vor mir Platz nehmen wird. Ich verspüre eine Art Erleichterung bei dem Wissen, dass es jetzt nichts mehr gibt, was ich tun kann.

Die Stimmen hinter mir schwellen an, und ich befehle mir, mich nicht umzudrehen. Aber meine Neugier ist stärker als meine Furcht, und ich drehe den Kopf nach links. Präsident Lattimer und seine Frau haben den Gerichtssaal betreten, gefolgt von meinem Vater und Callie. Bishop kommt als Letzter herein. Er schaut in meine Richtung, der Blick ist unnahbar. Aber er wendet ihn nicht von mir ab, während er sich zu den anderen in die erste Reihe hinter dem Tisch des Anklägers gesellt. Niemand sitzt direkt hinter mir. Die leere Bank ist ein Zeugnis dafür, wie tief ich gefallen bin.

Ich spüre immer noch, dass Bishop mich beobachtet, selbst nachdem ich mich wieder nach vorn gedreht habe. Ich behalte die Tür im Auge, durch die der Richter eintreten und meine Strafe verkünden wird.

»Bitte erheben Sie sich, der ehrenwerte Richter Lawrence Lozano eröffnet die Verhandlung.«

Jack legt mir eine Hand unter den Ellbogen, aber ich stehe aus eigener Kraft auf. Ich habe keine Angst vor dem, was in diesem Gerichtssaal passiert. Ich habe nur Angst vor dem, was danach kommt.

Ich schätze Richter Lozano auf Ende vierzig, mit kurzem grau meliertem Haar und einer Brille mit Drahtgestell. Ich bin ihm während meiner Monate im Gerichtsgebäude nie offiziell vorgestellt worden, aber aus der Entfernung wirkte er immer sehr freundlich. Heute ist von dieser Freundlichkeit nichts zu sehen.

»Mr Stewart«, beginnt er und sieht Jack über den Rand seiner Brille hinweg an. »Wenn ich recht verstanden habe, möchte Ihre Mandantin auf schuldig plädieren?«

»Das ist richtig, Euer Ehren.«

Richter Lozano sieht mich an und zitiert mich mit einer zackigen Bewegung eines Fingers zu sich. Mein Magen macht einen Salto, aber es gelingt mir, meine Nervosität im Zaum zu halten. Ich trete vor die Bank, und Richter Lozano bedeutet mir, in den Zeugenstand neben ihm zu treten. Im Zeugenstand gibt es keinen Stuhl, also bleibe ich stehen, der Zuschauergalerie gegenüber. Mein Blick wandert über die Gesichter und landet schließlich auf Bishop. Er starrt mich immer noch an, und sein Gesicht ist steinern. Ich habe absolut keine Ahnung, was er denkt. Es erinnert mich an die ersten Tage unserer Ehe, als jedes Wort und jede Geste von ihm ein vollkommenes Rätsel für mich waren.

»Sie sind wegen versuchten Mordes angeklagt. Bekennen Sie sich schuldig?«, fragt Richter Lozano mich mit lauter Stimme, und ich zwinge mich wieder in die Gegenwart zurück.

»Schuldig«, antworte ich ohne zu zögern.

Alle wussten, dass ich mich schuldig bekenne, aber es laut ausgesprochen zu hören, lässt eine Welle des Unbehagens durch den Raum gehen. Ich bin dankbar dafür, dass es mir erspart bleiben wird, das Verbrechen detailliert zu schildern, so wie man das vor dem Krieg gemacht hat. Heutzutage sorgt sich niemand mehr derart um die Rechte eines Angeklagten. Wenn man sagt, man sei schuldig, nehmen sie einen beim Wort. Wahrscheinlich denken sie sich, nur ein Idiot würde seine Schuld eingestehen und riskieren, verstoßen zu werden, wenn man das Verbrechen gar nicht begangen hat.

»Angesichts der ungewöhnlichen Natur dieses Falles hat der Präsident darum gebeten, dass ich Ihre Strafe verkünde und sie sofort vollstrecken lasse.« Das Geraune verstummt schlagartig. Die Geschwindigkeit meiner Bestrafung ist für die versammelten Zuschauer anscheinend eine Neuigkeit. Die meisten scheinen begeistert, Zeugen eines so aufregenden Ereignisses sein zu dürfen. Auch Bishop wirkt überrascht. Er reißt den Kopf zu seinen Eltern herum, dann beugt er sich vor und umklammert die hölzerne Balustrade, die die Galerie vom Gerichtssaal trennt.

Ich versuche, ihm mit den Augen zu sagen, dass es in

Ordnung ist. Er soll sich keine Sorgen um mich machen, das ist das Letzte, was ich will. Ich will, dass er mich vergisst und sein Leben weiterlebt. Dass er in Sicherheit und glücklich ist. Er braucht sich keine Sorgen zu machen. Ich bin auf das Kommende vorbereitet. Oder zumindest so gut vorbereitet, wie ich es eben sein kann.

»Ivy Westfall Lattimer, Sie werden hiermit dazu verurteilt, hinter den Zaun verstoßen zu werden. Die Strafe wird unmittelbar nach dieser Verhandlung vollstreckt.«

Jetzt bricht Tumult im Gerichtssaal los, obwohl es für niemanden ein Schock sein kann, dass ich wirklich bestraft werde. Über den Lärm hinweg höre ich Bishop meinen Namen rufen, und obwohl ich weiß, dass ich ihn nicht ansehen sollte, kann ich es nicht ertragen wegzugehen, ohne ihn ein letztes Mal angeschaut zu haben. Doch als ich in sein Gesicht blicke, wünschte ich, ich hätte es nicht getan. Er steht an der Balustrade, bleich und verhärmt, und Callies Hand liegt auf seinem Oberarm, ihr Gesicht ist ihm zugewandt. Sie flüstert eindringlich auf ihn ein. Ihre Berührung wirkt zu vertraulich, ihr Gesicht zu freundlich. Sie schauspielert, um zu bekommen, was sie will.

Etwas in mir zerreißt, etwas, das sich Tage und Wochen und vielleicht eine Ewigkeit in mir immer weiter angespannt hat. Ich sehe Callie jetzt klar und deutlich – ihr Herz ist kalt; ihr Verlangen nach Macht und Rache ist noch stärker als das meines Vaters. Sie wird nicht zulassen, dass das alles hier sie aufhält. Für sie ist Bishop kein Mensch, der Liebe oder Mitgefühl verdient. Für sie ist er nichts anderes als der Hund, der mich gebissen und den sie mit seiner eigenen Kette erwürgt hat. Bishop ist lästig. Er steht ihr im

Weg. Und was immer dazu nötig ist, sie wird eine Möglichkeit finden, ihm etwas anzutun.

Ich stürme aus dem Zeugenstand und bin bereits auf halbem Weg zu ihr, bevor die Wachen begreifen, dass ich mich bewegt habe. Einer packt mich am Arm und zerrt mich nach hinten, aber ich gebe nicht auf, sondern trete nach ihm. Ich bin ein wildes Tier, völlig außer Kontrolle. Wenn es mir gelingt mich loszumachen, werde ich sie mit bloßen Händen töten, daran habe ich nicht den geringsten Zweifel.

Ich schreie, ein langes, klagendes Heulen, das den Rest der Anwesenden zum Schweigen bringt. Ein weiterer Wachmann kommt dem ersten zu Hilfe, und gemeinsam zerren sie mich zum Seiteneingang des Gerichtssaals, während meine Füße auf den Boden trommeln. Ich schreie und schreie, bis meine Lungen leer sind und helle Punkte vor meinen Augen tanzen. Ich schreie, während ich Bishop meinen Namen brüllen höre. Ich schreie, bis ich durch die Tür in einen Flur gestoßen werde und etwas Schweres, Hartes mich seitlich am Kopf trifft und meine Welt schwarz wird.

Es ist dunkel. Pechschwarz. Mein Kopf pocht im Takt mit meinem hämmernden Herzen. Etwas Scharfkantiges drückt sich in meine Wange. Obwohl meine Lider schmerzen, gelingt es mir, die Augen zu öffnen. Es ist immer noch dunkel, wenn auch die Finsternis nicht mehr ganz so undurchdringlich ist. Durchschossen mit hellen Lichtstrahlen. Ich drehe die Augen zum Himmel. Der Mond. Ich bin draußen. Wie bin ich hierhingekommen?

Ich bewege den Kopf und stöhne, während mir der Schmerz wie ein heißes Messer durch den Schädel fährt. Ich drehe ihn vorsichtig zur Seite und hebe meine Wange von dem Stein, der mir in die Haut schneidet. In der Dunkelheit neben mir glitzert etwas, ein silbriges Schimmern. Ich kann nicht erkennen, was es ist. Nachdenken tut so weh. Mit zitternden Fingern strecke ich die Hand aus. Kühles Metall, dünn und glatt. Es scheppert unter meiner Berührung. Ich weiß, was es ist, aber mein Verstand kämpft immer noch gegen das Wissen an. Dann schließen sich meine Finger um das Metall, so wie Bishop es an dem Tag getan hat, als wir auf der anderen Seite standen.

Ich bin nun hinter dem Zaun. Und ich bin allein.

27

Es ist der Gedanke an das tote Mädchen, der mich schließlich auf die Beine bringt. Ich weiß, dass niemand kommen wird. Mein Vater und Callie werden auf der anderen Seite des Zauns nicht mit einem neuen Plan auftauchen, der dazu gedacht ist, mich zu retten. Bishop wird nicht durch die Bäume stürmen, beladen mit Trinkwasser und voller Vergebung. Aber ich bleibe immer noch am Zaun, und das Metall drückt sich zwischen meine Schulterblätter, mein Kopf pocht vor Benommenheit. Während die Sonne an einem wolkenlosen blauen Himmel aufgeht, ist das einzige Geräusch das unablässige Zirpen hungriger Heuschrecken im hohen Gras. Meine Gedanken wandern zu dem Mädchen, das Mark Laird getötet hat. Ihr Leichnam liegt irgendwo an diesem Zaun. Und ich weiß, wenn ich nicht bald etwas unternehme, werde ich genauso enden wie sie. Verlassen, vergessen. Der Verwesung preisgegeben. Denn je länger ich hier mit glasigen Augen und leerem Blick sitze, desto leichter wird es, einfach hierzubleiben.

Ich habe keine Ahnung, in welche Richtung ich gehen

soll. Oder wie ich auch nur den ersten Schritt machen soll. Als ich in der Zelle unten im Gerichtsgebäude saß, habe ich mir gesagt, dass ich mit dieser Situation fertigwerde. Aber jetzt, da sie eingetreten ist, denke ich, dass ich meine Kräfte überschätzt habe. Ein paar Tränen vermischen sich mit dem Schweiß auf meinem Gesicht, und ich lege den Kopf auf meine angewinkelten Knie, obwohl es den Schmerz vermehrt, als seien da zwei Messer hinter meinen Augen, die herauswollen.

Es gibt nur zwei Alternativen. Hierbleiben und sterben. Oder aufstehen und sehen, was als Nächstes geschieht.

Ich will nicht wie das tote Mädchen enden. Ich will nicht aufgeben wie meine Mutter. Ich bin vielleicht ihre Tochter, aber ich bin nicht sie. Ich hebe den Kopf, kralle eine Hand in die Drahtmaschen über meinem Kopf und ziehe mich hoch. Meine Beinmuskeln schreien ihren Protest nach mehr als zwölf Stunden auf dem Boden heraus, und schwarze Punkte tanzen mir vor den Augen.

Mir fällt wieder ein, dass Bishop gesagt hat, der Fluss liege im Osten. Ich habe genau darauf geachtet, wo die Sonne heute Morgen aufgegangen ist. Wasser. Das ist meine oberste Priorität. Erst Wasser finden und sich über alles andere später Sorgen machen. Der einzige Weg vorwärts ist ein quälender Schritt nach dem anderen.

Es geht nur langsam voran, und meine Arme und Beine bewegen sich nicht ganz synchron. Zögerlich betaste ich meinen Hinterkopf, und auch wenn mein Haar klebrig ist, fließt wenigstens kein frisches Blut. Ich frage mich, wie viele Male sie mich geschlagen haben, bevor sie mich hier ausgesetzt haben, ob sie irgendwelche Bedenken hatten, ein junges Mädchen allein und bewusstlos in der Dunkelheit zurückzulassen. Wahrscheinlich nicht. Schließlich habe ich versucht, den Sohn des Präsidenten zu töten.

Sofort blitzt Bishops Gesicht in meiner Erinnerung auf. Ich beiße die Zähne zusammen und verdränge den Gedanken an ihn. Er gehört mir nicht, ich habe kein Recht mehr, mich an ihn zu erinnern. Er könnte genauso gut tausend Meilen von mir entfernt sein, statt irgendwo ziemlich in der Nähe auf der anderen Seite des Zaunes, der uns voneinander trennt. Ich muss es irgendwie schaffen, ihn zu vergessen, obwohl der bloße Gedanke daran mir das Atmen schwer macht. Er gehört jetzt zu mir, ist genauso ein Teil von mir wie meine Haut oder mein schmerzendes Herz. Aber allein hinter dem Zaun zu überleben, wird mir alles abverlangen. Ich kann es mir nicht leisten, einen einzigen Gedanken an irgendetwas oder irgendjemanden zu verschwenden.

Der Boden ist rau und uneben, er neigt sich leicht nach unten und bittet geradezu darum, dass ich einen falschen Schritt mache und mir den Fuß verstauche. Ich spreche ein stummes Dankeschön an Victoria, weil sie dafür gesorgt hat, dass ich vernünftige Kleidung bekomme, bevor man mich verstoßen hat: Jeans, geschlossene Schuhe, ein Tanktop und ein Sweatshirt, obwohl es viel zu heiß dafür ist. Zumindest habe ich mit der Kleidung eine Chance, zu kämpfen. Ich bezweifle, dass ich barfuß und in den Pyjamashorts, die ich anhatte, als ich verhaftet wurde, lange durchhalten würde.

Es wäre leichter vorwärtszukommen, wenn ich mich vom Zaun wegbewegen würde, aber es widerstrebt mir, ihn loszulassen. Meine linke Hand fährt beim Gehen über seine Oberfläche, und meine Finger holpern über die Metallmaschen. Als Kind hat mir der Gedanke an den Zaun Angst gemacht. Aber jetzt fühlt er sich an wie eine Kuscheldecke, die ich nicht loslassen kann. Ein Schritt von ihm weg bedeutet einen Schritt weiter hin zum Abgrund. Vielleicht gehe ich völlig in die Irre und finde nie mehr den Weg zurück.

Ich habe keine richtige Vorstellung davon, wie weit der Fluss von der Stelle entfernt ist, wo man mich verstoßen hat, aber so weit kann es bis dahin eigentlich nicht sein. Der Gedanke an den Fluss erinnert mich erneut an Bishop, und ich stolpere über ein Loch im Boden. Ich gebe mir im Geiste einen Ruck. Es ist nicht einmal fünf Minuten her, dass ich versprochen habe zu vergessen, und ich breche bereits mein Gelübde.

Ich versuche, alle Gedanken aus meinem Kopf zu verbannen und mich ausschließlich darauf zu konzentrieren, einen Fuß vor den anderen zu setzen. Etwas Warmes und Nasses rinnt an meinem Hals herunter, aber ich sage mir, dass es Schweiß ist und kein Blut. Ich weigere mich, dem Impuls nachzusehen nachzugeben. Sollte ich wieder bluten, kann ich nichts dagegen unternehmen, also ist es besser, es nicht zu wissen. Sobald ich am Fluss bin, kann ich meinen Kopf unter Wasser tauchen und das Blut wegwaschen, das juckt, wo es zu krustigen Stellen auf der Haut trocknet und mein ohnehin verfilztes Haar verklebt.

Von Norden – von der Westfall-Seite des Zauns aus – höre ich leise Stimmen, und ich bleibe wie angewurzelt stehen. Mein Herz klopft mir bis zum Hals. Ich drücke mich gegen den Zaun und kralle die Finger in das warme

Metall. Es sind zwei Kinder, wahrscheinlich zehn bis zwölf Meter entfernt, die zwischen den Bäumen irgendein Spiel spielen. Ihre Eltern wissen vermutlich nicht, dass sie so nah an den Zaun herangegangen sind.

»Hallo«, rufe ich, aber meine Stimme ist wie eingerostet und ganz schwach, und sie schauen nicht auf. Ich versuche es noch einmal, räuspere mich und rufe etwas lauter. Diesmal sehen die beiden mich und rappeln sich gleichzeitig hoch. Das ältere der beiden Kinder, ein Mädchen, drückt den kleineren Jungen hinter sich.

»Könnt ihr mir helfen?«, frage ich. »Bitte.«

Der Junge verkrallt die Hände in das Sommerkleid des Mädchens und späht mit einem Auge hinter ihrem Rücken hervor.

»Geh weg«, schreit das Mädchen. »Verschwinde!« Die Worte selbst sind stark, aber ihre Stimme schwankt, ihre Augen sind vor Angst aufgerissen. Der Wind weht ihr das hellblonde Haar ins Gesicht.

Ich weiß, dass sie nichts für mich tun können, dass meine bloße Anwesenheit ihnen Angst macht. Aber ich kann mich nicht dazu überwinden wegzugehen. Eine plötzliche wilde Verzweiflung erfasst mich, das Wissen darum, dass ich, wenn diese beiden Kinder weglaufen, ganz allein auf der Welt sein werde.

»Bitte«, sage ich, meine Stimme ist kaum ein Flüstern. »Bitte.«

Das Mädchen bückt sich und hebt etwas vom Boden auf. Dann holt sie aus und wirft es nach mir. Der Stein prallt direkt über meinem Kopf vom Zaun ab, das metallische Scheppern hallt durch die Stille. Das Mädchen packt den

Jungen am Arm und weicht hinter die Bäume zurück. Binnen weniger Sekunden sind sie verschwunden, der Wald ist bis auf mich wieder menschenleer.

Ich drücke den Kopf an meine im Zaun verkrallten Hände. Ich bin völlig verdreckt. Mein Unterarm weist Streifen von angetrocknetem Blut auf. Ich bin mir sicher, dass ich für diese Kinder wie ein Ungeheuer aussehe. Etwas Böses hinter dem Zaun, die Kinder fressende Hexe, vor denen ihre Mutter sie immer gewarnt hat.

Salzige Tränen rollen mir über die Wangen und brennen mir auf den Lippen. Ich gebe meinen Widerstand auf, gestatte mir, um alles zu weinen, was ich verloren habe, aus Angst vor dem zu weinen, was noch kommen wird. Ich trauere um die Tochter, die ich war, die Ehefrau, die ich niemals sein wollte, die Mörderin, zu der zu werden ich mich geweigert habe, die Verräterin, als die ich mich ausgegeben habe.

Jetzt bin ich nichts mehr davon. Ich hebe den Kopf und wische mir über die Augen. Tochter. Ehefrau. Mörderin. Verräterin. Das sind alles alte Versionen von mir. Jetzt werde ich zur Überlebenden.

Ich hole tief Luft und lasse den Zaun los.

Veronica Roth

DIE BESTIMMUNG

Die Bestimmung
Band 1, 480 Seiten, ISBN 978-3-570-30936-0

Die Bestimmung – Tödliche Wahrheit
Band 2, 512 Seiten,ISBN 978-3-570-30993-3

Die Bestimmung – Fours Geschichte
ca. 350 Seiten, ISBN 978-3-570-31056-4

cbt

www.cbt-buecher.de

30269_3